LES MISÉRABLES

悲惨世界

V

[法] 维克多·雨果 著
[法] 古斯塔夫·布里翁 绘
潘丽珍 译

江苏凤凰文艺出版社
JIANGSU PHOENIX LITERATURE AND
ART PUBLISHING

CONTENTS · 目录

第五部　让·瓦让

第一卷　四堵墙内的战争

一　圣安托万郊区的旋涡，圣殿郊区的岩礁　*1403*

二　在深渊中，不聊天干什么？　*1410*

三　情况明朗，前途阴暗　*1414*

四　减了五个，加了一个　*1416*

五　从街垒顶上展望未来　*1424*

六　马里尤斯惊恐不安，雅韦尔言简意赅　*1427*

七　形势严峻　*1430*

八　得认真对待炮手了　*1434*

九　运用影响一七九六年判决的偷猎者的
　　才能和百发百中的枪法　*1436*

十　晨　曦　*1438*

十一　弹无虚发，却不伤人　*1442*

十二　拥护秩序的人却无秩序　*1443*

十三　闪过希望之光　*1447*

十四　这里可看到昂若拉情人的名字　*1448*

十五　加弗洛什到了街垒外面　*1452*

十六　兄长如何变成父亲　*1455*
十七　亡父等待将死的儿子　*1466*
十八　秃鹫成了猎物　*1467*
十九　让·瓦让以德报怨　*1471*
二十　死者有理，生者无过　*1475*
二十一　英　雄　*1484*
二十二　短兵相接　*1490*
二十三　俄瑞斯忒斯腹中空空，皮拉得斯烂醉如泥　*1494*
二十四　俘　虏　*1497*

第二卷　利维坦的肠子
一　大海使土地贫瘠　*1501*
二　下水道的古老历史　*1505*
三　布律纳索　*1509*
四　无人知道的细节　*1512*
五　今天的进步　*1515*
六　未来的进步　*1516*

第三卷　身陷污泥，却心灵高尚
一　下水道及其意想不到的事　*1521*
二　情况说明　*1527*
三　被跟踪的人　*1530*
四　他也背着十字架　*1534*
五　流沙像女人，也会背信弃义　*1539*
六　地　陷　*1543*
七　有时功败垂成　*1545*
八　撕下一片衣角　*1547*
九　在行家看来，马里尤斯已死了　*1553*

十　不要命的孩子回来了　*1558*
　　十一　绝对信念发生了动摇　*1560*
　　十二　外祖父　*1563*

第四卷　雅韦尔灵魂出轨　*1571*

第五卷　外孙和外公
　　一　又见到了钉锌皮的栗树　*1584*
　　二　马里尤斯走出内战，又准备向家里开战　*1587*
　　三　马里尤斯发起进攻　*1594*
　　四　吉诺曼小姐终于认为福施勒旺先生
　　　　夹着东西来没什么不好　*1599*
　　五　把钱埋在森林里，比放在公证人那里更合适　*1605*
　　六　为了珂赛特的幸福，两位老人各尽所能　*1606*
　　七　噩梦萦绕幸福　*1615*
　　八　两个无法找到的人　*1617*

第六卷　不眠之夜
　　一　一八三三年二月十六日　*1621*
　　二　让·瓦让一直吊着胳膊　*1633*
　　三　形影不离　*1643*
　　四　不死的心　*1645*

第七卷　最后一口苦酒
　　一　第七层地狱和第八重天　*1651*
　　二　泄露的秘密中会有疑点　*1671*

第八卷　暮色渐浓

　　一　楼下的屋子　*1679*

　　二　又退了几步　*1684*

　　三　他们回忆起普吕梅街的花园　*1688*

　　四　引力与熄灭　*1692*

第九卷　最后的黑暗，最后的曙光

　　一　同情不幸人，宽宥幸福者　*1695*

　　二　无油之灯的最后闪烁　*1697*

　　三　昔日抬得起福施勒旺的车子，如今连笔都拿不动　*1699*

　　四　水落石出　*1704*

　　五　黑夜后面是白天　*1724*

　　六　荒草掩埋，雨水刷尽　*1736*

第五部　　让·瓦让

第一卷　四堵墙内的战争

一　圣安托万郊区的旋涡，圣殿郊区的岩礁

社会弊病观察家可能提及的两座最难忘的街垒，不在本书故事发生的年代。那两座外观迥异，但都象征着险恶局势的街垒，是在一八四八年六月那场不可避免的起义，即有史以来最大的巷战中冒出来的。

有时，绝望透顶的下层人民，出于焦虑、气馁、贫困、狂热、苦恼、愚昧和无知，甚至会对原则，对自由、平等和博爱，对普遍的进步，对大家选出来管理大家的政府提出抗议，有时贱民会向人民开战。

乞丐会攻击普通法，贱民会反对人民。

这种日子是很凄惨的。因为在这疯狂的行动中，总还有一定的权利，在这决斗中，总有点自杀的意味，而乞丐、刁民、贱民、群氓等骂人字眼，唉！恰恰证明了这是统治者，而非受苦者，是特权者，而非贫困者的过错。

至于我们，我们每每用这些字眼，总怀着苦楚和敬意，因为哲学在探索与这些词有关的事实时，发现贫困的人常常做出许多伟大的事来。雅典便是贱民统治的，穷人建立了荷兰，贱民屡次拯救罗马，刁民追随

耶稣基督。

大凡思想家，都瞻仰过下层人民的壮观场面。

"世界的法律，出自城市的污泥。"①圣热罗姆如是说。他在说这句深奥莫测的话时，可能就想到了这些贱民，这些产生众使徒和殉道者的穷苦人、流浪汉、可怜人。

这些受苦流血群众的激愤情绪，他们违背自身生存原则的暴力行为、违反法律的粗暴行为，乃民众之政变，应加以制止。正直的人对他们赤胆忠心，正因为热爱他们，才同他们作斗争。可是，在对抗他们时，又觉得他们多么情有可原！在抵制他们时，又觉得他们多么可尊可敬！一面做着应该做的事，一面却又觉得有些东西使人感到困惑，不愿做得太过分。当然还必须继续做下去。可是，良心满足了，却感到惴惴不安，职责履行了，却感到心里难过。

长话短说。一八四八年六月发生的事，是个例外，几乎无法归入历史的哲学中。在谈及这场非同寻常的暴动时，我们尽管从中感到劳动人民争取权利天经地义，但是，上面提到的那些字眼，却不适合用在这里。这场暴乱应该镇压，这是责任，因为它攻击共和国。那么，一八四八年六月的这场暴乱，归根结底是什么呢？是人民在造人民的反。

只要紧扣主题，就不会离题。因此，请允许我们将读者的注意力暂时引到前面提到的那两座街垒上。它们标志着这场起义，绝对独一无二。

其中一座街垒堵住了圣安托万郊区的入口，另一座挡住了进入圣殿郊区的通道。这两个内战的杰作，高耸在六月蔚蓝明朗的天空下，谁亲眼目睹了，都会永生难忘。

圣安托万郊区的街垒硕大无朋，有四层楼高，七百尺宽。它从这一

---

① 原文为拉丁语。

边延伸到另一边，堵住了郊区宽阔的入口处，即堵住了三条街口。它忽高忽低，忽凹忽凸，曲曲折折，断断续续，一片缺口裂缝构成一排雉堞，一个个起加固作用的大土堆，各自形成堡垒，突伸出一个个岬角，背后有两排高楼作坚强后盾，因此这座街垒有如庞大的护堤，突显在目击过七月十四日革命风暴的令人望而生畏的广场上。在这主街垒身后的各条街上，还层层排列着十九座街垒。只要看一看这个主街垒，就能感觉到圣安托万郊区人民的巨大痛苦已到了绝望的地步，即将转化为一场灾难。这个街垒是由什么构成的呢？有人说，为构筑这个街垒，专门拆了三幢七层楼房。还有的说，是广大民众的愤怒创造的奇迹。它就像由仇恨筑成的房屋，面容凄惨，形同废墟。有人会问："这是谁造的？"还有人会说："这是谁拆的？"这是人愤怒时的即兴之作。瞧！这个门！这个铁栅栏！这个披檐！这个门框！这个破火炉！这个烂铁锅！把什么都拿来吧！把什么都扔上去吧！推吧！滚吧！挖吧！拆吧！翻倒吧！毁坏吧！这是街石、碎石、大梁、铁条、破布、瓷砖、破椅子、白菜茎、破衣烂衫以及诅咒鼎力合作的产物。它既伟大，又渺小。是混乱的人群在现场对地狱的滑稽模仿。是庞然大物在原子旁；是连根拔出的墙和摔破的盆；是一切残渣碎片的可怕结合；西绪福斯[①]抛下他的巨大岩石，约伯[②]扔下他的破坛烂罐。总之十分可怕。这是赤脚汉的城堡。一些翻倒的小车使斜坡高低起伏；一辆大车横在那里，车轴朝天，仿佛在这乱哄哄的坡壁上砍了一刀；一辆公共马车，靠人力乐滋滋地搬到了街垒顶上，将卸了套的辕杆伸向天空，不知在迎候哪个行空的天马，这使人想到，这座野蛮堡垒的建筑师们，似乎有意想给恐怖添上些许顽皮。

[①] 西绪福斯，古希腊神话中人物，科林斯暴君，死后被罚在地狱将一块巨石推到山顶，到达山顶后那巨石又滚回山下，又得重新再推，永无止境。
[②] 约伯，《圣经》中人物。很有钱，且具忍耐精神。神为了考验他，夺走了他的全部财产和女儿，他都能忍受，最后神把一切都还给了他。

这堆庞然大物，民众暴乱的冲积层，使人联想到这是一次次革命摞起来的，有如奥萨山摞在皮利翁山①上，九三年摞在八九年上，热月九日摞在八月十日上，雾月十八日摞在一月二十一日上，葡月摞在牧月上，一八四八年摞在一八三〇年上②。这个广场受之无愧，而这座街垒，也完全有资格出现在巴士底狱消失的地方。海洋造堤，也会像这样造的。汹涌的波涛在这奇形怪状的堆积物上留下了印记。是什么波涛？民众。人们仿佛看见化为石头的喧嚣。人们仿佛听见一群激进而神秘的大蜜蜂，在街垒上空有如在蜂窝上方嗡嗡营营。这是一丛荆棘？一次酒神节狂欢？一座堡垒？这仿佛是由眩晕鼓翅而建造的。这堡垒中有污秽，这乱物堆里有威严。在这充满绝望的乱物堆中，可以看见人字屋架、糊着墙纸的屋顶室碎块、竖在瓦砾之中保留着全部玻璃等待着炮轰的窗框、拆下来的壁炉、衣橱、桌椅板凳，所有这些乱七八糟、杂乱无章、寒酸得连乞丐都不屑一顾的破烂，无不蕴含着愤怒和虚无。这仿佛是一群民众的破衣烂衫，一堆破木头、破铁片、破铜片、破石头，圣安托万郊区人民用一把大扫帚，把它们扫出了门外，用自己的贫困筑成了街垒。酷似砍头用砧的木块、断链、支撑着小铁条形似绞刑架的木构件、露在乱物堆上平卧的车轮，使这座无政府主义的建筑，像镇压人民的古老刑具那样阴森狰狞。一切都成了圣安托万郊区街垒的武器。内战中可能用来砸烂社会脑袋的东西，都从这里发射出去。这不是战斗，而是极度愤怒的发泄。在保卫街垒的卡宾枪中，有几支喇叭口短铳枪，射出去的便是破瓷片、

---

① 奥萨山和皮利翁山，希腊的两座相邻的山峰。据希腊神话记载，海神波塞冬的儿子试图把奥林匹斯山、奥萨山和皮利翁山摞起来，以攀缘到天上。

② 一七九三年，法国资产阶级大革命达到高潮；一七八九年，法国资产阶级大革命开始。热月九日指一七九四年七月二十七日，吉伦特派与保王党勾结，组织反革命叛乱，处死罗伯斯庇尔等二十二人；八月十日指一七九二年八月十日巴黎人民起义，推翻了君主政体。雾月十八日指一七九九年十一月九日，拿破仑从埃及返法，推翻督政府；一月二十一日指一七九三年一月二十一日，法王路易十六被处死。葡月指一七九五年十月五日，保王党暴动分子进攻国民公会，拿破仑指挥共和军击败了保王党人；牧月指一七九五年五月二十日，人民起义反对国民公会，要求肃清自热月九日以来一直存在的反动势力。一八三〇年七月革命推翻了波旁王朝；一八四八年巴黎二月革命，宣布成立第二共和国。

小骨头、纽扣,甚至还有床头柜的小轮子。这些小轮子是铜的,十分危险。街垒就像疯了似的,在乱物堆中发出难以形容的嚎叫。有时,为了向军队挑衅,暴怒的人群堆在街垒上,冒着怒火的脑袋露在外面,挤得水泄不通。步枪、军刀、棍棒、斧头、长矛和刺刀竖在上面,尖刺林立。一面巨幅红旗迎风招展,噼啪作响。只听见指挥官的喊声,出击的歌声,隆隆的鼓声,女人的哭泣声,以及饿汉们的狞笑声。这街垒硕大无朋,生气蓬勃,犹如带电的野兽,背上雷电闪烁。革命的思想将乌云笼罩街垒,人民的声音,宛若上帝的声音,在街垒顶上咆哮,从这泰坦巨神的乱石背篓里,散发出奇异的威严。这是一堆垃圾,也是西奈半岛①。

正如前面说的,它以革命的名义进攻……革命。它,街垒,即冒险、混乱、恐慌、误会、未知,却与制宪会议、人民主权、普选、民族、共和国对抗,无异于《卡马尼奥拉》向《马赛曲》挑战。

这场挑战虽是鲁莽之举,却不乏英雄气概,因为这个老郊区是一位英雄。

圣安托万郊区和它的堡垒互相支援。郊区肩靠着堡垒,堡垒背靠着郊区。巨大的街垒有如悬崖峭壁,曾在非洲战斗过的将军,把他们的战略搬到这里,却是一败涂地。它的岩洞、瘿瘤、赘疣、驼峰,可以说在硝烟中做着怪相,并在冷嘲热讽。向乱物堆开炮有什么用?霰弹落进去,如同消失在怪物体内。炮弹打进去,便被吞噬,沉入深渊。圆炮弹只能冲出一些窟窿。那些军队,对最残酷的战争场面习以为常,可是,面对这似野兽般凶恶、像野猪般竖着鬃毛、如大山般高大的堡垒,却惶恐不安,心惊肉跳。

离这儿一法里是圣殿街,在水塔附近汇入林荫大道。在圣殿街的拐角处,坐落着达勒马尼商店。如果你胆子大,敢从那家商店的突角探出

---

① 西奈半岛在埃及。据《圣经》记载,上帝在西奈向摩西传授十诫。

脑袋，远远可见在运河的另一边，在沿贝勒维尔山坡而上的那条街的最高点，有一堵奇怪的墙，有三层楼高，好像把左右两排房子连了起来。那条街仿佛把它最高的墙合拢，陡然堵住了自己。这堵墙用街石垒成。它挺拔、规范、冷峻、垂直，是用角尺测量，墨线拉直，铅锤排齐。当然没用水泥，但是，正如古罗马有些墙那样，不用水泥，照样不会变形。凭它的高度，便可猜出厚度。顶端与地基是完全平行的。在灰糊糊的墙面上，隔一段距离，便有一个枪眼，远看不大清楚，有如一条条黑线。枪眼之间的距离相等。放眼望去，那条街冷冷清清。所有的门窗都关着。街尽头矗立着街垒，那街便成了死胡同。那墙一动不动，平静安谧。看不见一个人影，听不到一点声音。没有喊叫声，没有说话声，没有喘息声。就像一座坟茔。

六月耀眼的阳光，洒满了这可怕的高墙。

这便是圣殿郊区的街垒。

一旦到了现场，一旦看见它，面对这神秘的东西，连胆子最大的人，也免不了陷入沉思。这街垒准确校正过，接缝严密，鳞次栉比，笔直对称，却阴阴森森。既有科学，又有黑暗。人们感到，这街垒的首领是个几何学家，抑或是个幽灵。看着这街垒，说话会放低声音。

有时，假如有人，或士兵，或军官，或人民代表，冒险穿越这僻静的马路，会听见一声尖细的呼啸，行人不是受伤，便是丧命，假如没被击中，就会看到，在某个关着的百叶窗上，或在一堵墙的石缝或灰泥涂层中嵌着一颗子弹。有时是火铳炮弹：街垒里的人将两段生铁煤气管的一头，用麻絮和耐火土堵死，做成两门小炮。绝不会浪费弹药。几乎弹无虚发。街上好几个地方躺着尸体，还有一摊摊鲜血。我记得，有只白蝴蝶在街上飞来飞去。可见夏天是不会认输的。

街垒附近的几个大门洞里堆满了伤员。

人们感到，有个看不见的人在瞄准自己，人们明白，整条街都在枪口的瞄准下。

运河的拱桥在圣殿郊区的入口处形成驴背样的地形，进攻队伍的士兵躲在拱桥后面，严阵以待，注视这阴森的堡垒，这屹立不动、泰然自若、喷出死亡的街垒。几个士兵爬到拱桥顶上，但小心翼翼，不敢露出军帽。

英勇的蒙泰纳上校胆战心惊，对这街垒赞叹不已。他对一位人民代表说："造得太棒了！没有一块街石突出来。就像瓷器一样平滑。"这时，一颗子弹击中他胸前的十字勋章，他应声倒下。

"胆小鬼！"有人骂道，"他们倒是露出脑袋来呀！让我们看见呀！他们不敢！他们躲起来！"圣殿郊区的街垒由八十人守卫，受到一万人攻击，坚持了三天。到了第四天，进攻者采取曾在扎阿恰和君士坦丁①采用过的办法，将房屋拆个洞，从屋顶攻进去，才把街垒攻克。八十个"胆小鬼"中，没有一个想逃跑，除了首领巴泰勒米，全都被杀。关于巴泰勒米，待会儿再作介绍。

圣安托万街垒沸反盈天，圣殿街垒寂寂无声。这两个街垒迥然不同，一个气势汹汹，一个阴森可怕。一个有如虎口，一个恰似面具。

假如说这场宏伟而可怖的六月起义是由愤怒和神秘组成，那么，我们感到，第一个街垒里面有条龙，第二个街垒后面是斯芬克司。

这两个街垒分别由两个人建成，一个叫库尔内，一个叫巴泰勒米。库尔内建造了圣安托万街垒，巴泰勒米修筑了圣殿街垒。它们都像自己的建造者。

库尔内高头大马，肩膀宽阔，脸膛通红，手劲很大，胆量超人，心地正直，目光真诚而犀利。他勇猛，刚毅，暴躁，易怒。他是最真挚的男人，最可怕的战士。战争、斗争、混战是他呼吸的空气，一上战场就

---

① 扎阿恰和君士坦丁，均为阿尔及利亚地名，曾被法军占领过。

心情舒畅。他曾是海军军官，他的动作和声音叫人猜到他出自海洋，来自风暴。他把暴风雨的作风带进了这场战斗中。库尔内有点像丹东，只是没有丹东的天赋，正如丹东有点像赫拉克勒斯，只是没有赫拉克勒斯的神性。

巴泰勒米长得瘦弱，面色苍白，沉默寡言，是个悲惨的流浪儿。他曾被一个警察扇过耳光，他就窥伺他，等候他，最后把他杀了，因此十七岁就蹲了监狱。从监狱里出来，他就建造了这座街垒。

后来，他们俩都流放到伦敦。像是命中注定似的，巴泰勒米杀死了库尔内。一场悲惨的决斗。不久，巴泰勒米卷入一桩神秘的情杀案中。对于这种灾难，按照法国法律可以减刑，但英国司法却认为是死罪，因此，巴泰勒米被绞死了。社会的结构就是这样黑暗，因此，这个悲惨不幸的人，尽管非常聪明，也许足智多谋，但因物质匮乏，精神贫乏，终于以在法国坐牢为开始，在英国上绞刑架为结束。在这种情况下，巴泰勒米只举了一面黑旗。

二 在深渊中，不聊天干什么？

暴动经历了十六年的秘密教育，一八四八年六月比起一八三二年六月来要高明许多。因此，尚弗里街的街垒，与刚才谈到的那两座庞大无比的街垒相比，还只是张草图，仅是个雏形，可在当时，算是很了不起了。

起义者在昂若拉——因为马里尤斯已甩手不管——的监督下，利用黑夜加固阵地。街垒不仅进行了修补，而且加高了两尺。铁条插进石缝，宛若静止不动的长矛。又从四面八方搬来各种杂物，使街垒杂乱的外观显得更杂乱。这街垒经过巧妙的加工,里面成了一堵墙,外面是一排荆棘。

他们修好了街石搭成的台阶,爬上台阶,好似在攀登堡垒的一面墙。

他们收拾了街垒,清理了楼下大厅,把厨房改作战地医院,包扎了伤员,把散在地上和桌上的火药收拢起来,熔铸成子弹,整理了破布条,把掉地的武器分发给大家,将街垒内部打扫了一遍,把残片捡走,将尸体抬走。

尸体堆在蒙代图尔巷子里,这条街仍在他们的控制下。血染红了铺路石,久久不褪。有四具尸体是郊区国民自卫军战士的。昂若拉叫人把他们的制服放到一旁。

昂若拉建议大家睡两个钟头。昂若拉的建议,便是命令。可只有三四个人真正睡了。弗伊利用这两小时,在酒店对面墙上刻了:

  人民万岁!

这几个字是用铁钉刻在墙石上的,一八四八年还清晰可见。

小酒店的三个女人趁夜间休战,逃之夭夭,这样,起义者们就更随便了。

她们设法逃到了一个邻居家里。

大部分伤员还能够,也愿意继续战斗。在改作战地医院的厨房里,五个重伤者躺在床垫和麦秸做的病床上,其中两个是保安警察。他们最先得到包扎。

在楼下大厅里,只剩下马伯夫和雅韦尔,前者身上盖着黑布,后者绑在木柱上。

"这里是停尸间。"昂若拉说。

大厅里点着一支蜡烛,光线幽暗。里首,停尸的桌子就像根铁杆,横放在木柱后面,于是,站着的雅韦尔和躺着的马伯夫便构成一个朦胧的大十字架。

公共马车的辕杆虽被子弹击断,但依然挺立,还可以挂一面旗帜。

昂若拉具有领袖风范,从来说到做到,他把马伯夫那件被子弹打了窟窿,染了鲜血的外衣挂到这根杆子上。

吃饭是不可能了。既没有面包,也没有肉。五十个人已在街垒里待了十六小时,很快就将酒店里有限的食品扫光了。任何街垒,即使现在还能挺住,到一定时刻,不可避免地会变成墨杜莎号的木筏。大家只得忍饥挨饿。在六月六日这个斯巴达式日子的凌晨,在圣梅里街垒,起义者们围着让纳要吃的,战士们对他说:"给我们吃的!"他回答:"干吗还要吃?都三点了。四点我们就死了。"

因为没有食品,昂若拉禁止大家喝酒。葡萄酒绝对不让喝,烧酒则定量供应。

他们在地窖里找到十五满瓶酒,封口完好无损。昂若拉和孔布费尔一瓶瓶做了检查。孔布费尔上来时说:"这是于施卢大爷的老底,他起初是开食品店的。"博絮埃说:"那这葡萄酒肯定是真的。幸亏格朗泰睡着了。否则,这几瓶酒就要遭殃了。"昂若拉不顾别人窃窃私语,就是不让大家喝。为了不让人碰,也是为了把它们当作圣物,他把它们藏到停放马伯夫大爷的桌子底下。

将近凌晨两点,清查了一遍人数。还有三十七人。

天色渐明。刚才,他们熄灭了重又插进石笼里的火把。街垒内部,这座像是在街上围起来的小院子,依然黑咕隆咚,透过朦胧可怖的曙色,仿佛可见一艘破船的甲板。战士们走来走去,就像是鬼影在移动。在这幽暗可怕的巢穴上方,寂寂无声的房屋显现出灰蒙蒙的楼层,屋顶上的烟囱变成了灰白色。天空似白若蓝,缥缈悦目。鸟儿在天空中飞翔,发出欢快的啼鸣。街垒背后的那座高楼面朝东方,屋顶上映射出粉红色的反光。在四楼的小窗口，晨风吹拂那死者花白的头发。

"火把灭了，我很高兴。"孔布费尔对弗伊说，"这火把被风吹得直颤悠，让我好生厌烦。它就像害怕似的。火把的光焰，好比懦夫的智慧，因为颤悠，所以光线暗淡。"

黎明唤醒了鸟儿，也唤醒了人们。大家聊起天来。

若利见一只猫在一个屋檐上徘徊，引发出一番哲理的思考：

"猫是什么？"他惊叹道，"它是用来矫正的。上帝造了老鼠后说：'呀，我干了件蠢事。'于是他又造了猫。猫是老鼠的勘误表。老鼠加上猫，便是审阅和纠正后的造物清样。"

孔布费尔身边围了一群大学生和工人。他在谈论死去的人，让·普鲁韦、巴奥雷、马伯夫，甚至谈到了勒卡比克，还有昂若拉内心的忧虑。他说：

"哈莫荻奥斯和阿里斯托吉斯、布鲁图斯、切雷阿斯①、斯泰法努斯、克伦威尔、夏洛特·科黛②、桑得③，他们事后都有过一阵惶恐。我们的心容易激动，人的生命神秘莫测，即使谋杀是为了公民利益，是为了拯救人类——假如真有这样的谋杀——杀死一个人带来的内疚，远远超过为人类谋利益带来的快乐。"

这是一种东拉西扯的闲聊。孔布费尔谈起了让·普鲁韦作的诗，一分钟后，他话锋一转，又将《农事诗》的译者们进行比较，先将罗克斯同库南相比，后又将库南同德利勒相比，还点了马菲拉特尔译的几个段落，特别是恺撒死时出现的奇观。谈话又从恺撒回到布鲁图斯身上。

"恺撒是该死。"孔布费尔说，"西塞罗对恺撒态度严厉，这也是对的。这种严厉并不是猛烈抨击。佐伊尔辱骂荷马，梅维乌斯辱骂维吉尔，

---

① 切雷阿斯，古罗马法官，因杀死暴君卡利古拉而被处死。
② 夏洛特·科黛，法国大革命时期刺死马拉的女刺客。
③ 桑得（1795—1820），德国狂热的爱国者，因在一八一九年谋杀作家科采布而被处死。

维泽辱骂莫里哀，蒲柏辱骂莎士比亚，弗雷隆辱骂伏尔泰，那是遵行了嫉妒和仇恨这一古老法则。天才总会招来凌辱，伟人难免遭受谩骂。可是，佐伊尔和西塞罗却是两回事。西塞罗用思想伸张正义，正如布鲁图斯用利剑伸张正义。至于我，我谴责后一种，即用剑伸张正义的做法，但在古代是允许的。恺撒违反法律，跨过鲁比孔河，把来自人民的高位，当作自己的显位授予别人，元老院议员进入会场也不起立，正如欧特罗庇厄斯①所说，他以国王自居，几乎像暴君那样行事，regia ac poene tyrannica②。他是伟人，这是坏事，或者说是好事，但教训更大。他身上有二十三处伤疤，还不如耶稣基督脸上遭唾沫令我感动。恺撒被元老院议员刺死，基督则挨了奴仆的耳光。受凌辱越多，越是受人尊敬。"

博絮埃手握卡宾枪，站在一堆街石上，俯视那些闲聊的人。他大声喊道：

"啊，西达特诺姆！啊，米里努斯！啊，普罗巴林特！啊，厄安提德的美惠三女神！呵！请允许我能像劳里厄姆或埃达泰翁的希腊人那样，朗诵荷马的诗句！"

三　情况明朗，前途阴暗

昂若拉出去侦察了。他是沿着房屋，拐弯抹角，从蒙代图尔巷出去的。

可以说，起义者满怀希望。他们轻而易举地击退了敌人夜间的进攻，于是，对拂晓的进攻有点掉以轻心。他们微笑等待着，对自己的事业和

---

① 欧特罗庇厄斯，公元四世纪拉丁历史学家。
② 拉丁语：他以国王自居，几乎像暴君那样行事。

成功满怀信心。再说,肯定会有人来援助。他们寄希望于此。法兰西战士的一种战斗力,便是轻易预料胜利。凭着这种信念,他们把即将开始的一天分成三个明确的阶段:早晨六点,"他们做过工作"的一个团将倒戈;中午,全巴黎将起义;傍晚,革命爆发。

圣梅里教堂的警钟还在响着,从昨日起一刻也没停止。这说明另一座街垒,那座大街垒,让纳的街垒仍没失守。

所有这些希望,在各小组之间互相传递。那是愉快而可怕的窃窃私语,有如一窝蜜蜂打架时发出的嗡嗡声。

昂若拉回来了。刚才,他像老鹰那样,心情忧郁地在黑咕隆咚的外面进行了侦察。他交叉双臂,一只手按在嘴上,听着这欢快的议论。越来越明亮的晨曦,照得他脸色鲜艳红润。他听了一会儿,便说道:

"巴黎所有军队都出动了。三分之一兵力压在你们所在的街垒。还有国民自卫军。我认出了正规军第五团的军帽和第六宪兵队的军旗。一小时后,你们就要遭到攻击。至于人民,昨天他们情绪高涨,但现在却没有动静。什么也不要等待,什么也不要希望。没有一个团会倒戈,没有一个郊区会来支援你们。你们被抛弃了。"

这番话落在窃窃私语的人群中,不啻暴风雨的第一滴雨打在一群蜜蜂身上,所有的人顿时闭口不语。一时间鸦雀无声,静得可以听见死神在飞翔。

但这一时刻非常短暂。在最里面黑得看不见的人群中,有人对昂若拉嚷道:

"好啊。那我们把街垒加高到二十尺,大家坚守不走。公民们,让我们用尸体作抗议。我们做个样子让人看看,即使人民抛弃共和党人,共和党人也不抛弃人民。"

这番话,使大家的思想摆脱了焦虑不安的阴云。大家报之以热烈的欢呼。

讲这番话的人叫什么名字，始终无人知道。这是一个穿工装的无名之辈，一个默默无闻的人，一个被遗忘的人，一个过路英雄。在人类遇到危机和新的社会诞生时，总会出现这种伟大的无名英雄，在一定时刻，以至高无上的方式，说出决定性的话，当他们在闪电般的一刹那间代表上帝的人民说过话之后，便消失在茫茫黑暗中。

在一八三二年六月的空气中，弥漫着这种不可动摇的决心，因此，差不多同一时刻，在圣梅里街垒那里，起义者也发出了可以载入史册的喊声："有没有人支援，有什么关系！我们要战斗到最后一个人。"

由此可见，这两座街垒尽管分处两地，但心灵是相通的。

四　减了五个，加了一个

那个无名氏代表大家的心声，下了"以尸体作抗议"的命令之后，众人异口同声，发出极其满足和可怕的吼声，话语悲惨不已，声调异常热烈：

"死亡万岁！全都留下！"

"为什么要全留下？"昂若拉说。

"全留下！全留下！"

昂若拉又说：

"这里地势有利，街垒坚固。三十个足够。为什么要牺牲四十个呢？"

大家反驳道：

"因为没有一个想离开。"

"公民们，"昂若拉大声说，他有点气恼，声音发颤，"共和国的人还不多，不能作无谓的牺牲。图虚荣是一种浪费。假如有些人的责任是走，那这个责任和其他责任一样要履行。"

昂若拉是个讲原则的人，他对同道者有一种来自绝对的无上权力。不过，他的权力再绝对，大家仍然低声议论。

昂若拉是个彻头彻尾的领袖，见大家窃窃私语，仍坚持己见。他高傲地问道：

"谁为留下三十人担心，请讲。"

议论声有增无已。

"再说，"人群中有人指出，"也不容易走得出去。街垒被包围了。"

"菜市场那边还没有。"昂若拉说，"蒙代图尔街畅通无阻，从布道兄弟会修士街，能走到圣婴市场。"

"到了那里就会被抓住。"另一个人说，"会遇到正规军或郊区自卫军的前哨。他们看见穿工作服、戴鸭舌帽的人过去，就会问你是从哪里来的，是不是街垒里的人。还要看你的手。你身上有火药味儿。你会被枪毙。"

昂若拉没有回答，碰了碰孔布费尔的肩膀，二人进了楼下厅里。

一会儿，他们就出来了。昂若拉双手托着他保留下来的四套军装。孔布费尔拿着腰带和军帽跟在后头。

昂若拉说："穿上这军装，混进队伍中，就可以逃走了。总可以逃出四个人吧。"

说完，他把四套军装扔到挖掉了铺路石的地上。

视死如归的听众无一人动摇。孔布费尔发言了。

"好了，"他说，"大家得有点同情心。你们知道这关系到谁吗？关系到女人。好了。有妻子存在，是不是？有孩子存在，是不是？有用脚摇摇篮，身边围着一堆孩子的母亲存在，是不是？你们中间有谁没见过女人喂奶的人请举手。啊！你们想战死，告诉你们，我也想，可我不想感到女人的阴魂在我周围痛苦欲绝。你们可以死，但不要让别人也死。

这里就要进行的自杀是崇高的，可自杀是有限度的，不允许扩大。一旦关系到你们的亲人，自杀便成了谋杀。想一想金发的孩子，想一想白发的老人。听着，刚才昂若拉对我说，他在天鹅街的拐角上，看见六楼的一个窗口有亮光，一扇可怜的窗口点着蜡烛，窗玻璃上映出一位老妇晃来晃去的头影，她可能彻夜未眠，一直在等待。她可能是你们中间哪一位的母亲。那就请这个人快走吧，快去对他母亲说：'母亲，我回来了！'请他放心，这里的事照样进行。要挣钱养家糊口的人，就没有权利牺牲自己。这是在背弃家庭。有女儿的人，有姐妹的人！你们想到她们了吗？你们牺牲了，你们死了，很好，可明天呢？女孩子没有面包，这是很惨的。男人要饭，女人卖身。啊！这些人多么可爱，多么迷人，多么温柔，帽子上插着鲜花，嘴里唱着歌儿，叽叽喳喳，她们使家里纯洁无垢，她们像是有生命的香水，她们以尘世间童女的纯洁，证明天上确有天使。这个让娜，这个丽丝，这个咪咪，这些可爱而诚实的人，她们是你们的骄傲，是你们要祝福的人。啊，上帝，她们要挨饿了！叫我说什么好呢？世上有个出卖肉体的市场，不要等成了鬼魂后，再用你们颤抖的手来阻止她们进去！想一想那些大街，想一想熙熙攘攘的马路，想一想那些店铺，一些袒胸露肩、身陷泥淖的女人在店门前走来走去！这些女人也曾有过纯洁。有姐妹的人，要想一想你们的姐妹。这些娇柔美丽的姑娘，这些脆弱、贞洁、可爱、美丽，比五月的丁香还要鲜润的女孩，她们就要贫穷，卖淫，落入警察手中，关进圣拉扎尔监狱！啊！你们牺牲了！啊！你们死了！很好。你们想让人民摆脱王权，却把自己的姐妹交给了警察。朋友们，当心啊，得有点怜悯心。对女人，对不幸的女人，我们不习惯为她们着想。我们对女人没受过男人受的教育感到心安理得，不让她们读书，不让她们思想，不让她们关心政治，可是，你们能阻止她们今晚上去停尸场认领你们的尸体吗？好了，有家室的人听话，同我们握握手走吧，这里的事留给我们干吧。我知道，走也是需要勇气的，这很难。但是，越难就越值得做。有人说：'我有一支枪，我已在街垒了，算了，我就待着吧。'算了，说得倒轻巧。朋友们，还有明天，明天你们不在了，可你们一家老小还在。他们要忍受多少痛苦啊！瞧，一个健康漂亮的孩子，脸圆圆的像苹果，叽叽喳喳，喋喋不休，笑声不断，吻他时感到沁人心脾，一旦被父亲抛弃后，你们知道他会变成什么吗？我见过一个，一点点大，只有这么高。他父亲死了。一家穷人好心收留了他，可他们自己也没有面包。孩子经常饿肚子。那是在冬天。他不哭。有人见他走到火炉跟前，可火炉里从来不生火。你们知道，烟筒上嵌着黄泥。那孩子用小手指抠下黄泥，放进嘴里吃。他呼吸不畅，脸色发青，双腿发软，肚子鼓鼓的。他一声不吭。问他话，他也不回答。他死了。他死的时候，被送到内克救济院。我是在那里看见他的。我是这救济院的住院医生。现在，请你们中间当了父亲的人，星期天用自己粗壮的手拉着孩子的小手去散步，并以此为幸福的人，想象一下这孩子是他自己的孩子。这个可怜的孩子，我记忆犹新，仿佛就在眼前，他赤条条躺在解剖台上，皮下一根根肋骨突出来，就像公墓草丛下的一个个坟坑。在他胃里，发现了泥巴样的东西。牙缝里有灰渣。好了，我们扪心自问一下。据统计，被遗弃的孩子死亡率为百分之五十五。我再说一遍，这关系到妻子，关系到母亲，关系到女孩子，关系到孩子。是不是也要同你们谈谈你们自己？我们知道你们是什么样的人。我们知道你们都很勇敢，当然！我们知道，你们都把为伟大的事业献身当作快乐和光荣。我们知道，你们都觉得已被选定去作有益而壮丽的牺牲，都想为胜利尽一份力量。这很好。可你们在世上不是孤身一人。还要为别人着想。不应该自私。"

大家神态忧郁，低下了头。

在最后时刻，人的心理状态多么奇怪，多么矛盾！孔布费尔这样说，可他自己并不是孤儿。他想起了别人的母亲，却忘了自己的母亲。

他就要牺牲自己。他是"自私"的。

马里尤斯饥肠辘辘，焦躁不已，希望一一破灭，受到人生最大的灾难——痛苦的折磨，内心激动不安，感到末日来临，越来越陷入惊愕和幻觉中。自愿牺牲的人在最后时刻来到之前都会这样。

生理学家可以对他这种焦躁不断加剧的症状进行研究。对于这种焦躁情绪，科学早已做了揭示和归类，认为痛苦时产生的焦躁，可同作乐时产生的快感相比较。人在绝望时，也有心醉的时候。马里尤斯就处于这种状态。他像个局外人那样观看一切。正如我们所说的，他眼前发生的事，似乎离他很远很远。他只看见整体，却看不到细节。他通过火光，看见人们来来往往。他听见人说话，却觉得声音来自深渊。

可是，这使他激动。在这情景中，有一根针直刺他身上，把他刺醒了。他只有一个念头，那就是死。他不想摆脱这个想法。可他在神思恍惚中忽然转念，自己死并不妨碍救别人。

他抬高嗓门说：

"昂若拉和孔布费尔说得对。不要作无谓的牺牲。我赞成他们的意见，得赶快行动。孔布费尔对你们说的，是决定性的话。你们中间有的人有家庭、母亲、姐妹、妻儿。这些人请出列。"

没有人动弹。

"结过婚的人和要养家糊口的人出列！"马里尤斯又说了一遍。

他的威望是很高的。昂若拉是街垒的头头，马里尤斯是街垒的救命恩人。

"我命令你们！"昂若拉喊道。

"求求大家了。"马里尤斯说。

孔布费尔的话打动了他们，昂若拉的命令震撼了他们，马里尤斯的恳求感动了他们，于是，这些英勇的人们开始互相揭发。

"对了，"一个年轻人对一个壮年人说，"你家里有孩子，快走吧。"

"该走的是你,"那人回答,"你要扶养两个妹妹。"

于是,一场闻所未闻的斗争爆发了。大家争着不被逐出坟墓。

"赶快,"孔布费尔说,"再过一刻钟,就来不及了。"

"公民们,"昂若拉接着说,"这里是共和国,实行普选制。你们自己选定谁该走。"

大家服从了。几分钟后,大家一致选定的五个人走出行列。

"有五个人!"马里尤斯惊叫道。

只有四套军服。

"那好,"那五个人说,"得有一个留下。"

于是他们争着留下来,争着说别人不能留下的理由。一场高尚的争执又开始了。

"你有一位爱你的妻子。"

"你有老母亲。"

"你没有父母,三个年幼的弟弟怎么办?"

"你有五个孩子。"

"你得活着,你才十七岁,现在死太早。"

这些伟大的革命街垒,是英雄主义的聚集地。不可思议的事,在这里习以为常。这些人不会为彼此的行为感到惊讶。

"快呀。"孔布费尔又说。

人群中有人对马里尤斯喊道:

"谁留下,你指定吧。"

"对,"那五个人说,"您选吧。我们服从您。"

马里尤斯以为自己再也不会激动了。可是,听到叫他来选一个人去死,全身的血都涌回心脏。如果他的脸还能变得更白的话,就可以说他的脸色骤然变白。

他朝那五人走去。他们向他微笑,眼睛里都冒着烈火,就像在遥远的历史上，在温泉关战役中所见到的那样。他们对他喊道：

"我！我！我！"

马里尤斯傻乎乎地数了数。还是五个！然后，他低头看了看那四套军服。这时，第五套军服好似从天而降，落到这四套上面。第五个人得救了。

马里尤斯抬头一看，认出是福施勒旺先生。让·瓦让刚走进街垒。

或许已探明情况，或许出于本能，抑或出于偶然，他是从蒙代图尔巷来这里的。他身上穿着国民自卫军的制服，所以一路顺利。

起义者设在蒙代图尔街上的岗哨，看见只有一个国民自卫军战士，就没发出警报。他放他进入这条街，一面暗自思忖："可能是来增援的，最糟也不过是个俘虏。"当时情况非常严重，哨兵是不可能玩忽职守的。

让·瓦让进街垒时，谁都没看见他，因为所有的眼睛都盯着选出来的五个人和四套军服。让·瓦让都看见和听见了。他默默脱下军服，扔到那堆军服上。

当时激动的场面是难以描绘的。

"这人是谁？"博絮埃问道。

"一个救别人的人。"孔布费尔回答。

马里尤斯用低沉的嗓音说：

"我认识他。"

由他担保，大家就放心了。昂若拉转向让·瓦让。

"公民，欢迎您。"

他接着又说：

"您知道，我们就要死了。"

让·瓦让没作回答，而是帮被他救的起义者穿上他的制服。

五 从街垒顶上展望未来

在这严峻的时刻,在这严酷的地方,众人的处境,导致昂若拉极度忧郁,而昂若拉极度忧郁,又是众人处境的顶峰。

昂若拉是个彻头彻尾的革命者,但并不完全,正如绝对可能不完全一样。他太像圣茹斯特①,不大像阿纳卡西斯·克洛斯②。不过,在ABC友社,他的思想最终被孔布费尔某些思想所同化,最近以来,他渐渐摆脱了教条主义的狭隘形式,走向人类进步的广阔大道。他甚至承认,把法兰西大共和国变成全人类的大共和国,是最终而辉煌的发展过程。至于眼下采用的办法,他认为,既然暴力局面已产生,就应该采用暴力手段。这一点,他是至死不变的。他仍属于"九三年"一词所概括的壮丽而可怕的那一派。

昂若拉站在街石垒成的阶梯上,一只臂肘撑着卡宾枪管。他在沉思。他不时打个寒战,仿佛有阵风吹过。在死亡笼罩的地方,都会产生这种像坐三脚椅的感觉。他的眸子发出即将闷熄的火光,充分反映了他的内心世界。蓦然,他头一扬,金发往后一甩,就像天使披着长发,站在由星辰组成四马拉套的黑色战车上,又像头惊慌的狮子,竖起火焰般光环的鬃毛。昂若拉大声说道:

"公民们,你们能想象出未来吗?城市的街道洒满阳光,门前绿树成荫,各民族情同手足,人人公正无私,老人祝福孩子,过去热爱现在,思想家有充分的自由,信教的人完全平等,上天作为宗教,上帝是直接的神甫,人的良心变成祭坛,不再有仇恨,工厂和学校充满友爱,

---

① 圣茹斯特(1767—1794),法国革命家。残酷无情。
② 阿纳卡西斯·克洛斯(1755—1794),号称"阿纳卡西斯"(意即"人类的演说家"或"人类的公民"),流亡到法国的普鲁士人,法国大革命时期的激进民主派。

赏罚晓之于众，人人有工作，人人有权利，人人安居乐业，不再有流血，不再有战争，天下的母亲幸福快乐！征服物质，这是第一步，实现理想，这是第二步。好好想一想人类的进步。在原始时代，人类看见七头蛇在水上喘气，火龙喷出火焰，鹰翼虎爪的怪鸟从天上飞过，无不惊恐万状。那是些胜过人类的可怕野兽。然而，人类设下陷阱，智慧的神圣陷阱，最终捕获了这些怪兽。

"我们降服了七头蛇，它叫汽船。我们降服了火龙，它叫火车头。我们就要降服怪鸟，已把它抓在手中，它叫气球。当普罗米修斯的这一事业完成之日，人类能随心所欲地驾驭古代的三大怪物——七头蛇、火龙和怪鸟，也就是说，人类成了水、火和天空的主人，那么，人对于其他生物所处的地位，就相当于古代的神对于人所处的地位。鼓起勇气，勇往直前！公民们，我们往哪里走？我们要让科学成为政府，让事物的必然趋势成为唯一的警察，让自然法则有赏有罚，晓之于众，让真理像太阳那样升起。我们朝着各国人民的团结前进，朝着人类的统一前进。不要再有空想，不要再有寄生虫。我们的目的是，让真实统治现实。文明将在欧洲之巅举行会议，之后是在各大陆的中心，在由智慧组成的大议会里。类似的事曾经有过。古希腊每年两次召集城邦联盟议员开会，一次在德尔斐，那是众神聚集之地，另一次在温泉关，那是群英聚集之地。将来，欧洲也要有城邦联盟会议，全球也要有城邦联盟会议。法兰西正在孕育这一灿烂的未来。这是十九世纪的构思。古希腊初创的事业，应由法兰西来完成。你，弗伊，英勇的工人，法兰西人民的一员，世界人民的一员，请听我说。我崇敬你。是的，你清楚地看到了未来世界，你是对的。弗伊，你没有父亲，也没有母亲。你把人类当作母亲，权利当作父亲。你就要死在这里，就是说，你就要获得胜利。公民们，不管今天发生什么，胜利也罢，失败也罢，我们要进行的是一场革命。大火能照亮全城，革命能照亮全人类。我们进行的是一场怎样的革命呢？我刚才说了，是求真实的革命。从政治上看，只有一个原则：人类对自己行使主权。这种我对我自己行使主权，就叫作自由。两个或几个这种主权联合的地方，便产生了国家。但这种联合绝不意味着弃权。每个主权者让出一定数量的权利，组成普通法。每个人让出的数量是相同的。这种人人为大家作出等量的让步，就叫作平等。普通法不是别的，而是大家对每个人权利的保护。这种大家对每个人的保护，就叫作博爱。所有主权的聚合点，便是社会。这种聚合便是连接，这个点便是结。于是就有了所谓的社会联系。有人称之为社会契约。这是一回事，从词源上说，契约这个词就有联系的意思。对平等的含义，我们要统一一下看法，如果说自由是顶峰，平等便是基础。公民们，平等不是说所有的植物都一样高，不是高草和矮橡树结成一个群落，相邻的石竹互相去雄。而是从公民角度看，各种才干都有同样的出路；从政治上看，各种选票都有同样的分量；从宗教上看，所有的信仰都有同样的权利。平等有个手段：免费和义务的教育。应该从识字的权利开始。每个人都必须上小学，每个人都可以上中学，这就是法律。相同的教育，便会产生平等的社会。是的，教育！光明！光明！一切皆来自光明，一切都回到光明。公民们，十九世纪是伟大的，但二十世纪更幸福。到那时，一切都和过去不一样。不必像今天这样怕这怕那。不必害怕征服、侵略、篡夺。不必害怕民族间会有武力对抗，王室通婚会造成文化中断，世袭专制会产生新的暴君，一次会议会导致民族分裂，王朝崩溃会引起国家解体，两种宗教就像两只黑暗中的山羊，在无限的独木桥上相遇相斗。不必再怕饥饿、剥削、因穷困而卖淫、因失业而潦倒，也不必害怕断头台、利剑、战争，以及在无数事件中，遭受各种意外的劫难。几乎可以说，不会再有事变。人人都会很幸福。人类履行自己的法则，正如地球遵循自身的运行规律。人类和天体之间，又会恢复和谐。人类绕着真理运转，正如星星绕着太阳运转。朋友们，我们所处的时刻，我同你们说话的时刻，是天昏地暗的时刻，但这是为未来付出的巨大代价。搞一场革命，是付一次过路税。呵！人类就要获得解放，就要重新站起来，并得到安慰！我们站在这街垒上，向人类作这个断言。如果不是从牺牲的高度，还能从哪里发出爱的呼唤呢？啊！我的弟兄们，这里，就是有思想的人和受痛苦的人会合的地方。这个街垒不是用街石、大梁、废铁，而是由思想和痛苦这两堆东西筑成的。苦难在这里邂逅理想。白昼在这里拥抱黑夜，对它说：'我将和你一起死亡，你将同我一起再生。'所有的痛苦相拥抱，就会迸发出信念。痛苦带来的是垂危，思想带来的是永生。垂危和永生将混合，组成我们的死亡。弟兄们，谁死在这里，便是死在未来的光辉中，我们要进入的坟墓，深深透进了曙光。"

昂若拉停住了，更确切地说，他暂时停了下来。他的嘴唇不出声地翕动，仿佛在自言自语。大家凝望着他，想继续听他讲下去。没有人鼓掌，但大家低声议论了很久。话语有如微风，智慧的颤动犹如树叶抖动。

六 马里尤斯惊恐不安，雅韦尔言简意赅

现在来谈谈马里尤斯的思想活动。

不妨回忆一下他的精神状态。刚才说过，一切对他都成了幻觉。他的判断已模糊不清。要强调的是，马里尤斯处于冥府向临终者张开的巨大翅膀的阴影下。他感到已进入坟墓，已在大墙的另一边。他在用死人的目光观望活人的脸。

福施勒旺先生怎么会在这里的？为什么他在这里？他来做什么？这些问题，马里尤斯连想都没想。况且，人在绝望时，会以为别人也和自己一样绝望，因此，他认为来这里的人，自然都是为了死在这里。

只是他一想到珂赛特，便心痛欲裂。

再说，福施勒旺先生不同他说话，也不看他一眼，甚至当马里尤斯提高嗓门说"我认识他时"，似乎也没听见。

至于马里尤斯，他见福施勒旺这般态度，倒是松了口气，甚至可以说很高兴，如果能用这个词形容这种感觉的话。这个谜一般的人，在他看来既可疑，又可敬，他向来觉得绝不可能同他说话。再说，他已很久没见到他了，自己又生性腼腆谨慎，就更不可能同他说话了。

那五个选定的人从蒙代图尔巷出了街垒。他们和国民自卫军一模一样。有一个走时还哭了。临行前，他们和留下来的人一一拥抱。

被放生的五个人一走，昂若拉想到被判死刑的那个人。他走进酒店。雅韦尔绑在柱子上，一副沉思的样子。

"你需要什么吗？"昂若拉问他。

雅韦尔回答：

"什么时候杀我？"

"等着吧。我们现在需要子弹。"

"那给我点喝的。"雅韦尔说。

昂若拉亲自给他端来一杯水。雅韦尔手绑着，他就把水送到他嘴边。

"没别的了？"昂若拉问。

"我绑在这柱子上很不舒服。"雅韦尔说，"你们让我这样过了一夜，心肠也太硬了。随你们怎样捆我，可也得让我和那个人一样，躺在桌上呀。"

他动了一下头，指了指马伯夫的尸体。

大家记得，大厅里首有一张大长桌，在上面熔铸过子弹。子弹全已做好，火药全已用完，那桌子现在空着。

遵照昂若拉的命令，四名起义者把雅韦尔从柱子上解了下来。在解他的时候，另一名起义者将刺刀抵在他胸口。他的手始终反绑着，人们

又在他的脚上缚了根结实的细鞭绳,只让他像上断头台那样,迈十五寸小步,一直走到最里头的那张长桌旁,让他躺到上面,再拦腰紧紧捆住。

为了保险起见,又在他脖子上缚了根绳子,除了捆得他无法逃跑外,还采用大牢里叫作马颔缰的捆法,从颈部绑起,在腹部交叉,再从两脚间经过,绕回来把双手捆住。

在绑雅韦尔的时候,有个人站在门口,目不转睛地看着他。雅韦尔看到那人的影子,掉过头来。他抬起头,认出是让·瓦让。他甚至都没有抖一下,高傲地垂下眼睛,只说了句:"这不奇怪。"

七　形势严峻

天色越来越亮。可是,没有一扇窗打开,没有一扇门微微开启。这是黎明时刻,不是醒来时分。正如我们所说,街垒对面尚弗里街尽头的部队已经撤走,那里似乎畅通无阻,行人可以自由出入,但寂静之中透着阴森。圣德尼街就像底比斯城的斯芬克司街,寂寂无声。晨曦照得各街口微微发白,却不见一个人影。没有比渺无人迹的大街上的这种熹微晨光更凄恻的了。

什么也看不见,但能听得见。不远的地方,响起了神秘的运动声。显然,危急时刻到了。又像昨晚那样,哨兵撤了回来,但这次是全部。

街垒比第一次进攻时坚固多了。那五人走后,又加高了一些。

有个哨兵察看了中央菜市场一带,根据他的意见,怕背后遭到袭击,昂若拉作了重大决定。他下令,在一直畅通无阻的蒙代图尔巷构筑街垒。为此,又将几幢房屋前的街石挖了出来。于是,这座街垒堵住了三条街,前面是尚弗里街,左边是天鹅街和小丐帮街,右边是蒙代图尔街,这样,它就真可谓固若金汤了。当然,他们也就不可避免地被困在里头。街垒三面受敌,但不再有出口。

库费拉克笑着说:"是堡垒,也是捕鼠笼。"

昂若拉叫人在酒店门口堆了三十来块街石。博絮埃说,这是"多挖的"。

现在,可能发动进攻的那个方向寂寂无声,昂若拉便命令各人回到战斗岗位上。

然后,分给每人一定量的烧酒。

没有比准备迎接袭击的街垒更奇妙的事了。每个人就像看戏那样,选好自己的位置。有的斜靠着,有的用肘撑着,有的用肩抵着。有人用街石垒成单座。那里有个墙角碍事,就避开;这里突出一块可作掩护,便躲进去。左撇子非常宝贵,可以挑别人不顺手的地方。许多人设法让自己能坐着战斗。杀敌时要舒舒服服,死的时候也要舒舒服服。在一八四八年六月那场伤亡惨重的街垒战中,有个百发百中的起义者,在一个屋顶平台上战斗,弄来了一张伏尔泰式的安乐椅,一阵枪弹射来,他饮弹而亡。

首领一发出准备战斗的号令,所有嘈杂声戛然而止。不再你争我执,不再结成圈子,不再窃窃私语,不再三五一伙各处一方。大家都集中注意力,等待敌人的进攻。危险降临前,街垒里一片混乱;身处危险中,街垒里秩序井然。危险便是命令。

昂若拉拿起双响卡宾枪,站到留给自己的一个颇似雉堞的缺口前,大家顿时鸦雀无声。沿着这堵街石墙,微微响起一阵噼啪声。那是在给枪装子弹。

此外,他们的态度比任何时候更自豪,更自信。反正要牺牲,也就义无反顾了;没有了希望,但还有绝望。绝望是最后的武器,有时能带来胜利。维吉尔就这样说过。拼死一搏,也许能绝处逢生。登上死亡之船,有时能免遭灾难;棺材盖可以变成救命板。

和昨晚一样,大家的注意力都转向,也可以说都压在街的另一头。那里已被晨光照亮,看得清了。

等待的时间不长。圣勒那边传来清楚的骚动声,但与第一次进攻的声音不一样。那是链条的喀啦声,一个庞然大物令人不安的颠簸声,青铜在铺石路上跳动的丁当声,一种庄严的撞击声,这说明有个凶险的铁家伙正在逼近。这些古老而宁静的街道,五脏六腑都在战栗。当初开辟和修建这些街道,原是为了沟通利益和思想,而不是让战车巨轮在上面滚动。

战士们紧盯街另一端的目光变得凶狠了。

一门大炮出现了。

炮手们推着炮车。大炮已进入射击状态,拖车已脱开,两人扶着炮架,四人走在车轮旁,其余的推着弹药车,跟在后头。只见点燃的导火线冒着烟。

"打!"昂若拉喊道。

整个街垒一齐射击,枪声震耳欲聋。硝烟弥漫,淹没了大炮和人。几秒钟后,烟消雾散,大炮和人复又显现。副炮手们慢慢悠悠,堂堂正正,不慌不忙,继续将大炮推到街垒对面。没有一人被击中。接着,炮长用力压下大炮后座,抬高射角,然后将炮口瞄准街垒,神情严肃,有如天文学家在将望远镜瞄准星星。

"精彩,炮手们!"博絮埃高呼道。

整个街垒掌声雷动。过了一会儿,大炮脚跨阳沟,稳坐在大街中央,准备射击了。它向街垒张开血盆大嘴。

"好!真叫开心!"库费拉克说,"那家伙上阵了!弹完手指头,就要挥拳头了。军队向我们伸出了粗爪子。街垒可真要剧烈震动了。火枪探路,大炮进攻。"

"这是八厘米口径的新式青铜炮。"孔布费尔接过话头说,"这种大炮,锡和铜的比例只要超过百分之十,就容易爆炸。锡含量太高,大炮就会变软。因此,火门内可能有砂眼和气孔。为了预防这种危险,也为了增加装弹量,恐怕要回到十四世纪装箍圈的做法,在炮的外面,从炮闩到炮耳,加上一套无缝钢管。目前,只能尽量弥补缺陷。可用钩子检查出火门内的砂眼和气孔。但有更好的办法,也就是格里博瓦尔的流动星探测法。"

博絮埃说:"十六世纪,炮膛内刻有来复线。"

"是的,"孔布费尔回答,"这可以增加弹道的威力,但却降低了命中率。此外,在短程射击中,弹道的直度不尽如人意,抛物线过大,弹道不够直,就不能击中射程内的所有目标,而击中目标是战斗的需要,离敌人越近,射击越仓促,也就越有必要。十六世纪的来复炮射出的炮弹,曲线张力不足,是因为装药量小。这种大炮,装药量小是由弹道决定的,比如要保持炮架的稳固。总之,大炮这个暴君,还不能为所欲为,威力不够是个很大的缺陷。一颗炮弹的射速每小时只有六百里,而光速每秒钟就达七万里。这就是耶稣基督胜过拿破仑的地方。"

"重装子弹!"昂若拉说。

炮弹打来时,街垒会怎样呢?会不会被轰开缺口?这是个问题。起义者重新给枪装子弹时,炮手们也在给炮装炮弹。

堡垒内,人们忧心忡忡。炮弹射出了,只听见轰的一声巨响。

"中了!"一个欢快的声音喊道。

炮弹击中街垒时,加弗洛什跳进了街垒。他是从天鹅街那边过来的,他敏捷地跨过面对小丐帮街迷宫的小街垒。

加弗洛什在街垒里引起的反响比炮弹还要大。

炮弹消失在街石垒起的破墙内,充其量也就炸毁了公共马车的一只轮子,给了安索那辆破车致命一击。看到这个,起义者们敞怀大笑。

"再打呀!"博絮埃向炮手们喊道。

八　得认真对待炮手了

大家围住加弗洛什。但他没来得及叙述,马里尤斯战栗着把他拉到一旁。

"你来这里干什么?"

"呀!"那孩子说,"那您呢?"

加弗洛什放肆地盯着他看,那种神态简直不可思议。他的双眸闪着自豪的光,因而变得更大了。马里尤斯用严肃的口吻继续说:

"谁叫你回来的?我那封信你按地址送去了吧?"

对这封信,加弗洛什感到有点内疚。他急着赶回街垒,与其说把信交给人家,不如说匆匆脱了手。他心里不得不承认,他把信交给那位陌生人,有失谨慎,他连模样都没看清。那人的确没戴帽子,但光凭这点是不够的。总之,他为这事暗暗自责,害怕马里尤斯会怪他。为了摆脱困境,他采取了最简单的办法,可耻地撒了个谎。

"公民,我把信交给门房了。那位女士正在睡觉。她一醒就会拿到信的。"

马里尤斯派他送信有两个目的,一是同珂赛特告别,二是救加弗洛什。他的心愿只满足了一半,只好认了。

先是加弗洛什去送信,跟着福施勒旺先生出现在街垒,马里尤斯在脑海里把这两件事联系了起来。他指着福施勒旺先生问他:

"你认识这人吗?"

"不认识。"加弗洛什说。

刚才说了,加弗洛什是在夜里看见让·瓦让的。

马里尤斯头脑里产生的混乱而病态的臆测,顿时烟消云散。再说,他了解福施勒旺先生的政见吗?福施勒旺先生说不定是共和派。这样,他来参加战斗就不足为怪了。

这时,加弗洛什已走到街垒的另一端,大叫大嚷道:"我的枪呢!"库费拉克叫人把枪还给了他。

加弗洛什按照习惯的称呼,告诉"同志们",街垒已被包围。他费了很大的劲才走到这里。正规军的一个营监视着天鹅街那边,枪支架在小丐帮街;保安部队把守着另一边的布道兄弟会修士街。街垒正面是主力部队。

说完,加弗洛什又补了一句:

"我准许你们狠狠揍他们一顿。"

昂若拉则站在他的枪眼旁,伸长耳朵,密切监视。

进攻者没有再发射,可能对第一发炮弹不满意。

一个步兵连来到大炮后面,占领了街的另一端。士兵们挖出街石,在起义者的街垒对面,筑起一堵矮墙,约有一尺八寸高,像是用作掩体的。在这掩体左侧的角上,可见集中在圣德尼街的郊区国民自卫军一个营的排头。

昂若拉密切监视着,他似乎听见从弹药箱内取出霰弹的与众不同的声音,他看见炮长改变了射击点,将炮口微微侧向左边。接着,炮手们开始装炮弹。炮长亲自抓起点火棒,凑近火门。

"低头!快回这里来!"昂若拉喊道,"都沿街垒跪下!"

刚才,起义者见加弗洛什回来,都离开战斗岗位,分散在酒店门口,听见昂若拉的喊声,一窝蜂地朝街垒奔去。可是,昂若拉的命令还没来得及执行,敌方已经开炮,只听见霰弹发出惊心掉胆的呼啸声。的确是一发霰弹。

那霰弹朝着街垒的缺口飞来,射到墙上,又弹了回来。这一弹不要紧,造成两亡三伤。照这样下去,街垒要招架不住了。霰弹打得进来。大家惊得大声呼叫。

"得阻止他们开第二炮。"昂若拉说。

说完,他压低卡宾枪,瞄准此刻正俯在炮闩上,做最后瞄准的炮长。

炮长是位漂亮的炮兵中士,年纪很轻,一头金发,相貌温和,透着与这武器相得益彰的智慧。这种命定的可怕武器,在可怖性上日臻完善,应该最终能消灭战争。

孔布费尔站在昂若拉身旁,打量着那个年轻人。

"真可惜!"孔布费尔说,"这样子杀人,是很丑恶的!得了,等没有国王时,就没有战争了。昂若拉,你瞄准这个中士,却不看着他。你想象一下,他是个可爱的年轻人,大胆勇猛,看得出很有头脑,这些年轻的炮兵,都很有知识。他有父亲、母亲、家庭,可能正在恋爱,最多二十五岁,可以做你的兄弟。"

"他是我兄弟。"昂若拉说。

"对,"孔布费尔说,"也是我的。算了,别杀他了。"

"你别管。该做的事就该做。"

一颗眼泪在昂若拉冷漠的脸颊上慢慢滚下。

与此同时,他扣动卡宾枪的扳机。一道光射出。那炮手转了两下,双臂伸向前方,脑袋昂起,像是要呼吸空气,然后,侧身倒在大炮上不动了。一股鲜血从他背中间往下淌。子弹穿透了他的胸部。他死了。

得把他抬走,还得有人替他。这样就争取到了几分钟。

九 运用影响一七九六年判决的偷猎者的才能和百发百中的枪法

街垒里众说纷纭。大炮又开始轰击了。遇上这种霰弹,不消一刻钟

就会完蛋。无论如何要削弱大炮的轰击力。昂若拉发出了命令:

"得在那里放张床垫。"

"没有了,"孔布费尔说,"全躺着伤员哪。"

让·瓦让独自待在一旁,坐在酒店拐角处的护墙石上,两腿夹着步枪,直到此刻,尚未介入战斗。战士们在他周围议论说:"那儿有支枪闲着。"他似乎也没听见。

可是,昂若拉刚发出命令,他就站了起来。

大家一定记得,起义者来到尚弗里街时,一个老婆婆为预防子弹,用床垫挡住了窗口。那是顶楼上的一个窗子,在一座七层楼房的屋顶上,有点在街垒的外面了。那床垫横放着,下端搁在两根晾衣杆上,上端吊在两根绳子上,远远看去,那两根绳子就像两根细线,挂在窗框的两个钉子上。那两根绳子看得清清楚楚,有如两根头发悬在空中。

"谁能借我一支双响的卡宾枪?"让·瓦让说。

昂若拉将刚装好子弹的卡宾枪递给让·瓦让。让·瓦让瞄准顶楼,射了一枪。吊着床垫的一根绳子打断了。床垫只剩一根绳子拉着了。让·瓦让又射第二枪。第二根绳子打断时,抽了一下窗玻璃。床垫从两根晾衣杆中间落下来,掉在街上。街垒里掌声雷动。大家异口同声地高喊:

"有床垫了!"

"对,"孔布费尔说,"可谁去把它弄来呢?"

的确,床垫落在街垒外面,位于围困者和被围困者之间。然而,那炮兵中士被子弹射死后,部队恼羞成怒,步兵们都趴在街石垒起的掩体后面,为了弥补大炮被迫缄默、需要重新组织的空当,向街垒开枪射击。为节省弹药,起义者对敌人的齐射置之不理。街垒挡住了密集的子弹,可街上却是枪林弹雨,十分危险。

让·瓦让走出豁口,冲到街上,冒着枪林弹雨,奔到床垫跟前,拾起来背着,又返回街垒。他亲自用床垫堵住豁口,靠在墙上,不让炮手看见。

放好床垫，大家等候霰弹轰击。没等多久。

大炮一声吼叫，吐出一包霰弹。没有出现反弹。霰弹遇到床垫闷住了。

预期的效果达到了。街垒保住了。

"公民，"昂若拉对让·瓦让说，"共和国感谢您。"

博絮埃赞叹不已，纵声大笑。他惊叹道：

"一个床垫竟有这么大的威力，太邪门了。这是以柔克刚。不管怎样，这个床垫抵消了一门大炮，光荣应该属于它！"

十　晨　曦

这时，珂赛特醒了。

她的卧室窄小、清洁、幽静，东面有一扇长窗朝向后院。

珂赛特对巴黎发生的事一无所知。白天她还没来这里，而当杜珊说"好像有喧闹声"时，她早已回房了。

珂赛特没睡多少时间，但睡得很香。她做了甜美的梦，可能与她洁白的小床有点关系。一个人出现在光亮中，好像是马里尤斯。她醒来时满目阳光，还以为仍在梦境中。

她梦醒后，第一个感觉是愉快。珂赛特感到踏实了。和几小时前的让·瓦让一样，她的内心绝对不想有不幸的事发生。她竭力使自己产生希望，却又不知是为什么。接着，她黯然神伤起来。——已有三天没见到马里尤斯了。不过，转念又想，他应该收到她的信，知道她在哪里了，他很聪明，会有办法找到她的。——肯定在今天，说不定就在上午。——天已大亮，但光线是平射的，她寻思时间还早，但也该起床了。为了迎接马里尤斯。

她感到，没有马里尤斯，她是无法活下去的，因此，光凭这点，马里尤斯也一定会来。任何相反的看法都不可接受。这一切肯定无疑。她已痛苦了三天，已够可怕的了。马里尤斯三天没来，这是上帝开的可怕玩笑。现在，上帝的这场残酷考验已然过去。马里尤斯就要来了，他会带来好消息。年轻人就是这样，他们会很快擦干眼泪，他们觉得痛苦毫无用处，也就不接受痛苦。青春就是未来向一个陌生人的微笑，而这个陌生人便是未来自己。年轻人认为幸福是很自然的。他们的呼吸是由希望构成的。

另外，珂赛特记得，马里尤斯说好只有一天不来看她，却怎么也想不起来他说了什么，为什么不来。谁都注意到过一种现象：一枚硬币落在地上，会多么巧妙地躲起来，让你无法找到。有时，思想也会开同样的玩笑，躲到我们大脑的一个角落里；这样就完了，它们消失得无影无踪，无法回忆得起来。珂赛特努力想了想，没有想起来，感到有点气恼。她想，她竟然忘了马里尤斯同她说的话，这样很不好，这是有罪的。

她下了床，做了祷告，洗了脸，也就是净了净自己的灵魂和身体。

必要的话，可以把读者带进一个洞房，但不能带进一个闺房。诗歌勉强敢这样，散文就不应该了。

闺房是含苞未放的花儿的内室，是黑暗中的白色，是未开放的百合花的花心，只要太阳没看过，男人就不该窥视。含苞未放的女人是神圣的。那裸露的纯洁无瑕的小床，那连她自己都不敢正视的半掩半露的美妙玉体，那藏进拖鞋里的洁白的秀脚，那视镜子为眼睛，在它面前也遮遮藏藏的酥胸，那听见家具爆裂的声音和车辆驶过的声音，也要赶紧往上拉一拉以便遮住玉肩的衬衣，那些打了结的缎带，那些扣住的搭扣，那些拉紧的束带，那些颤动的声音，那些因为怕冷怕羞而发出的微微颤抖的声音，那些因为受惊受吓而做出的妙不可言的动作，那有如插了翅膀、动辄就有的不安,那如晨曦中的云彩千变万化、楚楚动人的服饰,这一切都是不该细述的,点一下还嫌太多。

男人的目光,面对一位少女起床,要比面对一颗星星升空更虔诚。一旦可能触及,当即倍加尊敬。桃子的茸毛,李子的白霜,雪花状的晶体,蝴蝶的粉翅,比起纯洁无垢却毫无意识的少女来,就成了俗物。少女只是梦幻中的一道微光,尚不是一尊雕像。她的闺房隐蔽在理想的阴影部分。目光不慎触及,是对这阴影的冒犯。如若凝视,便是亵渎了。

因此,对于珂赛特醒来时那种赏心悦目的忙乱情景,我们不作描绘了。

东方有个故事中说,上帝创造的玫瑰原本是白色的,可是,它在开放时,被亚当瞅了一眼,便羞得变成了玫瑰色。我们认为,少女和花儿值得崇敬,在她们面前感到诚惶诚恐。

珂赛特很快就穿好了衣服,梳好了头发,戴好了头饰(那时候,女人的发式很简单,不用小垫块和小卷筒把发卷和中间分开的两股头发鼓起来,也不在头发里加硬衬)。梳妆完毕,她打开窗子,环顾四周,希望能看到一段街道,一个屋角,一截路面,便于她窥视马里尤斯。但外面什么也看不见。后院围着高墙,空隙处是几座花园。珂赛特声言这些花园奇丑无比,她生平第一次觉得花儿不好看。十字路口的一段阳沟也比花园中看。她决定仰望天空,仿佛马里尤斯会从天而降。

忽然,她泪如雨下。并非她情绪多变,而是从希望转入了沮丧,这便是她当时的心境。她隐隐感到一种莫名的恐惧。的确,一切都是过眼云烟。她觉得对什么都没有把握。互不见面,便是互相失去。刚才她想,马里尤斯可能从天而降,现在她觉得这个想法不再是美好,而是凄凉了。

继而雨过天晴,她恢复了平静,也恢复了希望。她莞尔而笑,那是一种无意识的,但对上帝深信不疑的微笑。

那幢房子里的人都还在睡觉,就像乡下那样静得出奇。没有一扇窗

板打开。门房的小屋依然关着。杜珊尚未起床，珂赛特自然以为父亲仍在睡觉。她夜里一定很痛苦，现在也仍然很痛苦，否则她不会埋怨父亲。但她寄希望于马里尤斯。这样亮的光肯定是不会消失的。她开始祈祷。远处不时传来沉闷的震动声，她说："真奇怪，这么早就有车辆出入大门。"其实是大炮在轰击街垒。

在珂赛特窗下几尺远的墙上，有个黑黑的旧飞檐，里面有个雨燕窝，稍为突出在飞檐之外，从上面可以看见这个小天堂的内部。燕妈妈在窝里，张开扇状的翅膀，护着一群儿女；燕爸爸飞来飞去，用嘴衔回来食物和亲吻。朝阳将这幸福的一幕染得金光灿灿，"繁衍生息"的伟大法则，在这里发出庄严的微笑，这充满温馨的神秘，在晨曦中笑逐颜开。珂赛特的头发沐浴在朝晖中，灵魂陷入幻想中，心里照着爱情，躯体照着晨光，她仿佛无意识地俯下身子，却不敢承认心里在思念马里尤斯，怀着处女见到鸟窝时的激动心情，开始注视这些鸟儿，这个家庭，这只雄燕和这只雌燕，这个母亲和这些幼崽。

十一　弹无虚发，却不伤人

围困者继续使用火力。排枪和霰弹轮番发射，但并没造成多大的损失。唯有科林斯酒店上半部门面损失惨重：二楼的窗户和屋顶室的小窗被霰弹和枪弹射得千疮百孔，渐渐变得面目全非。守在那里的战士只好躲开了。这是攻打街垒的一种战术；长时间频频射击，以耗尽起义者的弹药，假如起义者错误地还击的话。当发现起义者火力减弱，便知道他们弹药已尽，这时就可以发起进攻了。昂若拉没有上当，街垒丝毫没有还击。

每次射来枪弹,加弗洛什便用舌头鼓起腮帮子,以示极大的蔑视。

"好啊,"他说,"把布撕烂吧,我们需要绑带。"

库费拉克看见霰弹不起作用,便吆喝大炮:

"我的乖乖,你射散了。"

打仗跟在舞会上一样,也要施些计谋。街垒的沉默可能使围攻者不安起来,他们担心会发生意外,感到需要透过这堆街石摸清情况,了解这无动于衷的大墙后面发生了什么,为什么挨了打不还击。起义者们突然发现,旁边的屋顶上有个头盔在阳光下闪烁。一个消防队员背靠在高烟囱上,好像在站岗放哨。他的目光垂直落到街垒里。

"那人在监视我们,太碍事。"昂若拉说。

让·瓦让已把卡宾枪还给昂若拉了,但他还有自己的步枪。

他一声不吭,却瞄准那消防队员。转眼间,那人的头盔中了子弹,当啷一声掉到街上。那士兵惊慌失措,赶快逃走。

另一个人来接替他观察。是个军官。让·瓦让又装上子弹,瞄准新来的,砰的一声,那军官的头盔便去和士兵的头盔会合了。军官不敢坚持,赶快溜走。这次他们可明白是什么意思了。没有人再出现在屋顶上,他们放弃了对街垒的侦察。

"您为什么不把人打死?"博絮埃问让·瓦让。

让·瓦让不作回答。

十二　拥护秩序的人却无秩序

博絮埃在孔布费尔耳边嘀咕说:

"他没回答我的问题。"

"这是用枪行善的人。"孔布费尔说。

对那个相当遥远的年代尚有记忆的人，都知道郊区国民自卫军镇压起义可谓英勇顽强。在一八三二年六月那几天，他们尤其英勇顽强，不屈不挠。例如，庞坦、韦图、居内特等酒店的好老板，看到骚乱使他们的"机构"无人问津，舞厅无人光顾，便都变成了小狮子，拼命也要挽救小酒店所代表的秩序。在这既市侩又英勇的年代，各种思潮都有自己的骑士，各种利益都有自己的侠士。虽动机平庸，但行动英勇。钱堆的变少，使得银行家们唱起了《马赛曲》。为了捍卫钱柜，人们满腔激情，不怕流血，以斯巴达式的热忱，来保卫小店这个祖国的缩影。

其实，可以说，这里面没什么了不得的事。不过是社会各个成分发生了冲突，直到彼此平衡的那一天。

那时期的另一个特征是，无政府主义和政府中心主义（正统派的野蛮称呼）搅和在一起。

人们拥护秩序，自己却不讲纪律。某个国民自卫军上校心血来潮，一道命令，战鼓就突然擂响了集合令；某个上尉灵机一动，就上了火线；某个国民自卫军战士凭一时"念头"，为了自身的利益，就去参加战斗。在那些"日子"里，在危急关头，人们不大征求长官的意见，而是凭本能行事。在维持秩序的军队里，有真正的游击战士，有法尼科之类拿剑的人，也有像亨利·丰弗雷德那样拿笔的人。

不幸的是，在那个年代，代表文明的与其说是一组原则，不如说是一组利益；因此，文明处境危险，或自以为处境危险，便大声惊呼；人人各自为中心，站在文明的前面，守卫它，救援它，保护它；谁都把拯救社会视为己任。

有时，这种热忱竟走到杀人的地步。国民自卫军的某个排，擅自建立军事法庭，五分钟就判决和枪毙了一名被捕的起义者。让·普鲁韦正是这样被随兴而杀害的。这是残酷的林奇法[①]，任何派别都无权指责别人这样做，因为这种私刑，美国的共和政体实行，欧洲的君主政体也实行。这个林奇法常因出错而使事情变得复杂。暴动的某一天，一个叫保尔-埃梅·加尼埃的青年诗人，在王家广场被一个端着刺刀的人追杀，躲到六号门洞里才逃脱。那追在后面想杀他的人高喊："又一个圣西门分子！"原来他腋下夹着圣西门公爵的回忆录。一个国民自卫军战士看见书上写着圣西门，便高喊："打死他。"

一八三二年六月六日，郊区国民自卫军的一个连，在上面提到的法尼科上尉的率领下，一时心血来潮，冲到尚弗里街上找死，造成惨重伤亡。这件事不管多么奇特，在一八三二年起义后进行的司法预审中得到了证实。法尼科上尉，急躁而大胆的资产阶级，像是维持秩序的雇佣兵，具有上面描绘过的特点，是个狂热的无法无天的政府中心论者，无法抵御提前开火的诱惑，野心勃勃，想独自，即靠他一连的兵力攻占街垒。他先看见红旗升起，后又看见黑旗——其实是一件旧衣服升起，又气又恼，大声谴责部队的将领们按兵不动，而那些将领们正在磋商，认为进攻的决定性时刻尚未来到，拿他们中一个人的名言来说，要让"起义者在自己的汤里好好煮一煮"。而他却认为街垒已到了瓜熟蒂落的时候，于是他要试一试。

他手下的人都和他一样坚定，据一位目击者说，是一群"疯子"。他那个连，即枪毙诗人让·普鲁韦的连，是部署在街角那个营的第一连。在大家意想不到的时候，上尉率部发起进攻。这个光凭愿望而缺乏策略的行动，使法尼科连惨遭伤亡。他们刚走了三分之二路程，街垒就向他们开枪射击。四个胆子最大的人冲在前头，就在街垒脚下被枪口顶着胸膛击毙了。这群国民自卫军战士，个个都很勇敢，但缺少军人的坚

[①] 林奇法由美国上尉林奇（1742—1820）推行。抓到人，不经司法途径，私自判决及执行。

韧不拔，犹豫了一会儿，便丢下十五具尸体撤退了。趁他们犹豫之际，起义者抓紧时间，又给枪装上子弹。第二次射击杀伤力很强，敌人还没撤到街角的掩蔽所，子弹就打到他们身上了。有一刻，他们受到两面夹攻，一阵排炮打在他们身上：因为没有得到命令，大炮仍在轰击。无畏而莽撞的法尼科上尉也惨死在炮火下。他是被大炮打死的，也就是说，他是秩序的牺牲品。

这次凶猛有余、严肃不足的进攻，把昂若拉激怒了。

"这帮蠢货！"他说，"他们让自己人白白送死，也让我们白耗子弹。"

昂若拉说话，俨然像真正的暴动将领。起义和镇压之间的战斗，是在武力不等的情况下进行的。起义一方弹药不多，战士有限，很快就会弹尽人绝。一盒子弹打光了，一个人打死了，不可能再有补充。镇压一方有数不尽的人，因为有军队，有数不尽的弹药，因为有樊尚兵工厂。他们拥有的团的数目，和街垒的人数相等，兵工厂的数目，和街垒的子弹盒一样多。因此，这是以一当百的战斗，总是以街垒的毁灭而告终，除非革命突然爆发，将天神那把火焰熊熊的利剑扔到天平上。这迟早会发生的。那时，一切都会奋起反抗，大街会沸腾起来，民众会纷纷建造街垒，巴黎会受到强烈震撼，那**神奇的东西**①会显示出来，某个八月十日会酝酿出来，某个七月二十九日会孕育出来，奇异的光辉会出现，张牙舞爪的武力会后退，军队这头狮子，会看见法兰西这个预言家平静地屹立在前面。

---

① 原文为拉丁语。

十三　闪过希望之光

在保卫一座街垒时，存在着形形色色的情感和激情：无畏、活力、荣誉感、热情、理想、信念、赌徒的执迷，尤其是断断续续的希望。

这种时断时续、微微颤动的希望，在最出乎意料的时刻，突然掠过尚弗里街垒。

"你们听，"一直没放松戒备的昂若拉突然惊喊道，"我感到巴黎醒来了。"

六月六日上午，有一两个小时，起义的热情无疑有了回升。圣梅里教堂不停地敲响警钟，唤醒了一些人的战斗愿望。梨树街和格拉维利埃街也筑起了街垒。在圣马丁城门前，一名青年端起卡宾枪，单枪匹马攻击一个骑兵队。他就在大马路上，一无掩护，单膝跪地，枪抵着肩，开枪杀死了骑兵队长，然后回过头来说："又一个不能再对我们作恶了。"他被马刀砍死了。在圣德尼街，有位妇女从垂下的遮光帘后向保安警察开枪。只见她每放一枪，遮光帘的叶片就颤动一次。在科索内里街，一个十四岁的孩子被抓走了，口袋里装满了子弹。好几处敌人岗哨遭袭击。在贝坦－普瓦雷街口，卡韦尼阿·德·巴拉尼将军率领的一个重骑兵团，突然遭到猛烈的扫射。在普朗施－米布雷街，有人从屋顶上向军队扔破盆烂碗和日常用具。这是不祥之兆。有人向苏尔特元帅做了汇报，这位拿破仑的老副将陷入沉思，他回忆起絮歇①在萨拉戈萨说的一句话："当老婆婆往我们头上泼尿壶时，我们就完了。"

在人们认为骚乱已得到控制的时候，各处又出现了这些征兆，民众复又燃起怒火，在称作巴黎郊区的这些干柴堆上，到处飞舞着火星，这

---

① 絮歇（1770—1826），法国军人，从普通一兵最后升为法国元帅，是拿破仑的一员干将。一八〇八到一八〇九年，他率法军在西班牙作战，夺取了萨拉戈萨要塞。

一切，使得军队的将领们忧从中来。他们急于扑灭这些刚燃起的火星。他们推迟攻打莫贝埃、尚弗里和圣梅里等街垒的时间，先着手扑灭那些火星，以便全力以赴，将街垒一举歼灭。他们向蠢蠢欲动的街道派出步兵，扫荡大街，搜索小巷，左面的街看看，右面的街探探，时而小心翼翼，慢步前进，时而迈开大步，向前冲锋。遇到放冷枪的房屋，便破门而入。与此同时，骑兵扫荡林荫大道，驱散人群。军队镇压时，不会不引起喧哗，军队和民众冲突时，不会没有叫嚷。这便是昂若拉在炮轰和射击间歇之际听到的声音。此外，他还看见街那头有担架抬着伤员经过，他对库费拉克说：

"那些伤员不是我们打伤的。"

希望转瞬即逝，微光稍纵即灭。不到半个小时，飘在空中的希望烟消云散，就像没有雷声的闪电。起义者们感到，冷漠的民众惯于向被抛弃的不屈不挠者扔出的铅袍，再次落到他们身上。

普遍暴动似乎稍有显露，便告流产了。现在，陆军部长可以把注意力，将领们可以把策略全都集中在三四个尚未被摧垮的街垒上了。

太阳从地平线上升起。

一个起义者质问昂若拉：

"我们都饿了。我们真要空着肚子去死吗？"

昂若拉依然支在枪眼上，眼睛监视着街的另一端，点了下头。

十四　这里可看到昂若拉情人的名字

库费拉克坐在昂若拉身旁的一块街石上，继续笑骂大炮，每当被叫作霰弹的黑压压一片弹丸咆哮着飞过来时，他便以冷嘲热讽迎接它们。

"可怜的老畜牲，你叫得舌敝唇焦了。真叫我替你难过。你吼也是白吼。这哪里是雷鸣。几声咳嗽罢了。"

他周围的人哄然大笑。

随着危险越来越大，库费拉克和博絮埃越来越勇敢，心情也越来越好。他们学斯卡隆夫人①的样，以玩笑代替食物，既然没有酒，就给大家的酒杯里斟入快乐。

"我真佩服昂若拉。"博絮埃说，"他既镇定，又大胆，叫我赞叹不已。他独自一人生活，这使他有点郁郁寡欢。他秉性高贵，这使他过着鳏居生活，他自己也不无抱怨。我们这些人，都或多或少有几个情妇，她们使我们发狂，就是说使我们变得勇敢。一个人恋爱起来像老虎，战斗起来至少会像头狮子。这是向背叛我们的娘儿们报复的一种方式。罗兰②设法战死，就是为了让安杰丽克不高兴。我们的英雄主义全都来自女人。没有女人的男人，好比没有扳机的手枪。是女人拨动我们男人。唉！昂若拉没有女人。他没有恋人，可他却有办法让自己勇猛无畏。一个人既能冷若冰霜，又能勇猛如火，真是不可思议。"

昂若拉好像不在听，可是，他身旁有人，就会听见他喃喃念着"祖国"。

博絮埃还在说笑，库费拉克却喊道：

"又来一个！"

接着，他以传达的口吻通报："我叫八厘米口径大炮。"

果然，一个新角色登场了。这是第二门大炮。炮手们全力操作，不一会儿，这第二门大炮便在第一门旁边架好了。结局显示出来了。

两门大炮很快上好炮弹，立即向街垒正面发起攻击。正规军和国民

---

① 斯卡隆夫人，法王路易十四的情妇。
② 罗兰，意大利诗人阿里奥斯托（1474—1533）的长诗《疯狂的罗兰》中的主人公，安杰丽克是他的恋人。

自卫军用齐射配合炮兵。

不远处也响起了炮声。就在两门大炮向尚弗里街垒发起猛轰之时,另外两门大炮,一门在圣德尼街,另一门在奥布里屠夫街,一齐瞄准圣梅里街垒,将它轰得千疮百孔。四门大炮彼此呼应,好不凄厉。

阴沉的军犬也互相响应,狂吠不停。

正在轰击尚弗里街垒的两门大炮,一门射的是霰弹,另一门是圆炮弹。

射圆炮弹的大炮瞄得稍为高一些,算好炮弹打在街垒顶端,把它削平,将起义者头顶上方的街石炸成霰弹。

这样射击,旨在迫使起义者离开垒顶,退缩到街垒里面去。也就是说,宣告进攻开始了。

战士们一旦被圆炮弹轰得离开街垒顶端,被霰弹打得离开酒店窗口,进攻的部队就可以冒险冲到街上,不会被瞄准,甚至不会被发现,就像昨晚那样,可以突然爬上街垒,谁知道呢?也许能出其不意,把街垒攻下来。

"这两门炮太讨厌,得煞一煞它们的威风。"昂若拉说。随即又喊道:"向炮兵开火!"

大家早已做好准备。沉默了很久的街垒猛烈射击,狂怒而欢快地连续发出七八次排射。街上硝烟弥漫,刺得人睁不开眼。几分钟后,透过这火光闪闪的烟雾,依稀可见三分之二的炮兵倒在大炮的轮子旁。没有倒下的炮兵,严肃而镇静地给炮装炮弹。但是发射的速度减缓了。

"干得好。"博絮埃对昂若拉说,"成功了。"

昂若拉摇了摇头,回答说:

"这样的成功还能维持一刻钟,接下来,街垒里就只剩不到十发子弹了。"

加弗洛什似乎听见了这句话。

十五　加弗洛什到了街垒外面

蓦然，库费拉克发现在街垒下面，在外面，在街上，在枪林弹雨下有个人。

加弗洛什在酒店里拿了一只装酒瓶的篮子，从豁口出去，不慌不忙，将倒在街垒斜面上的国民自卫军弹盒里的子弹倒进篮子里。

"你在那里干什么？"库费拉克说。

加弗洛什抬起头：

"公民，我在装篮子。"

"你没看见霰弹吗？"

加弗洛什回答：

"嘿，下雨罢了。那又怎样？"

库费拉克喊道：

"回来！"

"待会儿。"加弗洛什说。

说完，他一跃跳到街上。

大家还记得，法尼科连退却时，一路留下了许多尸体。整条街上，东一个，西一个，躺着二十来具尸体。对加弗洛什来说，便是二十来个弹盒。对街垒来说，便是备用子弹。

街上硝烟弥漫。谁见过一大片白云飘落到两个悬崖之间的情景，就能想象得出，这硝烟被两排阴森的高楼挤压，仿佛变得更浓更厚了。它缓缓升起，不断更新，以至光线越来越暗，连白天也变得灰蒙蒙了。这条街很短，可是，街这头的人几乎看不见街那头的人。

这种朦胧模糊的状态，可能是袭击街垒的指挥官有意布下的，但也给加弗洛什提供了方便。

多亏这浓厚的烟雾，也多亏他个子矮小，他可以走得相当远而不会被发现。他倒空了七八个弹盒，没遇到多大的危险。

他时而匍匐前进，时而撒腿奔跑，用牙齿咬着篮子，扭动着，滑行着，起伏着，从这个尸体蜿蜒爬到另一个尸体，将弹盒或弹袋倒空，有如猴子打开核桃将它掏空。

他离街垒还相当近，街垒里的人不敢喊他回来，生怕把敌人的注意力引到他身上。

他在一个下士的尸体上，发现一只梨形火药壶。

"留梨待渴。"他说，并把它装进兜里。

他越走越远，最后来到硝烟稀薄的地方。排成行埋伏在街石掩体后面的正规军射手，以及集结在街角的国民自卫军射手，突然发现有个东西在烟雾中蠕动。

在一块墙角石旁，躺着一个中士的尸体；加弗洛什正在掏他身上的子弹，不料一颗子弹击中了尸体。

"啊哟！"加弗洛什说，"他们在杀我的死人了。"

第二颗子弹打得他身旁的石头路面迸出火星。第三颗子弹打翻了他的篮子。加弗洛什看了看，发现是国民自卫军那边打来了。

他直起身子，站着不动，头发随风飘动，双手叉在胯部，眼睛盯着射击的国民自卫军，唱起歌来：

> 楠泰尔人太丑，
> 这怪伏尔泰，
> 巴莱索人太蠢，
> 这要怪卢梭。

然后，他拾起篮子，将翻出来的子弹一颗不漏，捡回篮里，又迎着射击前进，去倒另一只子弹盒。第四颗子弹仍没击中他。加弗洛什唱道：

> 我不是公证人，
> 这怪伏尔泰，
> 我是一只小鸟，
> 这要怪卢梭。

第五颗子弹射来，也只打出他的第三段歌：

> 我生性快乐，
> 这怪伏尔泰，
> 我囊空如洗，
> 这要怪卢梭。

这样又延续了一段时间。

这景象惊心动魄，却又令人陶醉。加弗洛什挨了射击，却还戏弄敌人。他看上去很开心。他像麻雀在啄猎人。每射来一发子弹，他便回敬一段歌。敌人不断瞄准他，却回回都打不中。国民自卫军和正规军的士兵们边瞄准，边嬉笑。他时而卧倒，时而直立，躲到一个门角里，霍地又跳出来，时而消失，时而出现，时而躲开，时而回来，用拇指顶着鼻尖，扇动其他四指，以示对射击的蔑视，可他仍然不停地捡子弹，掏空弹盒，装满篮子。起义者们急得直喘气，目光紧紧地跟着他。街垒在颤抖；他却在唱歌。这不是孩子，也不是大人，而是个神奇的小精灵。简直是混战中刀枪不入的矮神。子弹在他后面追赶，他却比子弹更敏捷。他在与死神玩可怕的捉迷藏游戏。每当塌鼻子的死神向他靠拢，他就用手指把他弹开。

然而，有颗子弹比其他子弹瞄得更准，抑或更加阴险，终于击中了如磷火般忽隐忽现的孩子。加弗洛什踉跄了一下，倒在地上。街垒里的人惊得大叫一声。可这孩子身上有安泰俄斯①的神力，他接触大街，正如巨人接触大地。他倒下是为了站起来。他坐在地上，一股鲜血从脸上淌下，他举起双臂，眼睛望着子弹飞来的方向，又唱起歌来：

我倒在地上，
这怪伏尔泰，
脸冲着阳沟，
这要怪……

他没有唱完。同一个枪手的第二颗子弹使歌声戛然而止。这一次，他脸朝地倒下，再也不动了。这颗伟大的小灵魂飞走了。

十六　兄长如何变成父亲

与此同时，有两个孩子——我们的目光应注视各处的悲剧——手挽着手，走在卢森堡公园里。一个可能七岁，另一个五岁。他们走在有阳光的林间小道上，因为他们全身都被雨水淋湿了。大的领着小的。他们衣衫褴褛，面无血色，神态就像两只野禽。小的那个说："我饿坏了。"

哥哥已有点保护人的架势，左手牵着弟弟，右手拿着一根小棍。

---

① 安泰俄斯，利比亚巨人。海神波塞冬和地神该亚的儿子。在格斗时，只要身不离地，就能从大地母亲身上汲取力量。

公园里冷冷清清，只有他们两人。因为有暴乱，警方采取措施，将公园的门全关闭了。在里面露营的部队，也因战斗需要，全都撤走了。

这两个孩子怎么会在这里的？难道是从某个看守不严的哨所里逃出来的？抑或在附近，在地狱城门口，或在观象台广场上，或在被写着**捡到一个裹着破布的孩子**①的门楣俯视的十字路口，有一间江湖艺人的小屋，他们是从那里逃出来的？也可能头天晚上公园关门时，他们瞒过看守，在一个阅报亭里过了一夜？事实上，他们到处流浪，看上去自由自在。一个人到处流浪，看上去自由自在，便是无家可归。的确，这是两个无家可归的孩子。

读者想必还记得，他们正是加弗洛什牵肠挂肚的两个孩子。他们本是泰纳迪埃的儿子，出租给了玛妮翁，充当吉诺曼先生的私生子，现在就像无根断枝的两片落叶，被风吹得在地上打滚。

玛妮翁管他们的时候，他们穿得干干净净，因为要摆出样子给吉诺曼先生看，现在那些衣服已破烂不堪。

这两个孩子已被警察确认，列入流落巴黎街头，多次收容多次逃跑的"弃儿"名册中了。

得碰上暴乱的一天，这些可怜的孩子才能混进公园里。若被看公园的人发现，这些衣衫褴褛的孩子肯定会被赶出去。穷孩子是不准进公园的。不过，也应该想一想，作为孩子，他们是有权赏花的。

多亏公园大门关闭，他们才能待在里面。他们违反了规定。他们溜进公园，待在里面没有走。园门关闭后，看守人员是不休息的，仍要在园中巡视，但会松懈一些，会有停顿。而那天，恰好民众暴动，看守人员受到影响，对园外的事比对园内的事更关心，不再在公园里巡视，所以没看见这两个犯有轻罪的孩子。

---

① 原文为拉丁语。

昨天下了雨，甚至今天早晨还下了一点。但是，六月的骤雨无关大局。暴雨过后一小时，就看不出这个金灿灿的艳阳天曾流过泪。夏日的地面好像孩子的脸蛋，泪水干得很快。

在这夏至时节，中午的阳光可以说火辣辣。它无所不喝。它紧贴地面，与大地重合，吮吸地里的水分。太阳仿佛渴了。一阵大雨是一杯水，下了一场雨，很快就被太阳喝干了。那天，早晨还满地淌水，到了中午，就尘土飞扬了。

被雨水洒洗后又被阳光拭干的树木花草，最赏心悦目了。那是既炎热又凉爽的感觉。雨水滋润了根儿，阳光照射着花儿，花园和绿茵成了香炉，香气四溢。万物欢笑，歌唱，都在奉献自己的芬芳。人们感到陶醉了。春天是昙花一现的天堂，阳光培养人的忍耐精神。

有些人没有更高的要求，活着时，只要有蓝天，便会说"这够了"；他们沉湎于奇异的幻想，崇拜大自然，漠视善与恶；他们瞻仰宇宙，对人类漠不关心，不理解既然可以在树下沉思，为什么还要操心这些人饿了，那些人渴了，这个穷人冬天没有衣裳，那个小孩患了淋巴性脊椎弯曲，这些人睡的是破床，住的是阁楼，那些人关在地牢里，姑娘们衣不遮体，索索发抖；他们心境恬静，冷酷无情，心满意足。不可思议的是，他们只满足于无限。他们对有限漠不关心，而有限承认博爱，这是人类的极大需要。他们对有限不闻不问，而有限承认进步，这是一个崇高的任务。对于无限和有限，即神和人结合所产生的不确定，他们同样也看不到。只要面对无限，他们就笑容满面。那已不是快乐，而是心醉神迷。沉溺其中，便是他们的生活。对他们而言，人类的历史不过是一个小小的镜头，宇宙万物不包容于历史之中，真正的宇宙万物存在于历史之外，何必为人类这件琐事操心呢？人类可能在受苦，可是你看，金牛星座的那颗红星升起来了！我对母亲没有奶水、婴儿濒临死亡一无所知，可你好好瞧瞧杉树断面在显微镜下显示的玫瑰形奇妙图像。你拿最美的花边同这图像比一比！这些思想家忘记了对人类的爱。他们沉湎于黄道十二宫，就看不见孩子在啼哭。上帝遮住了他们的灵魂。这是由一群既渺小又伟大的人组成的大家庭。贺拉斯是其中一员，歌德是其中一员，拉封丹也可算一个。他们是无限世界中的非凡的利己主义者，是人类痛苦无动于衷的旁观者。晴天时，他们看不见尼禄，因为太阳遮住了火刑柴堆；他们看着有人被斩首，却偏要在里面寻找光的效应；他们听不见呼喊声、嚎哭声、喘息声、丧钟声；在他们看来，既然有五月，就一切太平，只要头顶上有彩云，就心满意足，决心永远快乐，直至天体的光辉穷竭，鸟儿的歌声消失。

这些人既光辉灿烂，又暗淡无光。他们并不觉得自己可怜。其实他们是一群可怜虫。不会哭的人，是看不见的。对他们既要钦佩，也要怜悯，正如对眉毛底下不长眼睛、额头中间有颗星星、既是黑夜又是白昼的人，既要表示怜悯，又要表示敬佩一样。

这些思想家对人类的漠不关心，在有些人看来，是高等哲学。就算是吧，可在这高级当中，也有缺陷。人既可以永存，同时也可是瘸子。火神伏尔甘①便是明证。人可以高人一截，同时也可低人一段。大自然中有着无穷无尽的不完善。谁知道太阳是不是瞎子？

你说什么！这样还能相信谁？**谁敢说太阳是假的？**② 照这样说，有些天才，有些站得很高的人，与日月同辉的人，也会出错了？那个在高处、在屋顶上、在山顶上、在蓝天上的东西，把无穷光辉洒向大地的东西，会只看见很少，看得不清楚，一点也看不见吗？这样不太令人绝望了吗？这不可能。那么太阳上面有什么呢？上帝。

一八三二年六月六日，上午十一点不到，卢森堡公园空落无人，但景色醉人。阳光下，林荫道和花坛互送芳香，相映成辉。在正午的阳光

---

① 伏尔甘，罗马神话中火与锻冶之神，即希腊神话中的赫菲斯托斯。天生瘸腿，相貌丑陋。
② 原文为拉丁语。

照射下，树枝心醉神迷，仿佛想互相拥抱。埃及无花果树丛中莺声呖呖，雀鸟啁啾，声压群芳，啄木鸟爬上栗树，不停地啄树皮上的窟窿。花坛拥戴百合花为合法花王，最尊贵的馨香，是白百合花的芬芳。人们呼吸着石竹花刺鼻的香味。玛丽·德·美第奇宠爱的小嘴老鸦，在大树丛中谈情说爱。太阳照得郁金香金灿灿，紫莹莹，使它们火光闪闪，成了由火焰组成的千姿百态的花朵。蜜蜂在郁金香花坛周围飞舞，恰似这些火焰般花朵迸发的火星。一切都那样妩媚，那样快乐，哪怕就要下的雨，也沁人心脾。那雨停了又下，丝毫也不令人不安，这会给铃兰花和忍冬带来好处。燕子低飞，来势汹汹，却赏心悦目。置身其中，会感到无限幸福。生活多么美好。这一片大自然散发着纯真、救援、帮助、慈爱、抚慰和曙光。上天赐给的思想，有如被亲吻的孩童的小手，给人以温馨。

　　大树底下，那些裸露而洁白的雕像，披上了布满光斑的黑袍；这些女神被阳光照得衣衫褴褛，身上挂着一缕缕光线。大水池周围，地面已晒干，快要烧焦了。天刮着风，这里那里扬起一团团灰尘。去年秋天残留的几片枯叶，欢快地相互追逐，就像淘气的孩童在嬉戏。

　　阳光充盈，给人以莫大的慰藉。到处流溢着生命、浆液、热气和芳香。我们感到，在天地万物下，有着巨大的源泉。在这洋溢着爱的气息中，在这往复无穷的反照和反射中，在这阳光惊人的消耗中，在这金光无尽的流溢中，我们感到用之不竭的物质在挥霍。在这火一般瑰丽的帷幔后面，我们隐隐望见拥有无穷星辰的上帝。

　　因为是沙地，公园里没有一点泥浆；因为下了雨，公园里没有一粒尘埃。树丛花簇刚洗过澡，各种丝绒、绸缎、清漆、金箔，以花的形态从地里冒出，简直无懈可击。这种富丽堂皇无与伦比。公园充满了大自然祥和的幽静。这天宫的幽寂，可同千万种乐声，同鸟巢的咕咕声、蜂群的嗡嗡声、风儿的瑟瑟声和谐并存。这个季节所有悦耳的声音，合成了一曲妙不可言的协奏。春来春去，井然有序；丁香凋谢，茉莉开放；

有些花儿迟开，有些昆虫早来；六月红蝴蝶的先锋，与五月白蝴蝶的后卫友爱相亲。梧桐树焕然一新。和风将大片茂盛的栗树林吹得波浪起伏。多么瑰丽！附近兵营的一个老兵，透过栅栏门往里张望，禁不住说："春天持枪荷戟，披上戎装了。"

整个大自然都在进餐，天地万物已在餐桌上就坐。午餐时间到了。大蓝桌布铺在天上，大绿桌布铺在地上，太阳照得一片光明。上帝在侍候全宇宙用餐。每个生灵都有一份食物或饲料。野鸽找到了大麻籽，燕雀找到了小米，金翅鸟找到了鹅肠菜，红喉雀找到了虫子，蜜蜂找到了花朵，苍蝇找到了纤毛虫，翠雀找到了苍蝇。大家都在某种程度上互相吞食，这是善恶混杂的奥秘。但是，没有一个动物空着肚子。

两个被遗弃的孩子已来到大水池旁，明晃晃的阳光照得他们不大舒服，想找个地方躲一躲。这是穷人和弱者面对华丽场面的本能反应，哪怕这华丽是上帝安排的。于是他们躲在天鹅棚后面。

这里那里，断断续续，顺风的时候，能隐隐听到叫嚷声、喧闹声、嘈杂的枪声、沉闷的炮声。菜市场一带屋顶上烟雾笼罩。远处，有口钟不停地敲响，仿佛在向人召唤。

这些喧闹声，两个孩子似乎没听见。那小的不时低声重复："我饿了。"

还有两个人，差不多和两个孩子同时走到水池旁。那是一个五十岁的老头，牵着一个六岁的孩童。可能是父子俩。那六岁的孩子拿着一大块奶油蛋糕。

那时候，夫人街和地狱街的有些房屋的居民，拥有卢森堡公园的钥匙，公园关门后，他们可以用它来开公园的大门，这个特权后来取消了。这父子俩可能就住在这样一幢房子里。那两个穷孩子望着那"先生"走来，便藏得更深了。

那是个有产者。也许正是马里尤斯热恋那会儿，在这大水池旁听见告诫儿子"不要过分"的那个人。他神情和蔼而高傲,嘴巴从不合上,时刻发出微笑。这机械的微笑,是颌骨过大皮过少而致,因此,露出的是牙齿,而不是心。那孩子好像已吃饱,手里抓着吃剩的蛋糕。因为暴乱,孩子穿着国民自卫军的制服,父亲出于谨慎,仍然一身有产者装束。

父子俩在水池旁停下,水池里有两只天鹅。这个有产者似乎对天鹅情有独钟。他走路的姿势都像天鹅。此刻,天鹅在游水,这是它们的专长,简直美不胜收。

假如那两个穷孩子在听他们谈话,并且到了听懂别人谈话的年龄,就能搜集到一位严肃人说的话。父亲对儿子说:

"哲人满足于寡欲清淡的生活。你看我,儿子,我不喜欢奢侈。别人绝不会看见我披金挂银,珠光宝气,我把这浮华让给灵魂不端的人。"

这时,中央菜市场那边传来了沉闷的喊叫声,伴随着更为激烈的钟声和喧嚣。

"怎么啦?"孩子问父亲。

父亲回答:

"有人在胡闹。"

蓦然,他瞥见两个衣衫褴褛的孩子一动不动地站在绿色的天鹅棚后面。

"瞧,开始了。"他说。

沉默片刻,他又说:

"无秩序进到公园里来了。"

这时,儿子咬了口蛋糕,却又吐出来,突然哭了。

"怎么哭了?"父亲问。

"我不饿了。"孩子说。

父亲笑得更明显了。

"不一定饿了才吃蛋糕。"

"我不爱吃这蛋糕。不新鲜。"

"你不要吃了?"

"对。"

父亲指着天鹅对他说:

"那就扔给这些蹼足鸟类吧。"

孩子犹豫不决。不想吃蛋糕,不等于说要送人。

父亲又说:

"人道一点。对动物要有同情心。"

说完,他从儿子手中夺过蛋糕,扔进水池中。蛋糕落在池边的水中。天鹅远在水池中央,正忙着捕食,没看见有产者,也没看见蛋糕。

有产者感到蛋糕有白扔的可能,对这无谓的损失感到心疼,便拼命挥手,向天鹅发信号,终于引起了它们的注意。

它们发现水上漂着什么东西,就像船儿那样掉头,向蛋糕慢慢游来,那怡然庄重的神态,正是白天鹅所特有的。

"天鹅懂人的手势。"有产者说,并为自己的风趣扬扬得意①。

这时,远处城里的喧嚣突然加剧了。这次很可怖。有时候吹来的阵风,会比其他阵风更说明问题。此刻刮起的阵风,清晰地带来了擂鼓声、喧闹声、枪声以及警钟和大炮凄恻的呼应声。突然一片乌云遮住了太阳。

天鹅还没游到蛋糕那里。

"回去吧,"父亲说,"有人在攻击杜伊勒利宫。"

他抓起儿子的手,然后说:

"从杜伊勒利宫到卢森堡公园,只有王位和爵位之间的距离②。离这

---

① 法语中天鹅(cygne)和手势(signe)同音。这位有产者玩了个同音异义的谐语。
② 杜伊勒利宫为王宫,卢森堡公园附近有卢森堡宫,为贵族院所在地,一八一四年到一八四八年间,法国上议院称为贵族院。

里不远。子弹就要雨点般落下了。"

他看了看乌云。

"再说，可能要下雨了。上天也介入了。王室旁系①死定了。快回去吧。"

"我想看天鹅吃蛋糕。"那孩子说。

父亲回答：

"这是不谨慎的。"

他把小有产者带走了。儿子恋恋不舍，回头向水池张望，直到梅花形树丛的一个角遮住了水池。

这时，两个流浪儿与天鹅同时走到蛋糕旁。蛋糕漂在水面上。小的那个盯着糕点，大的望着有产者走远。

父子俩走进迷宫般的小径，向夫人街那边树丛中的大台阶走去。

等他们消失后，哥哥赶紧趴在圆水池边上，左手抓住池边，身子俯向水面，低得几乎要掉进水里，同时，用右手将小棍子伸向蛋糕。天鹅看见敌人，便加快游速，这样对捞蛋糕的小孩产生了有利的前胸效应：天鹅前方的水往前荡去，形成一个个同心圆，将蛋糕轻轻推向孩子的小棍。当天鹅游到时，小棍已触到蛋糕。孩子赶紧一拉，便把蛋糕拉到身边，再把天鹅吓跑，抓住蛋糕，直起身子。蛋糕泡湿了。但他们又饿又渴。哥哥把蛋糕分成大小两份，自己留下小的，大的给了弟弟，对他说：

"用这去填肚子吧。"

---

① 当时的国王路易-菲利普是波旁家族的旁系。

十七　亡父等待将死的儿子[1]

马里尤斯冲出街垒。孔布费尔跟着冲了出去。但为时已晚。加弗洛什已经死了。孔布费尔捡回子弹篮子，马里尤斯抱回孩子。

唉！马里尤斯心想，这孩子的父亲为他父亲所做的，他已回报给了这孩子。只是泰纳迪埃背回来的是活的，而他抱回来的是死的。

马里尤斯抱着加弗洛什回到街垒时，他和孩子都是满脸鲜血。当他弯腰抱加弗洛什时，一颗子弹从他头顶掠过，擦破了皮，但他全无感觉。

库费拉克解下领带，绑在马里尤斯头上。

人们将加弗洛什放到马伯夫的桌子上，并用黑披巾给两人盖上。披巾很大，足够盖住一老一少。

孔布费尔把他带回的一篮子弹分给大家。这样，每个人可射十五枪。

让·瓦让一直坐在墙角石上，一动也不动。孔布费尔发给他十五发子弹，他摇了摇头。

"这个人怪死了。"孔布费尔悄悄对昂若拉说，"在街垒里待着，却有本事不战斗。"

"可这不妨碍他捍卫街垒。"昂若拉说。

"英雄主义会出一些怪人。"孔布费尔接着又说。

库费拉克听到议论，接过话茬：

"他和马伯夫大爷不是同一类人。"

有一点必须指出，炮火轰击街垒，几乎不影响到街垒内部。没有经历过这类战争旋风的人，是无法想象那种宁静而紧张的奇特时刻的。人们走来走去，谈天说地，开开玩笑，无所事事。我们认识的一个人，在

---

[1] 原文为拉丁语。

枪林弹雨之下，曾听到过一个战士对他说："我们这里好像是单身汉在聚餐。"我们再说一遍，尚弗里街的堡垒内部似乎异常平静。事情的各个转折、各个阶段，已经全部或者将要全部完成，处境已从紧急转入危急，可能很快要转入绝望。随着情势越来越暗淡，英雄主义的光辉也越来越映红街垒。昂若拉神态严肃，指挥若定，俨然一个斯巴达青年在将出鞘的利剑，奉献给忧郁的守护神埃比托达斯。

孔布费尔围着围裙，包扎伤员。博絮埃和弗伊用加弗洛什从那位中士尸体上搜来的一壶火药造子弹。博絮埃对弗伊说："我们就要乘驿车去另一个星球了。"库费拉克就像少女整理梳妆台那样，将他的全部兵器——一根剑杖、一支步枪、两支马枪和一个指节防卫器①，仔细地排在昂若拉身旁的几块铺路石上，那是他的位置。让·瓦让一声不响，望着他对面的墙壁。有个工人用细绳将于施卢大妈的宽边草帽扣在头上，说是"怕中暑"。艾克斯的库古尔德社的青年们快乐地聊着天，仿佛急于用家乡话作最后一次交谈。若利摘下于施卢大妈的镜子，仔细察看自己的舌头。几个战士在一个抽屉里翻出几块发霉的面包皮，狼吞虎咽地吃起来。马里尤斯忧心忡忡，不知道他父亲会对他说什么。

十八　秃鹫成了猎物

这里，我们要说一说街垒特有的一种心理状态。凡与这场惊人巷战有关的特点，都不该遗漏。

刚才说了，街垒内部出奇地平静，可是，不管怎样，对于里面的人来说，街垒仍然是一种幻象。

---

① 指节防卫器，指拳斗时用以保护手指并加强打击力的凶器。

内战中有世界末日的意味,未知世界的重重迷雾同这猛烈火焰混在一起,革命是斯芬克司,凡是到过街垒的人,仿佛置身于梦境。

人在这种地方的感受,我们在谈马里尤斯时,就指出过了,待会儿我们会看到后果。那是一种又像活着,又像死去的感受。一出街垒,就忘了里面看到的东西了。你不知道你在里面时变得非常可怕。你被具有人的面孔的战斗思想团团包围,你的脑袋沐浴着未来的光辉。那里有躺着的尸体,站着的幽灵。时间漫长,仿佛是永恒。你生活在死亡中。幽灵走过去了。那是什么?你看见鲜血淋淋的手,你听见震耳欲聋的可怖声音,却又是令人毛骨悚然的沉寂;有的张着嘴在喊叫,有的嘴张着却不出声;你在烟雾中,也许在黑夜里。你以为在里面触到了未知深渊那凶险的渗出物。你看着指甲里的红兮兮的东西,却什么也回想不起来。

言归正传,继续谈尚弗里街。在两次射击的间隙中,忽听得远处传来了报时钟声。

"到中午了。"孔布费尔说。

没等十二下敲完,昂若拉就站起来,从街垒顶上大声吼道:

"把街石搬到屋里,放到二楼和屋顶室的窗台上。一半人持枪守卫,另一半人去搬石头。快!"

一支消防队扛着斧头,排成战斗队形,出现在街尽头。

肯定是一支纵队的排头。什么纵队?当然是突击纵队。消防队负责拆除街垒,应该走在攀登街垒的步兵前头。

现在,显然快到德·克雷蒙-托内尔①先生在一八二二年所说的"加油"的时候了。

昂若拉的命令被迅速而准确地执行了。这是战舰和街垒的特点,因为唯有这两个战场没有退路。不到一分钟,先前昂若拉命人堆在科林斯

---

① 德·克雷蒙-托内尔(1779—1865),法国贵族。一八二二年,任海军部长,一八二三年至一八二七年,任陆军部长。

酒店门口的街石，三分之二都已搬到了二楼和屋顶室，第二分钟尚未结束，那些石块都被艺术地垒了起来，将二楼的窗户和屋顶室的老虎窗封住了半截。这事主要由弗伊负责，他精心安排了一些缝隙，能让枪管伸出去。敌方已停止发射霰弹，堵窗就更容易了。现在，两门大炮都发射圆炮弹轰击街垒中心，想轰出窟窿，可能的话，轰出一个缺口，以利于袭击。

用来作最后防御的街石就位后，昂若拉命人将放在马伯夫桌子底下的酒瓶搬到二楼。

"给谁喝的？"博絮埃问他。

"他们。"昂若拉回答。

接着又把楼下的窗户堵上，并将夜间闩门用的铁门闩准备好。堡垒装备齐全。街垒是壁垒，酒店是主塔。

剩下的街石，用来堵街垒那个豁口。

守卫街垒的人，不得不节省弹药，进攻者深知这点，因此，他们组织进攻时，会过于从容不迫，往往提前暴露在火力下，其实这更多地是表象。总之，他们显得悠然自得，进攻的准备工作总是慢条斯理地进行，然后是雷电交加。

进攻者如此不慌不忙，昂若拉就有时间把一切都考虑得非常周到，完美无缺。他觉得，既然这些人都要牺牲，不如让他们的死成为一部杰作。

他对马里尤斯说：

"我们俩是头头。我到里面去作最后的指示。你留在外面观察。"

马里尤斯站在壁垒顶上瞭望。昂若拉将厨房门钉死。大家记得，厨房已成了战地医院。

"别让弹片落到伤员身上。"他说。

他到楼下大厅里作了最后的指示，语气生硬，但极其平静。弗伊听着,并代表大家作回答。

"二楼的人准备好砍楼梯的斧子。有斧子吗?"

"有。"弗伊回答。

"多少把?"

"两把斧子,一把砍柴刀。"

"好。活着的战士还有二十六个。有多少支步枪?"

"三十四支。"

"多八支。把这八支也装上子弹,放在手边。腰里别上大刀和手枪。二十人守卫街垒。六人埋伏在屋顶室和二楼的窗口,从街石垒成的枪眼里向进攻的敌人射击。一个也不能闲着。待会儿,冲锋的鼓声响起时,楼下的二十人就冲到街垒里。先到的人占据最好的位置。"

吩咐完毕,他转向雅韦尔,对他说:

"我不会忘记你的。"

他把一支手枪放到桌上,又说:

"最后离开这里的人,开枪打烂这密探的脑袋。"

"在这里?"一个人问。

"不,不要把他的尸体和我们的混在一起。蒙代图尔巷的小街垒一跨就过去了。只有四尺高。这人捆得很牢。把他带到那里去枪毙。"

此刻,有个人比昂若拉还要镇静。那就是雅韦尔。就在这时,让·瓦让出现了。他一直和起义者混在一起。他站出来,对昂若拉说:

"您是指挥?"

"对。"

"刚才您感谢过我。"

"以共和国的名义。街垒有两个救命恩人:马里尤斯·蓬梅西和您。"

"您是不是认为我该得到奖赏?"

"当然。"

"那好，我要求给我个奖赏。"

"什么样的？"

"让我亲手敲碎这个人的脑袋。"

雅韦尔抬起头，看见是让·瓦让，不易觉察地抖了一下，说道：

"这是公正的。"

至于昂若拉，他正在给卡宾枪装子弹。这时，他环视周围，问道：

"有没有不同意的？"

随即转向让·瓦让：

"这密探就交给您了。"

果然，让·瓦让坐到桌子的另一头，看管起雅韦尔来了。他抓起手枪，喀嚓一声，说明子弹上了膛。几乎在同时，响起了军号声。

"当心敌人！"马里尤斯从街垒顶上喊道。

雅韦尔以他特有的笑法，不出声地笑了笑，目光紧盯着起义者，对他们说：

"你们的处境不比我好多少。"

"大家都出去！"昂若拉喊道。

起义者乱哄哄地冲出酒店。他们出去时，背上挨了——请允许这样说——雅韦尔的一句话：

"回头见！"

十九　让·瓦让以德报怨

大厅里只剩下让·瓦让和雅韦尔了。让·瓦让把拦腰捆住囚徒、在桌子底下打结的绳索解开，然后示意他站起来。雅韦尔服从了，脸上露出难以描绘的微笑，那种浓缩着被压制的至高无上权力的笑容。

让·瓦让像揪住驮畜的胸带似的，揪住雅韦尔的后腰带，把他慢慢拖出酒店，因为雅韦尔双脚捆着，只能小步走路。

让·瓦让握着手枪。就这样，他们穿过梯形状的街垒。起义者背朝他们，全神贯注于敌人即将开始的攻击。

马里尤斯守在壁垒的最左侧，就他一人看见他们经过。他内心阴森的微光，照亮了这一对受刑者和刽子手。

雅韦尔双脚捆着，让·瓦让费力地，但一刻也没松手地把他拖过蒙代图尔巷的小街垒。他们跨过小街垒后，就只有他们两人在小巷里。谁也看不见他们。房屋的拐角挡住了起义者的视线。从街垒里拖出来的尸体，可怕地堆在几步路以外。

在这堆死人中，有一张惨白的脸，一丛散乱的头发，一只穿了洞的手，和一个半裸的女人胸脯。那是埃波妮。

雅韦尔侧目凝视这具女尸，异常平静地低声说：

"我好像认识这个女孩子。"

然后，他向让·瓦让转过脸。

让·瓦让将手枪夹在腋下，眼睛盯着雅韦尔，那目光在说："是我，雅韦尔。"

雅韦尔回答：

"你报复吧。"

让·瓦让从口袋里取出一把刀，将它打开。

"刀！"雅韦尔惊叫道，"你做得对。你用这个更合适。"

让·瓦让割断雅韦尔脖子上的马颌缰，又割断他手腕上的粗绳，接着弯下腰，割断了他脚上的细绳，然后起身对他说：

"你自由了。"

雅韦尔是不易惊讶的人。可是，不管他多么善于克制，也禁不住大

吃一惊。他张口结舌，呆若泥塑。

让·瓦让接着又说：

"我想我是出不去了。不过，万一我能出去，我住在武夫街7号，名叫福施勒旺。"

雅韦尔像老虎那样皱了皱眉，嘴角微微张开，咕哝了一句：

"当心。"

"走吧。"让·瓦让说。

雅韦尔又说：

"你刚才是说福施勒旺，武夫街？"

"7号。"

雅韦尔低声重复："7号。"

他扣好紧腰中大衣，双肩威武地一挺，向后一转，交叉双臂，用一只手托住下巴，向中央菜市场走去。让·瓦让目送他离开。雅韦尔走了几步，又转过身，对让·瓦让嚷道：

"您让我讨厌。还不如杀了我。"

雅韦尔自己也没发觉不再用"你"称呼让·瓦让了。

"走吧。"让·瓦让说。

雅韦尔缓步走了。不一会儿，他就拐进布道兄弟会修士街。

等雅韦尔消失后，让·瓦让向空中放了一枪。然后，他回到街垒里，说：

"办完了。"

不过，还有件事要讲一讲。

马里尤斯主要忙外面的事，一直没仔细看绑在大厅幽深处的密探。

当他大白天看见雅韦尔跨过街垒去死的时候，一眼认出了他。脑子里立即闪过一个记忆。他想起蓬图瓦兹街的那个警探，以及警探给他的两支手枪。这两支枪，他，马里尤斯，甚至在这街垒里还使用过。他不仅回忆起了面孔，还记起了名字。

然而，这和他头脑里的所有想法一样，是朦朦胧胧、模模糊糊的。他不是肯定，而是提出一个问题。——"他是不是那个对我说叫雅韦尔的警探？"

也许还来得及为他说说情？但先得弄清楚是不是那个雅韦尔。

马里尤斯吆喝昂若拉。昂若拉刚到街垒另一头就位。

"昂若拉！"

"什么事？"

"那人叫什么名字？"

"哪个人？"

"那个密探。你知道他的名字吗？"

"当然。他对我们说了。"

"他叫什么？"

"雅韦尔。"

马里尤斯倏地站起来。

就在这时，枪声响了。让·瓦让回来了，并喊道：

"办完了。"

一股冷气穿透马里尤斯的心。

二十　死者有理，生者无过

街垒就要进入临终状态。

空中回荡着的无数神秘的爆裂声、荷枪的人在看不见的街上行走的喘息声、骑兵部队断断续续的马蹄声、炮兵部队行进的咕隆声、巴黎迷宫里交织的枪声和炮声、屋顶上空升起的金色硝烟、远处隐约传来的不知什么可怖的喊声、四面八方危险的闪光、圣梅里教堂此刻如同哭泣的警钟声、温煦的初夏、飘着白云却阳光灿烂的天空、美丽的白天，以及死一般寂静的房屋：这一切都使得这最后时刻变得既悲惨又壮丽。

因为，从昨天起，尚弗里街两侧的房屋已变成了两排高墙，两排凶险莫测的高墙。大门紧闭，窗户紧闭，窗板紧闭。

那年代和现在迥然不同。那时候，只要人民想结束一种持续太久的局面，或国王恩赐的宪章，或享有的政治权利，只要天怒人怨，巴黎同意揭起街石，只要起义者在资产阶级耳边悄传口令，而资产阶级发出会心的微笑，那么，居民就会接受暴动的思想，成为起义战士的助手，房屋就会同临时搭成、傍依在它身上的街垒亲密无间。然而，只要时机尚未成熟，民众不赞成起义，群众谴责暴动，那起义者们就完了，暴动的地方变成了荒漠，民众的心冷若冰霜，可避难的地方门户紧闭，大街变成了帮助军队夺取街垒的掩蔽所。

不能出其不意，让人民超出自己意愿加速前进。谁强迫他们，谁就倒霉！人民是不任人摆布的。否则，他们会抛弃起义者，会像躲避瘟疫那样躲避他们。一座房屋便是一个峭壁，一道门便是一种拒绝，一个正面便是一堵高墙。这堵墙看得见，听得见，但不愿意。它可以开道缝救你。可它不愿意。这堵墙是法官。它审视着你，把你置于死地。这些门户紧闭的房屋，多么阴森可怕！它们仿佛死了，但还活着。里面的生命仿佛中止了，其实仍在延续。二十四小时没人出来，但里面一个也不少。在这块岩石里面，人们走来走去，睡觉起床；人们过着家庭生活；人们喝着吃着；可人们担惊受怕，这是极其可怕的事！这种害怕心理，使他们对起义者的冷漠变得情有可原，而这冷漠中还带点惊慌，也就更情有可原了。有时，我们也曾见过，害怕会变成狂热，惊慌会转成狂暴，正如谨慎会转成狂怒一样，由此就产生了一个含义深刻的词："温和派的激进派。"有一种极其可怕的烈焰,会冒出一股怒火,犹如冒出一股凄恻的黑烟。"这些人想要什么?他们从不知足。他们不让安静的人过安静的日子。好像革命还不够多似的!他们来这里做什么?让他们自己对付吧!活该他们倒霉。这是他们的错。他们自作自受。不关我们的事。瞧我们这条可怜的街,被子弹打得到处是窟窿。他们是一帮无赖。可不能开门。"于是,房屋变成了坟墓。起义者在门前奄奄一息,看见霰弹射来,大刀砍来。他们知道,如果他们叫喊,人家耳朵在听,却不会来救他们。那里有墙可以保护他们,有人可以救他们,但这些墙长着人的耳朵,却是一副铁石心肠。

这要怪谁?

谁也不能怪,可谁都要怪。

只怪我们生活在不完善的时代。

乌托邦变成起义,哲学抗议变成武装抗议,密涅瓦变成帕拉斯①,一切后果都由自己承担。乌托邦迫不及待,变成了暴动,对结局是非常清楚的。它总是操之过急。于是,它逆来顺受,泰然接受灾难,而不是胜利。它为否定它的人服务,毫无怨言,甚至为他们辩解。它的高尚在于能接受遗弃。它遇到障碍不折不挠,对忘恩负义却宽容温和。

再说,这真是忘恩负义吗?

从人类角度看是的。

但从个人角度看却不是。

进步是人类的生存方式。人类普遍的生活叫进步。人类集体迈出的步伐叫进步。进步是不断前进的。它带领人类在尘世间长途跋涉,向着奇妙而神圣的境界前进。它有时也停下来,等一等落伍的人群。它有歇

---

① 密涅瓦,罗马神话中的智慧女神,即希腊神话中的雅典娜。她误杀了海神特里同的女儿帕拉斯,为了纪念她,改名为帕拉斯。

脚的地方，面对豁然展现在天边的光辉灿烂的迦南①陷入沉思。它有沉睡不醒的长夜，而使思想家忧心如焚的，便是看到人的心灵笼罩着阴影，在黑暗中触摸到酣睡的进步，却又无力将它唤醒。

一天，热拉尔·德·内瓦尔②对本书作者说："上帝可能死了。"他把进步和上帝混为一谈，将运动的暂停，当作上帝的死亡。

谁要是绝望那就错了。进步必定会苏醒的。不管怎样，即使进步睡着了，也可以说在前进，因为它长大了。当它重新站起来时，就会发现它长高了。进步如同江河，不可能永远风平浪静。千万不要在里面筑堤坝，千万不要往里面扔巨石，障碍物会使河水泛起泡沫，使人类沸腾激奋。那样会发生骚动。不过，骚动之后，我们会看到又前进了一步。在天下太平的秩序建立起来之前，在和谐统一主宰世界之前，进步将以革命作为发展阶段。

那么，进步究竟是什么呢？刚才我们说了，是人民永恒的生命。

然而，个人短暂的生命，有时会与人类永恒的生命相对抗。

让我们愉快地承认，个人有其不同的利益，他可以谋求和捍卫自己的利益，而不会有叛逆之嫌。眼前利益有一定程度的自私自利性，这是可以原谅的；暂时的生活有自己的权利，不一定不断地为未来作牺牲。当前在尘世间旅行的一代人，并不非得为后代而缩短自己的旅程，不管怎样，他们同后代是平等的，以后会轮到他们。有个名叫"大家"的人低声埋怨："我活在世上。我正年轻，我在恋爱，我老了，我想休息，我是一家之长，我在工作，我事业有成，我生意兴隆，我有房屋租赁，我有钱给国家投资，我很幸福，我有妻儿，我热爱这一切，我想活下去，让我安静些吧。"因此，在某些时候，民众会对高尚的人类先驱，表示出极端的冷漠。

---

① 迦南，《圣经》中上帝赐给以色列人的圣地。
② 热拉尔·德·内瓦尔（1808—1855），法国诗人和文学家。

此外，我们得承认，乌托邦因为动用武力，而离开了自己光辉灿烂的领域。它，明日的真理，却向昨日的谎言借来战斗的手段。它，代表着未来，却像过去一样行动。它，纯洁的思想，却变成了暴力行为。它在自己的英雄主义中掺杂了暴力，它理应为这种暴力负责。使用暴力是权宜之计，是违背原则的，必定会受到惩罚。起义的乌托邦战斗时，手中握着古老的军事法。它枪毙密探，处决叛徒，残杀活人，把他们抛入闻所未闻的黑暗中。它利用死亡，这是非常严重的事。乌托邦似乎对光明丧失了信心，而光明却是它不可抗拒和不可腐蚀的力量。它挥剑砍杀。可是，没有一把剑是单刃的。任何剑都有双刃，这个刃伤别人，另一个刃会伤着自己。

除了这一点我们要表示，而且是严肃地表示保留之外，我们对为未来而战的光荣斗士，这些乌托邦的信徒，不得不表示由衷的钦佩，不管他们成功还是失败。即使失败了，也是值得尊敬的，或许在失败时，更显得崇高。符合进步的胜利，值得人民鼓掌喝彩，但是英勇的失败，却值得人民同情。一个是壮丽的，另一个是崇高的。我们喜欢成功者，但更崇拜殉难者。在我们看来，约翰·布朗[①]比华盛顿伟大，比萨康纳[②]比加里波第[③]伟大。

总得有人为失败者说话。

这些伟大的尝试未来的人，当他们失败时，世人的态度是不公正的。

人们指控革命者散布恐惧。任何一座街垒都像在谋杀。人们指责他们的理论，怀疑他们的目的，担心他们有隐蔽的动机，揭露他们的信仰。人们谴责他们不该为了对抗现存的社会制度，而筑起、垒起、堆起

[①] 约翰·布朗（1800—1859），美国废奴主义领袖，但他的主张未获得奴隶们的普遍响应。后以叛乱罪受审，并被处绞刑。
[②] 比萨康纳（1818—1857），意大利爱国主义者，工兵部队军官，参加多次革命运动。在一次反对那不勒斯王权的斗争中牺牲。
[③] 加里波第（1807—1882），意大利民族统一的著名领袖，杰出的游击战专家。

一大堆贫困、痛苦、罪恶、怨恨和绝望,不该从底层挖出黑暗的石块,在上面构筑雉堞,进行战斗。人们对他们大叫大嚷:"你们在拆地狱的铺路石。"他们可能会回答:"正因为如此,我们的街垒是由良好愿望建成的。①"

当然,最好用和平的方式解决问题。总之,我们得承认,人们看见铺路石,便会想起熊的故事②,那是一种令社会担忧的良好愿望。不过,社会应该自己救自己,我们呼吁的正是社会自己的良好愿望。不要用烈药。要以友善的态度诊病,查明病情,然后对症治愈。我们就是要敦促社会这样做。

不管怎样,这些人散布在世界各地,目光注视着法兰西,胸怀理想,不屈不挠,为伟大的事业而奋斗,即使倒下了,尤其在倒下时,更使人感到敬畏。他们为了人类进步,甘愿献出生命。他们在完成上帝的旨意,他们在进行一次宗教行动。到一定时候,他们就无私地进入坟墓,就像演员服从神圣的剧本,到时就接台词。他们接受这个无望的战斗,这种英勇的牺牲,为使一七八九年七月十四日开创的壮丽而不可抗拒的人类运动,在全世界取得最后辉煌的胜利。这些战士就是神甫。法兰西革命是上帝的一个行动。

再说,除了前面一章提到的区别外,有必要补充另一个区别:有被人接受的叫作革命的起义,也有被人拒绝的叫作暴乱的革命。一场起义爆发,有如一种思想在民众面前接受考验。如果民众任其黑果掉下,思想便成了干果,起义便成了轻举妄动。

人民不会听从乌托邦摆布,不会一声令下就进入战斗。民族不会时时刻刻都有英雄和殉道者的气质。

---

① 法语中有句谚语:"地狱的路面是由良好愿望铺成的。"喻好心往往没有好结果。
② 这只熊为拉封丹寓言《熊和园艺爱好者》中的主角。他想赶走朋友鼻子上的苍蝇,便用石头去砸,结果砸死了自己的朋友。

人民是讲究实际的。他们尚未实践，就已经厌恶起义。首先，起义的结果常常是一场灾难，其次，起义的出发点总是一个抽象的概念。

因为，勇于献身的人——这是壮美的事——总是为了理想，且仅仅为了理想而献身。一场起义是一股热情。热情可以转化为愤怒。于是就会有人拿起武器。但是，任何指向政府或政体的起义，会瞄准更高的目标。比如，我们强调一下，一八三二年这场起义的领袖们，尤其是尚弗里街这群热血青年，要打倒的不完全是路易-菲利普。大多数人坦率交谈时，对这位介乎君主政体和革命之间的国王的优点，都不会否认，也没有人憎恨他。可是，他们在路易-菲利普身上攻击的，是他所代表的神权的旁支，正如在查理十世身上攻击的，是他所代表的神权的嫡系。他们推翻法国王朝时所要推翻的，正如前面指出的，是世界上人对人的篡夺，特权对权利的篡夺。巴黎没有了国王，世界上也就会没有独裁者。他们是这样辩解的。当然，他们的目标很遥远，也许还是模糊的，遇到阻力会后退，却是伟大的。

事物就是这样。人们为这些梦想而献身，对于献身者来说，这些梦想几乎总是幻梦，但不管怎样，里面包含着人类的整个信念。起义者美化起义，给它涂上一层金光。他们投身于这些悲壮的事业中，陶醉于将要从事的事业。谁知道呢？也许会成功？他们人数不多，面对着整整一支军队，但他们保卫的是权利、自然法则，是每个人不能放弃的主权，是正义和真理，必要时，就像那三百名斯巴达壮士那样战死。他们想的不是堂吉诃德，而是莱奥尼达斯。他们奋勇向前，一旦投入了，就决不退却，低着头往前冲，希望获得史无前例的胜利，革命更加完善，进步恢复自由，人类变得更高尚，世界获得解放，最糟也不过落到温泉关的地步。

这种为了进步的武装斗争，常常遭遇失败，其原因我们刚才讲了。民众是不愿让勇士们拉着走的。这些沉重的民众，这些芸芸众生，正因为沉重而十分脆弱,害怕做冒险的事。而理想恰恰是有险要冒的。

此外,大家别忘了,还有个利益问题。利益同理想,同多愁善感是不大能友好相处的。有时,肚子饿了,心就会麻木。

法兰西之伟大和美丽,在于它不像其他国家那样大腹便便。它在腰上捆绳子比别人容易。它第一个醒来,最后一个睡着。它勇往直前。它是探索者。

因为它是艺术家。

理想无非是逻辑的最高点,正如美是真的最高峰。艺术的民族,也是前后一致的民族。爱美便是寻求光明。因此,欧洲的火炬,即文明的火炬,首先是希腊举起的,传给了意大利,又传给了法国。这些民族是神圣的侦察兵。**他们在传递生命的火炬**[①]。

奇妙的是,一个民族的诗歌,是其进步的因素。文明的程度是以想象力的程度来衡量的。只是一个文明的民族,应该保持阳刚之气。科林斯[②]是这样,西巴利斯[③]则不是。谁软弱,谁就会衰退。既不要当业余的,也不要做高手,而是要成为艺术家。在文明方面,不应该精雕细琢,而是要使它变得高尚。这样,就能给人类树立理想的楷模。

现代理想的典型存在于艺术中,手段存在于科学中。要通过科学,来实现诗人的崇高梦想——社会的美。通过"A+B"来重建伊甸园。文明已到了这个阶段,精确便成了辉煌的必要成分,科学手段不仅有助于,并且能充实艺术家的感觉。梦想是应该计算的。艺术是征服者,科学是坐骑,艺术应以科学为支点。坐骑的结实程度尤为重要。现代的精神,就是骑着印度神的希腊神,骑着大象的亚历山大。

墨守成规或利欲熏心的民族,不适合做文明的带头人。拜倒在偶像

[①] 原文为拉丁语。
[②] 科林斯,古希腊的一个城邦,曾与雅典和斯巴达对抗。人民性格刚强。
[③] 西巴利斯,古意大利城市,市民性格柔弱。

或金钱面前，会使活动的肌肉萎缩，活跃的意志衰退。沉湎于圣事或商业，会使一个民族的光辉减弱，水平降低，视野缩小，使它对世界的目标不再理解，而这人和神共有的对世界目标的理解，能使各民族负起实现这个目标的使命。巴比伦没有理想，迦太基没有理想。雅典和罗马拥有文明的光环，甚至经过多少世纪的漫长黑夜，仍保存了下来。

法兰西和希腊、意大利有着同样的民族素质。它有雅典人的美，罗马人的伟大。此外，它非常善良。它勇于献身。它比其他民族更忠心耿耿，更乐于牺牲。只是这种心情时续时断。这对于那些当法国想走时却想跑，或当法国想停时却想走的人来说，这是莫大的危险。法国重复犯过唯物主义的错误。有时候，塞满这个超凡脱俗头脑的思想，没有一点能使人想起法兰西的伟大，而只有一个密苏里州或南卡罗莱纳州那样大。它在干什么？巨人在扮演侏儒，伟大的法国突发奇想，变得渺小起来。如此而已。

这一点无可非议。民族和星辰一样，有权暂时隐没。只要光明复现，暂时暗淡不转为黑夜，就一切都正常。黎明和复活是同义词。光明的复现和自我的延续是一致的。

让我们心平气和地看待这些事实。死于街垒，或死于流放，对于献身来说，必要时都是可以接受的。献身的真正名字是无私。被遗弃的人就被遗弃吧，被流放的人就流放吧，我们只是恳求伟大的人民后退时不要退得太远。切莫以恢复理智为借口，在下坡时滑得太远。

物质客观存在，时间客观存在，利益客观存在，肚子客观存在。但肚子不应该是唯一的哲理。我们承认，短暂的生命有它的权利，但永恒的生命也有它的权利。唉！爬到高处，免不了会掉下来。这在人类历史上屡见不鲜。一个民族显赫一时，它品尝理想，后又陷入污泥中，它觉得这样不错。假如有人问他们为何抛弃苏格拉底，而信奉法尔斯塔夫①，他们会回答："因为我喜欢政治家。"

回头谈这场鏖战之前，还要再啰唆几句。

我们此刻叙述的战斗，不过是向理想迈进的一场骚动。进步遇到阻碍，病病恹恹，患了可悲的癫痫症。进步所患的这种疾病，即内战，我们在前进道路上无奈遇到了。这是这出戏中不可避免的一个阶段，既是一幕，也是幕间休息。这出戏的主角，是社会的受苦人，戏的真正名称是：进步。

进步！

我们经常发出的这一呼声，是我们的整个思想。这出戏演到这一步，它所包含的思想还要经受不止一次的考验，我们即使不能拉开帷幕，至少可以让它的微光清晰地透出来。

读者此刻手上的这部书，从头到尾，从整体到细节，不管多么断断续续，不管有什么例外或缺陷，它总是在叙述从恶走向善，从不公正走向公正，从虚假走向真实，从黑暗走向光明，从贪欲走向良心，从腐朽走向生气，从兽性走向责任，从地狱走向天堂，从虚无走向上帝。出发点是物质，终点是灵魂。始为妖怪，终为天使。

二十一 英 雄

突然，冲锋的战鼓擂响了。

---

① 法尔斯塔夫，原型为英法百年战争中的将领约翰·法斯托夫（约 1378—1459），莎士比亚剧作中最伟大最有名的喜剧人物，是一个军官和外交家，既粗鲁，又爱吹嘘。

攻势犹如暴风骤雨。昨夜，在黑暗中，街垒就像遭到蟒蛇的悄悄袭击。现在，在光天化日之下，在这敞开的大街上，显然无法突然袭击，再说主力部队已暴露，大炮已开始吼叫，于是，军队向街垒猛冲过来。现在，猛烈进攻是明智的做法。一支强大的步兵纵队，中间等距离地穿插着国民自卫军和保安队，并有只闻其声不见其人的部队作后盾，擂着鼓，吹着号，端着刺刀，工兵开道，跑步涌入尚弗里街，尽管枪林弹雨，仍然沉着镇定，径直冲上街垒，有如一根青铜大柱，沉甸甸地压到一堵墙上。

这堵墙岿然不动。

起义者猛烈射击。进攻者爬上街垒，形成一簇闪光。攻势异常激烈，一时间，垒壁上爬满了进攻者。但它像狮子抖落猎狗那样，将那些士兵抖落下去；进攻者涌上街垒，正如浪花拍击悬崖，不一会儿，就又露出黑乎乎的可怕峭壁。

军队被迫后退，但仍堆在街上，没有掩护，却异常可怖，向街垒猛烈开火。见过放烟火的人，想必还记得压轴烟火，那是一束交叉的火花。不妨想象一下这种烟火，但不是纵向的，而是横向的，每一束火花的尖顶有一颗子弹，或一颗猎用铅弹，或一颗火铳弹，一串串雷电散布着死亡。街垒就在这烟火下面。

双方的决心都很大。在这里，勇敢近乎野蛮，带有一种英雄主义的残酷，其出发点是自我牺牲。那时候，国民自卫军战斗起来像朱阿夫兵①。部队想结束战斗，起义者想继续战斗。年轻力壮，却要接受死亡，这使无畏变成了疯狂。在这场鏖战中，每个人在最后时刻都变得高大了。街上遍地尸体。

街垒的一端有昂若拉，另一端有马里尤斯。昂若拉头脑里装着整个

---

① 朱阿夫兵，法国轻骑兵。朱阿夫团原来都是阿尔及利亚人，一八四一年起全部由法国人组成。

街垒，他要保护好自己，因此隐蔽得很好；三名士兵连看都没看见他，就相继倒在他枪眼下了。马里尤斯作战时却不加隐蔽，大半截身体露在街垒上面，成了敌人瞄准的对象。吝啬鬼发起狂来，比谁都会挥霍，同样，爱沉思的人行动起来，比谁都可怕。马里尤斯在沉思默想，显得十分可怕。他在战斗中，仿若在梦中。他像一个幽灵一样射击。

被围者快弹尽粮绝了，但依然冷嘲热讽。他们身处坟墓的旋涡，却仍然谈笑风生。

库费拉克光着脑袋。

"你的帽子到哪里去了？"博絮埃问他。

库费拉克回答：

"他们老开炮，把它给轰跑了。"

或者，他们傲慢地评头论足。

"那些人是怎么回事！"弗伊尖刻地大声说（他列举了几个名字，有的众所周知，甚至赫赫有名，有几个是旧军队的），"他们答应同我们会合，发誓帮助我们，并以名誉作保证，他们是我们的将军，却把我们抛弃了！"

孔布费尔严肃地笑了笑，只是回答：

"有些人遵循荣誉规则，就像观察星星，离得远远的。"

街垒里满地弹片，就像下了场雪。

攻者人多势众，起义者占据着阵地。士兵们在死人和伤员中间磕磕撞撞，在陡峭的垒壁上磕磕绊绊，起义者居高临下，面对面地将他们击毙。这个街垒建得如此坚固，还用柱子牢牢撑住，不愧为以一当百的阵地。然而，在枪林弹雨下，进攻的部队不断补充，越来越壮大，无情地向街垒靠拢，现在，他们慢慢地、一步一步地，但满怀信心地逼近街垒，就像螺丝旋紧压榨机一样。

进攻接连不断。气氛越来越恐怖。

于是，在这堆铺路石上，在这条尚弗里街上，展开了一场堪与攻打特洛伊城墙相媲美的战斗。而这些面容苍白、衣衫褴褛、筋疲力尽的人，二十四小时没有吃饭，没有睡觉，只剩下几颗子弹，口袋里空无一弹，几乎全都受了伤，脑袋和胳膊上包着红兮兮黑乎乎的布条，衣服上满是窟窿，鲜血直流，只剩些断枪残刀，一个个都成了泰坦巨人。街垒已被袭击、被进攻、被攀登了十次，但一次也没被攻下。

要对这场战斗有个概念，不妨想象有把火投到一堆勇士身上，再来观看那大火。这不是一场战斗，而是一个大炉膛；每个人都口吐火焰，每张脸都异乎寻常，似乎不再有人的模样，战士身上冒着火焰，看见这些战斗的蝾螈^①在这红色的烟雾中走来走去，真叫人心惊胆战。关于这连续而同时进行的杀戮场面，我们就不去描绘了。唯有史诗才有权用一千二百行诗来叙述一场战役。

这简直是被吠陀^②称作剑林的那个地狱，那是婆罗门教十七个地狱中最可怕的一个。

双方用身体、用脚进行肉搏，用手枪、用大刀、用拳头进行混战，从远处，从近处，从高处，从低处，从四面八方，从房屋顶上，从小酒店窗口，到处射出子弹，有几个人溜进了地窖里，就从地窖的出气孔里往外开枪。他们以一当六十。小酒店的正面已拆了一半，惨不忍睹。窗户弹痕累累，已没有了玻璃和窗框，只剩下难看的黑洞，乱七八糟地堆着铺路石。弗伊战死了，库费拉克战死了，若利战死了，孔布费尔在扶起一个伤员时，胸口挨了三刺刀，只来得及望了下天空，便一命呜呼了。

马里尤斯不停地战斗，他遍体鳞伤，尤其是头部，脸上鲜血淋淋，仿佛遮了块红手帕。

---

① 据中世纪传说，蝾螈能生活在火中。
② 吠陀，印度最古老的宗教文献和文学作品的总称，用梵文写成。

唯有昂若拉没有受伤。武器没了,他就向左或右伸出手,一个起义者便递给他一把刀。他用的四把剑只剩下断片,比弗朗索瓦一世在马里尼亚诺战役①中还多用坏一把。

荷马说:"狄俄墨得斯杀死了透特拉尼斯的儿子,家住乐土阿里斯巴的阿希勒;墨西斯泰的儿子欧律亚杀死了德瑞索斯,俄菲提俄斯杀死了厄赛普,以及溪水女神阿巴巴莱同无懈可击的布科利翁生的儿子佩达绪斯;乌利西斯推翻了佩科斯的皮迪特;安提罗科斯推翻了阿布莱尔;波吕佩忒斯推翻了阿斯提亚勒;波吕达马斯推翻了西兰的俄托斯;透克洛斯推翻了阿瑞塔翁。墨冈提俄斯死在欧律皮勒的长矛下。众英雄之王阿伽门农打垮了厄拉托斯,后者生于悬崖峭壁的城市,在涛声震天的萨特诺以斯河畔。"在古代的武功诗歌中,埃斯普朗迪安②用喷火的斧头,攻打巨人斯旺蒂博尔侯爵,后者为了自卫,连根拔起城堡,扔到骑士身上。古代的壁画向我们展示了布列塔尼公爵和波旁公爵的格斗场面,他们全副武装,戴着纹章和战盔,骑着战马,手握战斧,套着铁面罩,穿着铁靴子,戴着铁手套,一个身披白鼬皮战袍,另一个身穿蓝呢战袍,布列塔尼公爵战盔的两只角之间有一头狮子,波旁公爵的帽檐上有一朵大百合花。其实,要干得漂亮,无须像伊冯那样戴着公爵的高顶盔,像埃斯普朗迪安那样握着火斧,或像波吕达马斯的父亲菲莱斯那样,从埃菲尔③带回欧菲特王的礼物———副漂亮的甲胄,而是只须为了一个信念或一片忠心献出自己的生命。这个昨日还是博斯或里摩日农民的天真小兵,腰间挂着短剑,在卢森堡公园,围着看孩子的保姆转来转去;这个埋头于解剖尸体或读书的面色苍白的大学生,用剪刀修胡子的金发青

---

① 马里尼亚诺,米兰东南的一个村庄。一五一五年,法国弗朗索瓦一世首次出征意大利,在这里打败瑞士雇佣军。
② 埃斯普朗迪安,西班牙骑士小说中的英雄。
③ 埃菲尔,科林斯的旧称。

年,若把这两个人弄到一起,给他们鼓吹一点责任,再将他们面对面放到布施拉街口,或普朗什-米布雷死胡同,让其中一个为他的旗帜而战,另一个为他的理想而战,并让他们都想象自己在为祖国而战,那战斗一定十分激烈,这两个互相拼杀的士兵和医科学生,投在人类搏斗的大战场上的影子,可与遍布老虎的吕基亚国的君王梅加里翁,同与神明平起平坐的大埃阿斯①搏斗时所投的影子相媲美。

二十二 短兵相接

街垒的首领,除守在两端的昂若拉和马里尤斯外,全都已战死,库费拉克、若利、博絮埃、弗伊和孔布费尔坚持了很久的中间部分坚持不住了。大炮虽没轰出可通行的缺口,却在堡垒中段炸出个大凹口。垒顶被炮弹炸塌,碎片有的落在里面,有的落在外面,在街垒两侧堆成两道斜坡。外面的斜坡为进攻街垒提供了方便。

敌人发起最后的进攻,结果成功了。突击纵队摆出战斗序列,黑压压一群人举着刺刀,冲了上来,势不可挡,前面几排已爬上硝烟笼罩的街垒。这次真的完了。守在中段的起义者乱糟糟地往后退。

这时,求生的欲望在有些人的头脑中苏醒了。好几个人被如林的步枪瞄准,不愿意就此死去。这种时候,保命的本能会发出嗥叫,兽性会回到人的身上。他们退到位于街垒后部的那座七层楼房跟前。这座房子可以救他们一命。它从上到下门窗紧闭,好像堵死了似的。在部队冲入街垒之前,一扇门还来得及打开又合上,眨眼的工夫就够了。这座房子

---

① 希腊神话中,埃阿斯是特洛伊战争的英雄。

的门突然微微启开又随即合上,对这些走投无路的人来说是一条生路。房后有大街,有逃跑的可能,有广阔的空间。于是,他们用枪托砸门,用脚踢门,又呼又喊,合掌哀求。没有人开门。那死者的脑袋从四楼的小窗口俯视他们。

但是,昂若拉和马里尤斯,以及重新集合起来的七八个人,冲过去保护他们。昂若拉向士兵们高喊:"别过来!"有位军官没有听从,昂若拉把他杀了。现在,他在街垒的小院里,背靠着小酒店,一只手拿剑,另一只手拿枪,让酒店的门开着,不让进攻者靠近。他对那几个走投无路的人喊道:"只有一扇门开着。就是这扇。"然后,他用身体掩护他们从自己的身后过去,自己独自对付一个营。大家冲进酒店。这时,昂若拉挥舞卡宾枪,舞出耍棍棒的人称作"隐玫瑰"的动作,将周围和前面的刺刀压下去,最后一个进了酒店。士兵们想进去,起义者想关门,于是出现了惨不忍睹的一刻。大门猛地关上,结果,门板与门框嵌合时,只见一个抓住门板的士兵五个手指头被夹断,粘在门框上。

马里尤斯还在外面。刚才,一枪打来,打断了他的锁骨。他觉得要晕倒了。他已闭上眼睛,忽然,他感到被一只有力的手抓住,接着便昏了过去。他勉强来得及闪过珂赛特的形象,同时闪过一个念头:"我被抓住了。我要被枪毙了。"

昂若拉在逃进酒店的人中没发现马里尤斯,也想他可能被捕了。可在那个时刻,每个人只来得及考虑自己的生死。昂若拉插好门闩,又将暗锁明锁一并锁好,而外面的人一个劲儿砸门,士兵们用枪托,工兵们用斧子。进攻者群集在门前。开始围攻酒店了。

可以说,士兵们怒火冲天。

最初死了一位炮兵中士,他们就被激怒了。后来,更糟糕的是,在进攻前几个小时,他们中间传说,起义者将俘虏的手脚砍断,酒店里有一具无头的士兵尸体。内战一般都会有这种可怕的谣传。正是这种无中

生有的谣传，后来导致了特兰斯诺南街那场灾难。

大门关死后，昂若拉对大家说：

"我们要卖个好价钱。"

然后，他走到躺着马伯夫和加弗洛什的桌子旁。黑布罩着两个僵直的形体，一大一小，裹尸布阴冷的皱纹下，依稀显出两张脸的轮廓。一只手从裹尸布下露出来，垂向地面。那是老人的手。

昂若拉俯身吻这只可敬的手，正如昨日吻他的额头一般。他生平只吻过这两次。

长话短说。这街垒已像底比斯城门那样战斗过，现在，轮到酒店像萨拉戈萨的民房那样战斗了。这种抵抗是非常暴躁的。没有宽恕。没有谈判的可能。只要能杀人，死了也甘心。絮歇说："投降吧！"帕拉福克斯①回答："炮战之后，还要拼刺刀。"攻打于施卢酒店，无所不有：街石从窗口和屋顶雨滴般落到进攻者身上，士兵们伤亡惨重，恼羞成怒；地窖和阁楼里射出冷枪；攻得激烈，守得顽强，最后门被攻破，接着便是疯狂的斩尽杀绝。进攻者冲进酒店，被倒塌的门板绊倒，却找不到一个起义战士。螺旋楼梯已被斧子砍断，横在底楼厅堂的中间，几个伤员已然断气，没有被打死的全上了二楼。原先是楼梯的入口，如今成了天花板上的一个窟窿，里面射出猛烈的子弹。这是最后的子弹了。子弹射完后，这些面临死亡的可怕勇士，在没有火药和子弹的情况下，每人拿起两个酒瓶，用这易碎的酒瓶作棍棒，抵抗企图爬上二楼的进攻者；这些酒瓶前面提到过，是昂若拉保存下来的，里面装有硝镪水。我们将这场可怕的杀戮如实描绘下来。唉，被围者什么都可作为武器。希腊的火硝并没影响阿基米德的声誉，滚烫的树脂并没损害巴亚尔②的威望。任何战争都是恐怖的，没有选择的余地。进攻者从下向上开枪，不

---

① 帕拉福克斯（约1775—1847），西班牙公爵，一八○八到一八○九年间，为保卫萨拉戈萨英勇战斗过。
② 巴亚尔（约1475—1524），法国军人，以勇猛著称，屡建战功。

大方便，但仍有很大的杀伤力。天花板那个洞口的边缘上，很快围了一圈死人的脑袋，冒着热气的鲜血，形成长长的血流往下注。爆炸声震耳欲聋。灼热的硝烟散不出去，形成浓浓的夜色，笼罩着这场鏖战。恐怖的景象难以诉诸笔墨。这已成了地狱里的战斗，不再是人的战斗。不再是巨人同巨神的战斗。不再是荷马的英雄史诗，而是弥尔顿①和但丁笔下的地狱。魔鬼在进攻，幽灵在抵抗。

这是顶天立地的英雄主义。

二十三　俄瑞斯忒斯腹中空空，皮拉得斯烂醉如泥②

最后，二十来个士兵、国民自卫军和保安警察，搭成人梯，利用断梯，爬上墙壁，抓住天花板，就在翻板活门的洞口，用刀砍伤最后几个负隅顽抗的起义者，大部分人在可怕的攀登中脸部受伤，血流满面，视线模糊，个个狂怒不已，野性大发，乱哄哄地涌入二楼的大厅。那里，只有一个人还站着。是昂若拉。他已没有子弹，没有刀剑，手里只握着卡宾枪的枪管，枪托已在来犯者的脑袋上砸断了。他让弹子台挡住进攻者。他退到屋角，目光高傲，昂首挺立，握着断枪，依然令人悚然，谁也不敢靠近。突然有人嚷道：

"他是头。那位炮手就是他杀死的。既然他选了那里，想必待着很舒服。让他待着吧。就地把他毙了。"

---

① 弥尔顿（1608—1674），英国伟大的诗人，地位仅次于莎士比亚，以长诗《失乐园》闻名于世。他对撒旦形象的塑造为世界文学最高成就之一。
② 俄瑞斯忒斯和皮拉得斯，希腊神话中的人物。俄瑞斯忒斯的父亲阿伽门农被其母亲及奸夫谋杀，俄瑞斯忒斯被姐姐送到父亲的好友那里避难，长大后，与姐姐共谋，在好友皮拉得斯的帮助下，杀死了母亲及其奸夫，替父亲阿伽门农报了仇。为此，受到复仇女神的惩罚，变成疯子。

"开枪吧。"昂若拉说。

说完,他扔掉断枪,交叉双臂,挺起胸膛,等待敌人开枪。

视死如归的胆量向来是震撼人心的。昂若拉刚交叉双臂,迎接死亡,大厅里震耳欲聋的搏斗声便戛然而止,混乱状态立即平息,出现了坟墓般的肃静。昂若拉手无寸铁,岿然不动,令人望而生畏的威严似乎压住了混乱。这个唯一没有受伤的年轻人,满身沾满了血,那样高傲,那样迷人,无动于衷,就像刀枪不入似的,单凭沉着而威严的目光,就能迫使这群凶恶的人得怀着敬意才把他杀死。他那俊美的面孔,此刻因高傲的神态而更显得漂亮。他容光焕发,面色红润,仿佛经过了触目惊心的二十四小时之后,仍不会受伤,不知疲劳似的。后来,在军事法庭上,有个证人谈到的可能就是他:"有个暴动分子,我听见人们喊他阿波罗。"有个国民自卫军瞄准了昂若拉,又把枪放下,说道:"我觉得我在枪毙一朵花。"

十二个人组成了行刑队,站在昂若拉对面的角落里,默默地做着准备工作。

一个中士喊道:"瞄准。"

一个军官介入说:

"等一等。"

他对昂若拉说:

"要不要蒙上眼睛?"

"不要。"

"是您杀死炮兵中士的吗?"

"是的。"

格朗泰已醒来一会儿了。

大家还记得,格朗泰昨天就在二楼大厅里,坐在一张椅子上,趴在一张桌子上睡着了。

他名副其实地体现了那条古老的比喻：烂醉如泥。那可恶而迷魂的苦艾酒－黑啤酒－烧酒，使他像患了嗜眠症似的昏睡不醒。他那张桌子太小，对街垒一无用处，就给他留下了。他一直是同一个姿势，胸口俯在桌上，脑袋平伏在胳膊上，周围杯瓶狼藉。他睡得沉沉的，有如冬眠的狗熊和吸足血的水蛭。什么也没能把他惊醒，无论是齐射，还是炮轰，还是从他所在大厅的窗子里钻进来的霰弹，还是进攻时震耳欲聋的喧嚣。有时，他则以鼾声应答炮声。他好像在等一颗子弹，使自己免于一醒。他周围躺着几具尸体。猛一看，他和这些沉睡的死人没有两样。

声音唤不醒一个醉汉，寂静却能把他惊醒。这种怪事屡见不鲜。周围天翻地覆反使格朗泰的昏睡有增无已，倒塌的声音晃得他睡得更沉。面对昂若拉，那喧闹声戛然而止，使这沉睡的人受到震动。这就像一辆飞驰的车子骤然停下，车中熟睡的人会被震醒。格朗泰倏地直起身子，伸出胳膊，揉了揉眼睛，看了看周围，打了个哈欠，终于明白是怎么回事。

醉意消失，如同帷幕撕破，一眼就大体看清了隐藏在幕后的一切。于是，一切都立即浮现在脑海里。那醉汉对过去二十四小时发生的事一无所知，可是一睁眼，就明白一切了。他的意识突然清醒，恢复了思想。人在沉醉时，好像有股雾气使大脑变得迷迷糊糊，醉意一旦消失，接踵而来的是清楚真切、难以摆脱的现实。

格朗泰被甩在一个角落里，似乎被弹子台遮住，而士兵们只顾盯着昂若拉，所以没看见他。那中士正准备再喊"瞄准"，忽听见身旁有人高呼：

"共和国万岁！我也有份。"

格朗泰已站了起来。

他错过了这场战斗，自始至终没有参加，此刻，整场战斗的光辉，全都出现在这面目一新的醉汉那炯炯有神的眼睛中。

他又一次高呼:"共和国万岁!"然后,迈着坚定的步伐,穿过大厅,走到昂若拉身边,挡住那排枪。

"一枪打两个吧。"他说。

然后温柔地转向昂若拉,对他说:

"你允许吗?"

昂若拉微笑着握住他的手。这微笑还没从他脸上消失,枪声便响了。昂若拉中了八枪,仍背靠墙壁,仿佛子弹把他钉在墙上了似的。只是他垂下了脑袋。格朗泰饮弹而亡,倒在昂若拉脚边。

过了一会儿,士兵们开始把躲在顶楼上的起义者赶出来。他们隔着木板栅壁开枪。双方在顶楼上搏斗,将尸体从窗口扔下去,有几个甚至还活着。两个轻步兵,正试着把打坏的公共马车扶起来,却被顶楼射出来的两发子弹击毙。一个穿工作服的人从顶楼被人抛下来,肚子上挨了一刺刀,倒在地上呻吟。一个士兵和一个起义者扭打着,从瓦屋顶的斜坡向下滑,双方都不愿松手,抱在一起摔了下去。地窖里也是一场鏖战。喊声,枪声,野蛮的践踏声。接着一片沉寂。街垒被攻下了。

士兵们开始搜索周围的房屋,追捕逃跑者。

二十四 俘 虏

马里尤斯的确成了俘虏。让·瓦让的俘虏。

他倒下时,有只手从后面把他抱住,而在他失去知觉时,感到有只手抓住了他。那便是让·瓦让的手。

让·瓦让没有参加战斗,而是冒险待在街垒里。在这临终的最后时刻,除了他,恐怕没有人会顾及伤员。在这场残杀中,他就像个保护人,

无处不在。多亏了他，倒下的人被扶起来，背到楼下大厅里包扎好。他利用空隙修理街垒。可凡是与开枪、攻击，甚至自卫有关的事，他都不做。他默不作声，只顾救人。此外，他身上只有几处擦伤。子弹不要他。如果说他当初来这个坟墓时，有寻死的念头，那么，从这个角度看，他根本没有成功。不过，自杀是反宗教的行为，他是不是想过自杀，我们表示怀疑。

在硝烟中，让·瓦让似乎没有看见马里尤斯。其实，他的眼睛一刻也没离开他。当一颗子弹击倒马里尤斯时，让·瓦让猛虎般敏捷地跳过去，就像扑向猎物那样扑到他身上，并把他带走了。

当时，进攻的旋风猛烈集中在昂若拉身上和酒店门口，没有人看见让·瓦让带走马里尤斯。他双臂托着昏迷的马里尤斯，穿过揭去街石的街垒内院，躲进科林斯酒店的拐角处。

大家记得，这个拐角好似海岬伸向大街，为一块几尺见方的场地挡住了子弹和霰弹，也挡住了目光。有时，在火灾中，会有一个房间没有着火；在波涛汹涌的大海上，在一个海岬的这一边，或一片暗礁脚下，会有一个角落风平浪静。埃波妮临终时，就是在街垒这个梯形内院的隐蔽处藏身的。

到了那里，让·瓦让停下来，让马里尤斯滑到地上，自己背靠墙壁，环视四周。处境十分危险。

暂时来说，可能在两三分钟之内，这堵墙还可作隐蔽所。可是，如何逃出这场屠杀呢？他回想起八年前，他在波隆索街如何忧虑不安，又是如何得以脱险的。当年是很难逃脱，今天却是不可能。他前面是那幢冷酷无情、装聋作哑的七层楼房，仿佛只住着那个俯身窗口的死人。右侧是封锁小丐帮街的小街垒，跨过去似乎不难，可是街垒顶上刺刀林立。那是正规部队，守在这街垒外面，正虎视眈眈地窥伺呢。跨过街垒，显然是引敌射击，谁敢从街垒顶上探出脑袋，就会成为六十支枪的靶子。左侧是战场。墙角后是死亡。

怎么办？只有鸟儿才能逃出去。

得当机立断，找出办法，作出决定。几步路外正在酣战。幸而所有的人都在激烈争夺一个点，也就是酒店的大门。可是，万一有个士兵，哪怕是一个，突然想绕房子走一走，或攻其侧面，那一切都完了。

让·瓦让望了望对面的房子，望了望旁边的街垒，又以绝望而发狂的目光望了望地面，仿佛想用目光在地上挖出个洞来。

看到最后，在这走投无路的时刻，还真有个什么东西在他脚边隐隐显露，并渐渐成形，仿佛目光有种威力，能使想要的东西出现似的。他发现几步路外，在外部受到严密监视的小街垒脚下，一堆倒塌的街石下面，露出一截平铺在地上的铁栅栏。那铁栅栏大约二尺见方，横着一根根粗铁条。石砌的框架已挖走，铁栅栏也就像是拆开了。透过铁条的空隙，依稀可见一个幽暗的洞洞，有点像壁炉的烟囱管，或蓄水池的进水管。让·瓦让冲向那里。多次越狱的技巧似一道光，闪过他的脑海。他搬开石头，掀起栅盖，扛起尸体般一动不动的马里尤斯，背着他，凭借臂肘和膝盖的力量，爬下这幸亏不深的井里，让沉重的栅盖重新盖上，被移动的街石重新坍到栅盖上，他则踏在离地三尺的铺石地上：这一系列动作，就像在谵妄中那样，是以巨人的力量、雄鹰的敏捷完成的，前后不到几分钟。

让·瓦让背着始终昏迷不醒的马里尤斯，来到一个地下走廊里。这里，一片安宁，一片岑寂，一片黑暗。

他又有了昔日从街上跳进修道院里的那种感觉。不过，今天带的不再是珂赛特，而是马里尤斯。

现在，他头顶上攻打小酒店的喧嚣声，在下面只能隐隐听见，就像是窃窃私语声。

第二卷　利维坦①的肠子

一　大海使土地贫瘠

　　巴黎每年抛入水中两千五百万法郎。这样说并非是隐喻。怎样抛，以什么方式？日日夜夜。什么目的？没有目的。什么想法？没有想法。为什么？不为什么。通过什么器官？通过它的肠子。它的肠子是什么？下水道。
　　两千五百万，这是专门科学最保守的估算。
　　科学经过长期摸索，今天知道肥效最高的肥料是人的粪便。说来令我们惭愧，中国人比我们知道得早。埃克勃就说过，中国农民进城，总要在扁担两头挑回满满两桶我们所谓的污物。多亏人粪，中国的土地至今仍像亚伯拉罕时代那样富有生命力。中国的一粒麦种，能产一百二十粒小麦。鸟粪的肥力，与首都的人粪不可同日而语。一座大城市是最大的粪源。利用城市来给田野施肥，肯定会获得成功。如果说黄金如粪土，那么，反过来说，我们的粪便就是黄金。

---

① 利维坦，《圣经》中提到的海上怪兽，象征邪恶。利维坦的肠子暗喻巴黎的下水道。

这些肥料黄金都干什么用了？被扫进了深渊。

我们花很多很多钱，派出船队，到南极去收集海鸥和企鹅的粪便，却把唾手可得、不计其数的肥料抛进大海。世上浪费的人畜粪，若用到地里，而不是抛入水中，足能养活世界上的居民。

这堆在墙角的一堆堆垃圾，这夜里颠簸在大街上的一车车淤泥，这垃圾场一辆辆令人掩鼻的大车，这在路面下流动着的臭烘烘的粪水，你们知道是什么吗？是鲜花盛开的牧场，是碧绿的青草，是百里香、麝香草和鼠尾草，是野味，是家畜，是傍晚肥牛心满意足的欢叫，是香喷喷的牧草，是黄澄澄的小麦，是你们餐桌上的面包，是你们血管中的热血，是健康，是欢乐，是生命。这是改天换地、神秘莫测的造物主所希望的。

将这些东西回归大熔炉，就会丰衣足食。原野肥沃，人也就有了食粮。

你们可以抛弃这些财富，也可以笑话我。这正说明你们愚昧无知。

据统计，就法国一家，各大河口每年向大西洋抛进五亿法郎。请注意：这五亿法郎可以支付四分之一的国家预算。人真是精明，宁愿让五亿法郎白白抛进水中。由我们的下水道一点一滴吐进江河，再由江河大口倾注大海的，正是人民的养分。下水道每打一次嗝，就要耗费我们一千法郎。这带来双重恶果：土地贫瘠，河流污染。耕地带来饥馑，江河带来疾病。

譬如，人所共知，泰晤士河给伦敦带来了毒害。至于巴黎，近来，大部分下水道的出口，不得不移到下游最后一座桥下面。

英国好几个市镇采用了一种双管道设施，配有阀门和排放闸门，既能引水，又能排水。这种基本的排灌系统，和肺的呼吸一样简单，可以把田里的清水引进城市，又把城里的肥水送往田里。这最简单不过的一来一往的做法，便可将扔到海里的五亿法郎留住。可人们却不这样想。

目前的做法，是好心办坏事。用心是好的，结果却不好。以为在净化城市，却给人民带来饥饿。下水道是一种误会。当全国各地都采用这吸收后又排出的双功能装置，取代单纯排水、使土地贫瘠的下水道，再加上新的社会经济体系，土地的产量便会大大增加，贫困问题便可大大减轻。若能再消灭各种寄生虫，贫困问题便能得到解决。

目前，公共财富流进江河，造成财富流失。"流失"一词用在这里恰如其分。欧洲就这样在流尽财富，自取灭亡。

至于法国，刚才已讲过数字了。而巴黎占法国总人口的二十五分之一，巴黎的粪肥又是最丰富的，因此，在法国每年扔掉的五亿法郎中，若把巴黎的浪费估计为两千五百万，也还是低于实际数字。两千五百万法郎若用于救济和享受，会使巴黎更具光彩。可它们却都挥霍在下水道中了。因此，可以说，巴黎的下水道是它的最大的挥霍，它的奇异的节日，它的"疯狂的博戎"①，它的盛宴，它的挥金如土，它的豪华，它的奢侈，它的富丽。

就这样，因为法国推行一种盲目而恶劣的政治经济，公众福利便付之流水，落入万丈深渊。必须用圣克鲁的网②，将这公共财富拦住。

从经济上讲，可以把这概括为：巴黎是个漏筐。

巴黎是个模范城市，是世界各大首都的楷模，各国人民力图模仿的样板，是理想的大都市，首创精神、冲力和尝试的发祥地，英华俊才的中心，是国中之国，孕育未来的摇篮，巴比伦和科林斯的奇妙结合，可是，在刚才谈到的问题上，却让一个福建农民感到不可思议。

仿效巴黎，只会自取灭亡。再说，尤其是在这种历史悠久、失去理智的浪费上，巴黎自己也是在模仿别人。

这种不可思议的荒唐事，不是新的创造，绝非最近才有。古代人的

---

① 疯狂的博戎，曾是投机商尼科拉·博戎（1718—1786）的宅第，有一个很大的花园。后来变成了娱乐场所。
② 圣克鲁，塞纳河要塞，位于巴黎西郊。那里的人在河上置网，用以拦住漂流物。

做法和现代人一样。李比希^①就曾说过:"罗马的下水道耗尽了罗马农民的全部福利。"当罗马的乡村被罗马的下水道毁灭后,罗马又将意大利耗得一干二净,它把意大利倒进下水道之后,继而又将西西里扔了进去,接着是撒丁,然后是非洲。罗马的下水道吞噬了整个世界。这下水道向罗马和世界张开大嘴。**罗马和世界**^②。万古流芳的城市,深不可测的下水道。

在这件事上,也和在其他事上一样,罗马做出了榜样。巴黎亦步亦趋,以文明城市特有的傻劲,仿效这个榜样。

出于上面解释过的排污水的需要,巴黎下面还有另一个巴黎。下水道的巴黎。那里也有街道、十字路口、广场、死胡同、动脉和循环系统。那是污泥浊水的循环系统,只是没有人的形状。

对什么都不要恭维,哪怕是一个伟大的民族。在无所不有的地方,可耻的与崇高的并肩存在。如果说巴黎具有雅典城的光明,提尔城^③的强盛,斯巴达城的道德,尼尼微城^④的奇迹,那么,它也有吕代斯城^⑤的污泥。

此外,那也正是巴黎强盛的特征。巴黎庞大的下水道,在纪念性建筑物中间,体现了既宏伟又卑劣的奇特理想,那正是在人类历史上,由马基雅弗利、培根和米拉波等人所体现的理想。

如果目光能穿透地面,就会看到,巴黎的地下像一个巨大的石珊瑚。一只海绵有再多的孔穴,也不如上面矗立着这座古老大城市、周长为六法里^⑥的这片土地所含有的孔穴多。不算地下墓穴——那是与众不

---

① 李比希(1803—1873),德国化学家。
② 原文为拉丁语。教皇祝福时的用语。
③ 提尔,亚洲古国腓尼基的港城。在今黎巴嫩境内。历史上曾强极一时。
④ 尼尼微,古代亚述帝国最古老、人口最多的城市,以奇迹著称,公元前六一二年灭亡。
⑤ 吕代斯,巴黎的古称。
⑥ 相当于二十四千米。

同的地下室，不算错综复杂的煤气管道，以及通向水龙头的庞大无比的饮用水管道系统，单单那些下水道，就在塞纳河两岸的地下，形成了一个黑暗的奇异的网络。这个迷宫是以坡道作为引线的①。

在那里，在潮湿的雾气中，出现了老鼠。它们似乎是巴黎分娩出来的。

二　下水道的古老历史

请大家想象一下巴黎揭去盖子后的样子，鸟瞰下去，河两岸的下水道，有如硕大无朋的树枝，嫁接在塞纳河上。在右岸，环城下水道是树干，次下水道是树杈，死胡同是细枝。

这不过是简单的比喻，并不确切，因为这种地下分支经常出现直角，这在植物界是罕见的。

假如将巴黎想象为一个奇形怪状、乱七八糟的东方字母表，平放在黑暗的背景上，怪模怪样的字母杂乱无章、随心所欲地衔接起来，有的弯沟嵌连，有的末端相接，这样一个奇异的几何平面图，与巴黎的下水道网更相像。

在中世纪，在东罗马帝国，在古老的东方，污水井和下水道起着重要的作用。瘟疫在那里产生，暴君在那里死亡。芸芸众生几乎以宗教式的敬畏，看待这腐烂的温床，死神的可怕摇篮。贝拿勒斯②的蚊蝇坑，其骇人听闻的程度不亚于巴比伦的狮子坑。据犹太《士师记》记

---

① 暗喻阿里阿德涅线团。在希腊神话中，阿里阿德涅用小线团帮助雅典英雄忒修斯逃离迷宫。
② 贝拿勒斯，印度古城，印度教圣地。今称瓦拉纳西。根据印度教教义，贝拿勒斯是最神圣的城市，死在该城便能升天。

述,泰格拉特-法拉查①以尼尼微的污水坑发誓。让·德·莱德②是从明斯特的阴沟里引出他的假月亮的。与他相似的东方人莫卡那,霍拉桑③的蒙面先知,也是从盖许勃的污水井里引出他的假太阳的。

　　人类的历史反映在下水道的历史中。古罗马的罪犯暴尸场讲述着罗马的历史。巴黎的下水道是个古老而不同凡响的东西。它当过坟场,也当过避难所。罪恶、智慧、社会抗议、信仰自由、思想、盗窃等人类法律追究或追究过的东西,都在这个洞里藏过身:十四世纪有铅锤党人④,十五世纪有拦路抢劫的强盗,十六世纪有胡格诺教派,十七世纪有莫兰⑤的幻象派,十八世纪有烧足匪徒⑥。一百年前,夜里会从那里刺出一刀,扒手遇到危险就在那里藏身。林中有洞穴,巴黎有阴沟。有高卢无赖之称的乞丐帮,以下水道作为圣迹区的一部分,这些狡诈而凶狠的乞丐,一到晚上,就从莫比埃街的排水口回到阴沟洞里,就像回到卧室一样。

　　日常出没于掏包死胡同或割喉街的人,以绿径街或于尔普瓦街的涵洞作为夜间的栖身地,这是最自然不过的事。那里留下过无数记忆。形形色色的幽灵,出没于这些僻静的长廊;到处是腐烂和瘴气;隔不多远有一个通风口,洞里的维永和洞外的拉伯雷在聊天。

　　老巴黎的下水道,是所有走投无路和铤而走险的人汇聚的地方。在这里,社会经济看到的是垃圾,社会哲学看到的是渣滓。

　　下水道是城市的意识。一切在这里汇聚,一切在这里对证。在这灰蒙蒙的地方,有黑暗,但不再有秘密。一切都露出了真面目,至少是最

---

① 泰格拉特-法拉查,古亚述国的国王。
② 让·德·莱德(1509—1536),荷兰宗教改良者,明斯特再浸礼教派首领之一。
③ 霍拉桑,西南亚古地区名。现为伊朗东北部省名。
④ 铅锤党人,指一三八二年以铅锤为武器起义的巴黎人。
⑤ 西蒙·莫兰(约1623—1663),法国幻象派巫师,自称"上帝的儿子",被处火刑。
⑥ 烧足匪徒,指法国大革命时期以烧足逼取钱财的匪徒。

终的面目。垃圾堆的特点是不撒谎。纯朴把这里当作藏身地。这里有巴西尔①的假面具，但可以看到纸板和线绳，里外一目了然，上面涂了层诚实的烂泥。旁边是司卡班②的假鼻子。文明社会的一切污秽之物，一旦不再有用，便掉进这个真实的坑里，即掉进社会大规模向下滑的归宿地，沉入里面，但又漂浮出来。这乱七八糟便是一种供认。不再有假象，毫无粉饰，垃圾脱去衬衫，赤身裸体，错觉和幻影逃之夭夭，只剩下了真实，显出行将灭亡者的凶恶嘴脸。真实和灭亡。这里，一个酒瓶底就供认出酗酒，一个篮子提手便道出仆役身份。这里，对文学发表过看法的苹果核，又变成了苹果核；铜钱上的雕像长满铜锈，该亚法咳出的痰，与法斯塔夫呕出的污物邂逅，赌场出来的金币，与挂着半截上吊绳的钉子相遇；惨白的胎儿，裹着去年狂欢节在歌剧院跳舞穿的饰有闪光片的衣服滚来滚去，一顶审判过人类的法官帽，慵懒地躺卧在玛格东③腐烂的裙子旁；这不只是友爱，而是亲密无间了。从前涂脂抹粉的东西，现在都肮脏不堪。最后一张面纱揭掉了。一条下水道，是一个厚颜无耻的人。它泄露一切。

污秽之物的这种坦诚使我们感到愉悦，使灵魂得到休憩。我们活在世上，整天看到的是诸如国家利益、誓言、政治明哲、人类正义、职业道德、苦行、不可腐蚀的法袍等等装腔作势的表演，现在进入下水道，看见污泥浊水的真面目，会备感轻松。

同时也给人以教益。刚才说了，下水道反映了历史。圣巴泰勒米惨案④的鲜血一滴滴从路面的石缝渗入下水道。大量的暗杀，政治和宗教

---

① 巴西尔，十五世纪传说中的人物，炼金术士。
② 司卡班，原为意大利喜剧中一个奸诈狡猾的仆人，后由法国喜剧作家莫里哀借用此名，写成《司卡班的诡计》。
③ 玛格东，指生活腐化的女人。
④ 圣巴泰勒米惨案发生在一五七二年八月二十四日圣巴泰勒米节的夜里，查理九世国王在其母亲卡特琳·梅第奇的怂恿下，突然武装袭击胡格诺派，致使二千余人丧生。

的屠杀，穿过这文明的地道，留下一具具尸体。在爱思索的人看来，历史上所有的杀人凶手都在这里，跪在这丑恶的幽暗中，用他们作为围裙的裹尸布的一个角，阴险地抹去他们所干的罪恶勾当。路易十一和他的特里斯坦①在这里，弗朗索瓦一世和他的杜普拉②在这里，查理九世和他的母亲在这里，黎塞留和路易十三在这里，卢瓦、勒泰利埃③在这里，埃贝尔、马亚尔④在这里，他们刮着石头，试图消除他们罪行的痕迹。在这些拱顶下面，可以听见这些幽灵的扫帚声，可以闻到社会灾难的恶臭味，可以看到一些角落里闪着红光。这里流淌着一条可怕的河，凶手们在里面洗过血手。

　　社会观察家应该进到这黑暗的地方看一看。这是他们实验室的一部分。哲学是思想的显微镜。一切都想避开哲学，但什么也逃不脱。搪塞是毫无用处的。这样做会暴露自己什么呢？可耻的一面。哲学用正直的目光追踪罪恶，不许罪恶逃之夭夭。不管什么东西，正在消失也罢，变小也罢，它一眼便能识别。它根据破衣服，可以重现王朝，根据破布片，可以重现女人。它通过下水道，可以重现城市；通过污泥，可以重现习俗。它凭借破碎片，可以推断是瓮还是罐；根据羊皮纸文稿上的一个指甲印，可以识别是犹当加斯的犹太人，还是犹太集居区的犹太人。它根据残片，可以看出过去的样子，是善，是恶，是假，是真，是宫殿中的血迹、匪穴中的墨迹、妓院脂烛的滴痕，是经受过的考验、受欢迎的诱惑、呕出来的盛宴、降低人格的印记、灵魂粗俗到堕落的痕迹，还是在罗马挑夫褂子上留下的梅萨利娜⑤的肘印。

---

① 特里斯坦（？—1475），路易十一的谋臣。
② 杜普拉（1463—1553），弗朗索瓦一世的掌玺大臣。
③ 卢瓦侯爵（1639—1691），路易十四的陆军国务大臣；勒泰利埃（1603—1685），路易十四的前任陆军国务大臣，卢瓦之父。
④ 埃贝尔（1757—1794），法国大革命时期激进党人，被罗伯斯庇尔清除；马亚尔（1763—1794），参加过一七九二年九月二日至六日的大屠杀。
⑤ 梅萨利娜（约22—48），罗马皇帝克洛狄一世的第三个妻子，以淫乱和阴险出名。

三　布律纳索

巴黎的下水道在中世纪极富传奇色彩。到了十六世纪，亨利二世试图探测，但没成功。将近一百年来，巴黎的下水道被放任自流，任其变化，关于这点，可从梅西埃的著作中得以证实。

昔日的巴黎就是这样，不停地争斗、犹豫、摸索。它长期稀里糊涂。直到一七八九年，人们才看到城市是如何变得有思想的。可在古时候，首都几乎是没有头脑的，精神和物质上都不善管理，既不善治理弊病，也不善扫除垃圾。到处是障碍，到处是问题。比如，下水道各走各的路。城市里意见不一，下水道里难辨方向。地上难以沟通，地下难以理清。上面是语言混乱，下面是水道混乱。代达罗斯给巴别塔①加了个地下迷宫。

有时，巴黎的下水道会漫溢泛滥，仿佛这个被人瞧不起的尼罗河勃然大怒了。下水道常常泛滥成灾，这是十分讨厌的事。这人类文明的肠胃常常消化不良，污泥浊水倒流进巴黎的喉咙里，到处是它的余味。阴沟倒流很像人的内疚，倒也不无益处；这是在提出警告，但人们不加理会；巴黎看到污泥如此大胆，愤慨之至，绝不允许垃圾重新回来。它要把它们赶走。

一八〇二年泛滥过一次，现在八十岁的巴黎人还记忆犹新。污泥浊水在矗立着路易十四雕像的胜利广场呈十字向外漫溢，从香榭丽舍大街的两个下水道口漫入圣奥诺雷街，从圣弗洛朗丹下水道漫入圣弗洛朗丹街，从钟声街的下水道漫入鱼石街，从绿径街的下水道漫入波邦古尔街，从拉普街的下水道漫入罗盖特街。泥水淹没了香榭丽舍大街的阳沟，

---

① 代达罗斯，希腊神话中的建筑师和雕刻家，曾为克里特王弥诺斯建造迷宫。巴别塔，《圣经》中挪亚的子孙没有建成的通天塔，在此处暗喻可以听到各种不同语言的大城市。

水深达三十五厘米。在南边，塞纳河岸的出水口倒流回来，污水流进了马萨林街、松糕街、沼泽街，在沼泽街漫溢了一百零九米才停下，就差几步便是拉辛的故居，这说明在十七世纪，这污水敬重诗人胜过敬重国王。圣皮埃尔街的水最深，高出排水沟的盖板三尺，圣萨班街的水漫得最广，长达二百三十八米。

　　本世纪初，巴黎的下水道还是个神秘的地方。污泥从来都是声名狼藉，可在巴黎，其名声坏到了谈虎色变的程度。巴黎隐约知道它下面有一个可怕的地窖。谈起它，就像在谈底比斯可怕的烂泥坑，可以给比希莫特①当澡盆，里面爬满了十五尺长的蜈蚣。下水道工人的大靴子只敢在几个熟悉的地方干活，从不敢越过一步。那时，离清道夫将垃圾车里的垃圾直接倒入阴沟的时代不远，圣富瓦在垃圾车上同克雷基侯爵亲如兄弟。至于疏通下水道，这个任务就交给大雨。可大雨与其说疏通，不如说堵塞。罗马使它的下水道带点诗意，称它为罪犯尸体示众场。巴黎对它的下水道肆意侮辱，称它为臭洞洞。科学和迷信都认为这是可怕的东西。这臭洞洞，卫生厌恶它，传说也不喜欢它。穿修道服的幽灵产生于穆夫塔街阴沟洞臭烘烘的拱顶下；马穆塞们②的尸体扔进了木桶街的阴沟里；一六八五年，可怕的恶性高烧病蔓延，法贡③将之归咎于沼泽区的阴沟洞敞着大口，圣路易街的这个大口，差不多就在"风流使者"这块招牌的对面，直到一八三三年还敞开着。莫特勒里街的下水道口因传播瘟疫而臭名昭著，它的铁栅盖竖起一排尖杆，有如竖着一排尖牙，它在这条倒霉的大街上，就像龙张大的嘴巴，将地狱的苦难吹向人间。在巴黎人的想象中，巴黎的排污水沟是无穷丑恶的大杂烩。下水道是无

---

① 比希莫特，《圣经》中提到的食草猛兽。有人认为可能是河马。
② 马穆塞，指查理五世或查理六世的顾问团，被勃艮第公爵处死或流放。
③ 法贡（1638—1718），路易十四的御医。

底洞。下水道是巴拉特卢姆①。警察从没想过探测这些麻风病区。谁敢冒险涉足这陌生的地方，探测这黑暗，探索这深渊？这太可怕了。然而有人这样做了。下水道终于有了自己的克里斯托夫·哥伦布。

一八〇五年的一天，拿破仑皇帝难得在巴黎逗留。内务大臣，不知是德克雷还是克雷泰，前来侍候主子起床。骑兵竞技场传来伟大共和国和伟大帝国的全体非同凡响的士兵拖军刀的声音。拿破仑的卧室门口挤满了英雄：有从莱茵河、埃斯科河、阿迪杰河和尼罗河等部队来的将士；有茹贝尔、德泽、马索、奥什、克莱贝尔诸将军的战友；有弗勒律斯汽艇驾驶员、美因茨的榴弹兵、热那亚的架桥兵、金字塔目睹过的轻骑兵、茹诺的炮弹溅污过的炮兵、袭击过停泊在须德海②的舰队的装甲兵；有的曾随拿破仑到过洛迪桥，有的伴随缪拉到了曼图亚③的战壕，还有的比拉纳先到蒙特贝洛④的洼路。当时的军队全都在场，在杜伊勒利宫的院子里，由一个班或一个排当代表，守卫拿破仑安寝。那时候，伟大的军队正处在辉煌时期，后面有马伦戈战役，前面有奥斯特里茨战役。"陛下，"内务大臣对拿破仑说，"昨天我见到了您的帝国的最勇敢的人。""是谁？"皇帝急切地问，"他做了什么？""陛下，他想做一件事。""什么事？""视察巴黎的下水道。"

确有其人。他叫布律纳索。

---

① 巴拉特卢姆，雅典城西弃置罪犯的山谷。
② 须德海，位于荷兰，今称艾瑟尔湖。
③ 曼图亚，意大利城市，今称曼托瓦。
④ 蒙特贝洛，意大利一村庄。一八〇〇年六月九日，法军在此与奥地利军作战，大获胜利。

四　无人知道的细节

视察真的进行了。这是一次十分可怕的行动,一场不怕瘟疫和窒息的夜间战斗。同时,这也是一次探险旅行。在参加这次探险的尚存的人中,有个聪明的工人,当时他很年轻,几年前还讲起一些有趣的细节,布律纳索认为这些细节在公文中提到不合适,就没有写进他给巴黎警察局局长的报告中。那时候,消毒方法很简单。布律纳索刚越过下水道网的几条支道,二十个工人中,就有八人不愿再往前走了。这次行动十分复杂,视察必然要疏通,因此,必须清除污泥,同时还得测量:记下入水口,数清铁栅门和出水口,摸清支道,标明水流的分岔点,探明各贮水池的范围,探查连在主水道上的支道,测量各水道从拱顶石到地面的高度,以及拱底石处和底部的不同宽度,最后,确定与各入水口,即与沟底或与街面成直角的水位坐标。他们步履维艰。下去的梯子常常陷进三尺深的污泥中。提灯在疫气中奄奄一息。不时有阴沟工人晕倒而被抬走。有些地方是深潭。地面下陷,石板崩塌,下水道变成了暗井,找不到结实的地面,有个人突然陷进去,费了很大劲才把他拉出来。根据福克卢瓦①的建议,在清理得差不多的地方,隔一段距离,便用大笼子装满浸透树脂的废麻,将它们点燃。有些地方,壁上长满奇形怪状的蕈,就像一个个毒瘤。在这令人窒息的地方,连石头也生病了。

布律纳索在探险时,采用了从上游到下游的方法。在大吼者街的两条水道分岔口,他在一块突出的石头上辨出一五五〇年的日期。该石头指明了菲利贝尔·德洛姆,奉亨利二世之命,探查巴黎下水道的最终点。这块石头是十六世纪留在下水道里的标记。在蓬索街和圣殿老街的

---
① 福克卢瓦(1755—1809),法国化学家。

下水道，布律纳索发现了十七世纪的工程，是一六〇〇年到一六五〇年间盖的拱顶；在污水干道西段，他还发现了十八世纪的工程，是一七四〇年开凿并修建的拱顶。这两个拱顶下水道，尤其是一七四〇年开凿的那条，比环城下水道的裂缝更多，更加破烂。这环城下水道建于一四一二年，当时，梅尼蒙唐区的活水阳沟升到了巴黎大阴沟的地位，好比一个农民被提升为国王的第一侍从，一个傻瓜变成了军官。

他们认为，在不少地方，尤其是法院下面，发现了建在下水道里的旧地牢的洞穴，犹如修道院的地牢，丑恶不堪。在一间地牢里，还挂着一副铁枷。这些地牢全都封死了。还有一些非常奇怪的发现。最奇怪的莫过于一只猩猩的骸骨，那是一八〇〇年动物园失踪的猩猩。这只猩猩的失踪，可能同十八世纪最后一年，在圣伯尔纳修士街出现的魔鬼有关。当年，圣伯尔纳修士街出现魔鬼这件事无人不知，确凿无疑。可怜的魔鬼最后淹死在下水道里了。

在通往玛里翁拱桥的拱顶下水道内，有一个捡破烂用的背篓，保存得很好，行家见了赞叹不已。阴沟工人终于敢清除污泥了，他们到处发现贵重物品，有金银首饰、宝石、钱币。假如有个巨人用筛子来过滤这些污泥，筛子里会留下世世代代的财宝。在圣殿街和圣阿瓦街的两条支道的交叉口，有人捡到一枚稀奇古怪的胡格诺教派铜质纪念章，一面是头猪，戴着红衣主教帽，另一面是只狼，戴着罗马教皇的三重冕。

最惊人的发现，是在大下水道的入口处。这里，从前由铁栅栏门封闭，如今只剩下铰链了。在其中一个铰链上，挂着一片丑陋污秽的破布片，在黑暗中飘荡，想必是有人经过时挂下来的，年深日久而变得破烂不堪。布律纳索将提灯凑近，细看这破布。这是非常精细的麻布，有一个角不像其他地方破得那样厉害，可以辨出一个绣了纹章的冠冕，下方有七个字母：LAVBESP。这是一顶侯爵冠冕，那七个字母的意思是

Laubespine。布律纳索认出，眼前的东西，是马拉①裹尸布的一块破片。马拉年轻时，有过风流韵事。那是在他给阿图瓦伯爵府当兽医的时候。他同一位贵妇私通（这是经过历史考证的），他们的爱情就剩下这条床单了。是残留物，抑或是纪念物。他死后，因为那是他家里唯一比较精细的床单，一些老太太就拿它来给他裹尸了。她们用这块有过情欢的床单，来给这位就要进入坟墓的悲惨的人民之友裹身。

布律纳索没去管它，让这块破布留在原地，没把它毁掉。出于蔑视还是尊敬？对这两种态度，马拉都受之无愧。况且，在这块破布上，命运留下了相当明显的印记，人们不敢下决心碰它。再说，既是坟墓的东西，应让它留在它所选定的地方。总之，这个遗物是很奇特的。一位侯爵夫人在上面睡过觉，马拉裹着它腐烂，它穿过先贤祠，最后落入下水道这个老鼠的藏身地。这块留着男女情爱印记的破布，要是在从前，华托会兴致勃勃地画出它的所有褶裥，最后却只配得到但丁的垂顾。

对巴黎下水道的全部探查历时七年，始于一八〇五年，结束于一八一二年。布律纳索边探查，边确定工程，领导施工，完成了许多大工程。一八〇八年，他把蓬索街的下水道加深。他还到处开辟新路线：一八〇九年，圣德尼街的下水道加延到圣婴喷泉，一八一〇年，下水道延伸到冷大衣街和硝石库医院街，一八一一年，延伸到小神父新街、槌球场街、披巾街、王家广场街，一八一二年，延长到和平街和昂坦大道。同时，他还对整个下水道网进行消毒和净化。从第二年起，他让他的女婿纳戈当了他的助手。

就这样，在本世纪初，旧巴黎对它的双重底进行了疏通，给它的下水道进行了梳妆。这一次，总算是清扫了一下。

---

① 马拉（1743—1793），法国政治家、医生和新闻工作者，大革命时期最激进一派的主要代表人物。一七七七年任路易十四的幼弟阿图瓦伯爵（后为查理十世）的私人卫队医生。一七九三年，一位来自诺曼底的吉伦特派年轻的支持者，以请求保护为名，进入马拉房间，把正在为治疗皮肤而沐浴的马拉刺死。

弯弯曲曲，裂缝累累，沟底铺石残缺不全、坑坑洼洼，拐角处崎岖不平，毫无逻辑的忽上忽下，臭气熏天、野蛮、凶恶、黑暗，铺石上满是伤痕，墙壁上满是刀痕，令人毛骨悚然，这便是追溯以往，巴黎旧下水道的真实写照。

支道伸向四面八方，纵横交错，支支岔岔，形如鹅掌，有如坑道里的星形岔道、盲肠、死胡同，拱顶起硝，渗井发出恶臭，墙壁像患了湿疹渗出脓水，沟顶往下滴水，黑咕隆咚：没有比这古老的排泄污水的地下室，这巴比伦的消化道，这洞穴，这墓穴，这联结各条街的深渊，这巨大的鼬鼠洞更可怕的东西了。透过黑暗，人们仿佛看见，过去这只瞎眼大鼬鼠，在曾经辉煌过的垃圾里跐蹋。我们再说一遍，这就是昔日的下水道。

五　今天的进步

如今的下水道干净、阴凉、笔直、规范。它几乎达到了理想的程度，即英国所谓的"雅观"。它浅灰色，非常得体，都用墨线拉直，可以说笔直笔直。它就像一个供货人变成了参事。里面几乎能看得见。污水举止得体。猛一看，很像是在遥远的"人民爱戴国王"的时代，供君王和王公逃跑用的那种常见的地下长廊。如今的下水道美观漂亮，风格纯正，被逐出诗坛的古板而典雅的亚历山大体诗，似乎躲进了这座建筑中，融进了这阴暗灰白长拱廊的每一块石头中。每个排水口都是一个拱孔。里沃利街连它的下水道也开创了新风。此外，如果说几何线条在什么地方适得其所的话，那肯定是在一个大城市的排粪沟里。那里，一切都臣服于最短的路线。今天，下水道已有某种官方性质了。就连警方的报告有时提及时，也不敢对它出言不恭。公文中对它用的词是高雅严肃的。从前叫肠子，现在叫长廊，从前叫洞，现在叫观察口。维永恐怕认不出他的临时故居了。这个坑道网仍住着自古就有的啮齿类居民，比以往任何时候都繁殖得快。常有一只长着胡须的老鼠将脑袋探出阴沟洞外，审视巴黎。可是，这个寄生虫也已适应了，对它的地下宫殿非常满意。这下水道已不像原来那样凶恶。从前下雨，下水道变得更脏，现在下雨，下水道被冲得干干净净。不过，也不要过分信任。里面仍然有疫气。与其说它无可指责，不如说它是伪君子。巴黎警察局和卫生委员会作了努力也无济于事。尽管采取了种种消毒措施，它仍散发出淡淡的可疑气味，就像做过忏悔的伪君子达尔杜弗一样。

应该承认，清扫下水道不管怎样是对文明的尊敬，在这点上，达尔杜弗的忏悔较之奥革阿斯①的牛圈是一大进步。所以，肯定地说，巴黎的下水道有了改善。

何止是进步。简直是改变。在过去的下水道和现在的下水道之间，有过一场革命。这场革命是谁搞的？是被世人遗忘的我们前面谈到的布律纳索。

六 未来的进步

挖掘巴黎下水道可不是小工程。挖了十个世纪，也未能挖完，正如巴黎建了十个世纪，也未能建完。的确，巴黎不停地发展，势必影响到下水道。这是地下一种长着无数触角的深色珊瑚虫，随着上面城市的长

---

① 奥革阿斯，希腊神话中的厄利斯国王，养有三千头牛，三十年没打扫，粪秽堆积如山。大英雄赫拉克勒斯引河水，一天内就把牛圈冲洗打扫干净。

大而长大。城市每开辟一条新街，下水道便长出一条胳膊。在旧君主政体时期，只建造了两万三千三百米下水道，这是一八〇六年一月一日以前的情况。关于那个时代的情况，一会儿我们还要谈到。从那时候起，修挖下水道工程继续进行，抓得有力，效果明显。拿破仑修建了四千八百零四米——真是个奇怪的数字；路易十八，五千七百零九米；查理十世，一万零八百三十六米；路易-菲利普，八万九千零二十米；一八四八年的共和国，两万三千三百八十一米；现政府，七万零五百米。目前，下水道总长度为二十二万六千六百一十米，约六十法里。这是巴黎庞大的肠子。不停施工的黑暗分支，不为人知的巨大建筑。

正如有目共睹的，今天巴黎的地下迷宫，比起本世纪初来扩大了十倍。要使这地下水道达到现在这样相对完善的程度，所付的恒心和所作的努力是很难想象的。一八〇六年以前建成的五里长的下水道，旧君主政体的巴黎总督和十八世纪最后十年的革命政府，花了很大的劲才挖成。工程遇到了种种障碍，有的是土质问题，有的是勤劳的巴黎人民的偏见。巴黎的地层结构复杂，镐头刨不动，锄头挖不动，探头钻不动，难以进行人工操作。没有比这更难开凿、更难深入的地质结构了，而上面就矗立着被称为巴黎的绝妙的历史结构。一旦工程以某种形式进行，冒险在这冲积层上挖掘，就会遇到无穷无尽的地下阻力。那是稀黏土，活水泉，硬岩石，被专门科学称作芥子泥的又软又深的淤泥。十字镐在石灰岩层挖掘步履维艰，因为它是由细黏土层和镶嵌着史前牡蛎壳的页状岩层交替构成的。有时，一股水流突然冲塌刚开始建的拱顶，淹死在那里作业的工人。有时，一股泥石流如狂暴的瀑布，急速奔泻，就像砸烂玻璃那样，冲毁粗大的支柱。最近，在维耶特，因为要让污水干道从圣马丁运河下面经过，而又不能中断航运，没有抽干运河，不料运河底出现裂缝，地下工地突然灌满了水，排水泵无能为力。于是，只好派一名潜水员寻找裂缝，费了很大劲才把它堵住。在其他地方，在塞纳河附近，甚至在离塞纳河相当远的地方，例如，在贝尔维尔，在格朗德街和吕尼埃通道下面，则会遇到无底流沙，人可能会陷进去，眼睁睁地看着一个人消失在里面。还有，疫气能使人窒息，塌方会把人埋住，地面会突然下陷。还有，工人们会慢慢染上斑疹伤寒。副工程师莫诺参加过许多工程：他挖了克利希地下长廊，在地下十米处施工，砌筑坡道以承受乌尔克运河主输水管的压力；他经历过多次塌方，常常得顶着恶臭挖沟，用撑条作支撑，为医院大道的比埃尔河到塞纳河的下水道建造了拱顶；为使巴黎免遭蒙马特尔的湍流冲击，并使滞留在殉道者城门附近九公顷的水塘得以排水，他从白门到奥贝维利埃大路修筑了一条下水道，在地下十一米处，不分昼夜地干了整整四个月；他还做了件史无前例的事，他在没挖壕沟的情况下，在鸟喙闩街地下六米处挖成了一条下水道，他指挥完成这些工程后，就去世了。工程师迪洛给三千米的下水道建了拱顶，遍及从圣安托万横街到鲁辛街的巴黎各个地方；他在弓弩街建造了一条支道，用来排泄收租者街和穆夫塔街十字路口的雨水；他在流沙上先灌注防冲碎石和混凝土，修筑了圣乔治下水道；他指挥了纳扎雷圣母院支道可怕的底槽加深工程；他在完成这些工程后，离开了人间。这些英雄业绩不会发布战报，却比战场的大屠杀更有用。

一八三二年，巴黎的下水道远不是现在的样子。布律纳索起了推动作用，但要等到那场霍乱爆发，才下决心大修下水道，后来确实大修了。说来令人惊讶，比如，一八二一年，那条称作大运河的环城下水道，在葫芦街上有一部分像威尼斯那样，是让污水暴露在外面的。直到一八二三年，巴黎才在自己的口袋里，找到二十六万六千零八十法郎六生丁，用来遮住这不光彩的露天污水沟。战斗门、库内特门和圣芒代门的三个吸水井，及其排水口、机械装置、排污水渗井和净化支道，直到一八三六年才齐备。四分之一个世纪以来，巴黎的下水道整修一新，而且，如前面所说，扩大了十倍。

三十年前，六月五日和六月六日起义的时候，许多地方仍然是旧下水道。现在大街的路面是隆起的，那时候，许多马路中间还有阳沟。在一条街或一个街口斜面的最低部位，常常能看到粗铁条的方形大栅盖，被行人踩得亮光光，滑溜溜，车行在上面十分危险，马也会失足。这些斜面的最低部位和铁栅盖，在桥梁和道路的正式用语中，有一个生动的名字，叫"横向水沟"。一八三二年，许多街道，如星星街、圣路易街、圣殿街、圣殿老街、纳扎雷圣母院街、梅利古游乐场街、花堤、小麝香街、诺曼底街、牡鹿桥街、沼泽街、圣马丁郊区街、维克图瓦圣母院街、蒙马特尔郊区街、船婆仓街、香榭丽舍大街、雅各布街、图尔农街等等，还是古老的哥特式下水道，厚颜无耻地张着大嘴。那是懒汉们出没的大石头裂口，有时围着界石，嚣张到了极点。

一八〇六年巴黎下水道的数字，和一六六三年五月统计的数字相差无几：五千三百二十八图瓦兹。布律纳索扩修后，据一八三二年一月一日统计，已有四万零三百米。从一八〇六年到一八三一年，平均每年修建七百五十米。此后，每年建造八千米，最多达一万米，用混凝土作基础，以碎石加水泥灰浆砌成。以一米二百法郎计，现在巴黎六十里长的下水道，共耗费四千八百万法郎。

除了开头指出的经济方面的进步外，许多严重的公共卫生问题，也与巴黎下水道这个大问题有关。

巴黎夹在两层东西之间，一层是水，一层是空气。水层位于地下相当深的地方，但已有过两次勘测，是由夹在白垩纪层和侏罗纪石灰岩层间的绿砂岩层供给的，可用半径为二十五法里的大圆盘表示。许多河流和溪水往那里渗水。我们可在格勒内尔①的一杯井水中，喝到塞纳河、马恩河、荣纳河、瓦兹河、埃纳河、歇尔河、维也纳河和卢瓦尔河里的

---

① 格勒内尔是巴黎第十五区的一个街区。

水。这水层是卫生的,首先来自天空,再从地里渗下去。空气层却不卫生,它来自下水道。污水道的所有疫气,混在城市呼吸的空气中,也就有了臭味。经科学方法证实,从肥料堆上抽取的空气,比在巴黎上空抽取的空气纯净。到一定时候,随着进步,随着机械的不断完善,事情明朗了,就可以用水层来净化空气层。也就是冲洗阴沟。大家知道,"冲洗阴沟",就是将污泥归还大地,将粪便送给土地,肥料送给耕地。通过这简单的做法,整个社会便可减少贫困,改善健康。就目前来说,若将卢浮宫作为传播瘟疫的中心,巴黎的疾病已辐射到方圆五十法里。

可以说,十个世纪来,污水沟是巴黎的疾病,下水道是巴黎血液中的瑕疵。在这方面,人民的本能从没搞错过。从前,阴沟工的职业,几乎同肢解死牲畜的职业一样危险,一样为人民厌恶;而肢解死牲畜的职业可怕之极,早已扔给刽子手来干了。要让泥水工下到臭气熏天的下水道作业,得付很高的工钱。掘井工也不愿将梯子放下去。有条谚语说得好:下阴沟,好比进坟墓。前面说了,各种骇人听闻的传说,给这庞大无比的污水道蒙上了恐怖的色彩。这个人人畏惧的臭水沟,有着地球变迁和人类革命的痕迹,从中可以发现各种灾难的遗迹,从太古洪荒的贝壳,到马拉的破床单。

第三卷 身陷污泥，却心灵高尚

一 下水道及其意想不到的事

让·瓦让就在巴黎的下水道中。

巴黎还有一点和大海相像。进入下水道的人，和潜入海里的人一样，能消失得无影无踪。

转折是异乎寻常的。让·瓦让就在市中心，却已经出了城。就在揭开和合上盖子的工夫，他已从白天进入黑暗，中午进入半夜，嘈杂进入宁静，雷电的旋涡进入静止的坟墓，极端危险进入极端安全，而这次情节的突变，比在波隆索街跳进修道院更令人吃惊。

突然落进一个地窖里，消失在巴黎的地牢里，离开死亡笼罩的那条街，进入这有生命的坟墓里，这真是奇特的一刻。他一时间晕头转向。他目瞪口呆，侧耳谛听。救命的陷阱突然在他身下打开。可以说，上苍用背叛的方式对他大发慈悲。上帝安排的可爱的陷阱！

只是那受伤的人一动不动。让·瓦让不知道背到这坟坑里来的是活人还是死人。

他第一个感觉便是眼睛瞎了。他突然什么也看不见。他似乎还感到，

他骤然成了聋子。他什么也听不见。狂风暴雨般的屠杀，正在他头上几尺远的地方进行着，可是，我们说过了，因为隔着厚厚的土层，传到他这里已经没有声音，或模糊不清了，仿佛是从地层深处传来的响声。他觉得脚下的地很坚实。仅此而已。可这就够了。他伸出一只胳膊，接着又伸出另一只，两边都触到了墙壁，明白走廊很窄。他滑了一下，明白地面很湿。他小心翼翼地迈出一步，生怕遇到一个洞，一个渗井，一个深坑。他发现石板地向前伸展。一股恶臭使他明白身处何处。

过了一会儿，他眼睛看得见了。从他滑下来的通风口，投进来一缕亮光。他的视觉也开始适应这地窖。他能辨认出一些东西了。他藏身——任何别的词都不能更好地表达他的处境——的这条走廊，后面被墙堵死了。这是条死巷，专业用语称作支道。前面还有一堵墙，一堵黑夜之墙。通风口射进来的亮光，在让·瓦让前面十一二步的地方就消失了，勉强在下水道潮湿的墙上投下几米长惨白的光。再往前是一片昏暗。钻进去似乎十分吓人，进去即意味着被吞噬。然而，这雾蒙蒙的大墙还是能钻进去的，而且必须这样做。甚至得赶快。让·瓦让思忖，这个埋在石头下的铁栅盖，既然他能发现，士兵们也能发现，一切都取决于偶然。他们也能下到这井里来搜查。刻不容缓。他已把马里尤斯放到地上，现在，他把他捡起来（这又是一个贴切的字眼），背起他，向前走去。他坚定地钻进黑暗中。

其实，他们获救的可能性不像让·瓦让认为的那样大。另一种仍然很大的危险可能在等待他们。先前是刀光剑影的战斗，现在是充满疫气和陷阱的洞穴；先前是混乱，现在是污水道。让·瓦让从地狱的这一层落入了另一层。

他刚走了五十步，就不得不停下来。遇到了一个问题。这条下水道尽头，横着一条羊肠小道。面前摆着两条路。走哪条呢？往左拐还是往右拐？在这黑黝黝的迷宫，如何辨别方向？前面讲了，这迷宫有一根引路的线，那就是坡道。顺着坡道，就能走到塞纳河。让·瓦让马上明白了这个道理。

他想，他很可能在中央菜市场的下水道里。假如他选择左边，沿着坡道下去，不消一刻钟，就能走到塞纳河上兑换桥和新桥之间的一个排水口，也就是说，就可能大白天出现在巴黎居民最多的地方。可能会是某个十字路口供人晒太阳避风雨的地方。行人如看见两个浑身是血的人，从他们脚下的地里钻出来，一定会吓坏的。警察会突然降临，附近的哨所会举枪示威。还没出来就可能被抓住。倒不如钻入这迷宫，信赖这黑暗，至于结局如何，只好听天由命了。他向右拐，溯坡道而上。

他向右拐了后，远处通风口的亮光完全消失，黑幕又落下，他又变成了瞎子。但他继续前进，尽量加快步伐。马里尤斯的两条胳膊垂在他脖子周围，两条腿荡在他身后。他一只手抓住他的两条胳膊，另一只手摸着墙壁。马里尤斯的脸贴着他的脸，因为还在流血，便黏住了。他感到，一股温温的血流，滴到他身上，渗透他的衣服。然而，他的耳朵挨着受伤者的嘴巴，感觉到一种湿润的热气，说明马里尤斯在呼吸，也就是说，还活着。现在，让·瓦让走的坑道，比前面宽一些。让·瓦让走得相当艰难。昨天的雨水尚未泄完，沟槽中央形成一股小小的湍流。他只好紧贴着墙，以免踩进水里。他就这样摸着黑前进。就像夜间活动的人，在看不见的黑夜里摸索，秘密地消失在黑暗的脉管里。

然而，也许是远处的通风口给这浓雾送进一点浮动的亮光，抑或他的眼睛已适应黑暗，他又恢复了模糊的视觉，时而隐约看见他手摸着的墙壁，时而朦胧看到他头上方的拱顶。人的瞳孔在黑夜会扩张，最后能找到一点亮光，正如人的灵魂在不幸中会扩大，最后能找到上帝。

要辨清方向是很难的。下水道的路线，可以说反映了与之重叠的街道的路线。那时候巴黎有两千二百条街。请想象一下这个星罗棋布、被称作下水道的一条条黑暗的沟道。那时候就已有下水道网了，一条条接起来，可能有十一法里长。前面说了，现在的下水道网，由于最近三十年的特别努力，长度已不少于六十法里。

让·瓦让一开始就搞错了。他以为在圣德尼街下面。遗憾的是并不是这样。圣德尼街下面，有一条建于路易十三时代的石砌老下水道，直通称作大下水道的污水干道，只有向右一个拐弯，就在旧圣迹区下面，那里只有一条支道，即圣马丁下水道，它的四条臂交叉成十字。可是，入口在科林斯小酒店附近的小丐帮街的支下水道，从没同圣德尼街的下水道接通过，而是通达蒙马特尔下水道，这是让·瓦让所在的地方。这里，随时随地都会迷路。蒙马特尔下水道是老下水道网中最复杂的迷宫。所幸让·瓦让已将菜市场的下水道抛在后面了；那一带下水道的实测平面图，有如帆船顶桅的桅杆，错综复杂。可是，他前面会遇到不止一个困难，会碰见不止一条街道——因为确实是街道——的拐弯，它们会像问号，出现在黑暗中。首先，在他左侧，是石膏窑街的大片下水道，像拼板游戏那样错综复杂，将邮政大楼和小麦市场圆形大楼下面呈T形和Z形展开的乱七八糟的下水道网，一直推向塞纳河，最后以Y形注入。其次，在他右侧，是钟面街曲曲弯弯的巷道，及其三条死胡同的岔道。再次，在他左侧，是槌球场街的支道，几乎入口处就是一条岔道，错综复杂，三弯九转，最后通达卢浮宫下面的大排污槽，这排污槽枝枝杈杈，伸向四面八方。最后，在右侧，有守斋者街的死胡同，还不算进入环城下水道之前遍布各处的小下水道。唯有这环城下水道，才能把他带到遥远的，因而也是可靠的出口。

假如让·瓦让对我们说的情况有点概念，只要摸一摸墙壁，立即会发现他不在圣德尼街的下水道里。他手下就会感到不是雕凿过的老石块，不是连下水道也高傲堂皇的古式建筑，以常用的花岗石拌浓石灰浆为基础，一图瓦兹的造价要八百利弗，而是用现在的便宜材料砌成，是经济的应付性手段，是以一层混凝土垫底、嵌有砂浆的磨石，一米造价只有二百法郎，是所谓"小材料"的资产阶级泥水工程。可是，他对此一无所知。

他忧心忡忡地往前走，但依然很镇静，什么也看不见，什么也不知道，听凭运气的，也就是上天的安排。

我们要说，他渐渐产生了一种恐怖的感觉。周围的黑暗渐渐侵入他的思想。他在一团谜中行走。这污水道真是可怕之极，曲曲弯弯，令人目眩。陷入这黑暗的巴黎，是很凄惨的事。让·瓦让看不见前面有路，却不得不找出一条路，甚至闯出一条路来。在这陌生的地方，每冒险前进一步，都可能是最后一步。怎么出去？能找到出路吗？能及时找到吗？这个长着石孔的硕大无朋的地下海绵，让人进入和穿透吗？会遇到什么意想不到的难题吗？会不会陷入错综复杂、不可跨越的绝境？马里尤斯会因流血过多而死去吗？他会饿死吗？他们会不会迷路，在这黑夜的一个角落里变成两具骷髅？他无从知道。他给自己提出这些问题，却回答不了。巴黎的肚肠是无底深渊。他像先知那样，已在魔鬼的肚子里。

突然，他有了意外的发现。他径直往前走，在最料想不到的时候，他发现不再是上坡了。污水不是冲到脚尖上，而是打在他的后跟上。现在，下水道在往下走了。怎么回事？难道他突然就要到塞纳河了吗？这样太危险了，但是，后退更危险。他继续前进。

其实，他去的方向根本不是塞纳河。在塞纳河右岸，巴黎的地面呈驴背形，其一侧斜坡的水流入塞纳河，另一侧流入大下水道。决定污水分流的驴背脊，是一条起伏不平的直线。最高点是分流的地方，位于米歇尔伯爵街那头的圣阿瓦下水道、林荫大道附近的卢浮宫下水道和中央菜市场附近的蒙马特尔下水道。让·瓦让正是走到了这个最高点。他在向环城下水道走去。路线是对的。但他自己却全然不知。

每遇到一条支道，他就伸手摸一摸拐角，若发现开口比他所在的下水道窄，他就不进去，继续往前走。他很有道理地认为，任何一条更窄的路都可能通往死胡同，只能使他远离目的，也就是远离出口。这样，他就避开了黑暗中向他张开的四个陷阱，即刚才提到的四个迷宫。

有一刻，他感到他在走出被暴动吓呆了的、被街垒堵塞了的巴黎，而回到充满生气的正常的巴黎。可是，他突然听到头顶上响起了雷声，远远的，但持续不断。那是车轮的滚动声。

他走了有半小时了，至少按他的估计是这样，可他没想到要歇一歇脚，只是换了只手抓住马里尤斯。下水道里更黑了，不过，这反倒使他放心了。

突然，他看见前面有他的影子。那影子出现在几乎难以分辨的淡淡的红光中，那红光将他脚下的沟底和头上方的拱顶微微染成紫色，并射到阴沟两侧黏糊糊的墙上。他骤然一惊，回头张望。

在他身后他刚走过的阴沟里，在他觉得离他很远的地方，闪烁着一颗可怕的星星，划破沉沉黑暗，好像瞪着眼在看他。

在这下水道里升起的，是警察昏暗的星星。在这星星后面，依稀晃动着八九十个黑影，挺得笔直，模模糊糊，让人胆战心惊。

二　情况说明

六月六日白天，警方下令搜索下水道。他们担心战败者将下水道作为避难所。当比若将军扫荡公开的巴黎时，警察局长吉斯凯负责搜索隐蔽的巴黎。这是有关联的双重行动，要求警察力量采取双重战略，上面由军方代表，下面由警方代表。警察和下水道工人分成三个巡逻队，负责搜索巴黎的地下沟道，第一组负责右岸，第二组左岸，第三组城岛。警察配有卡宾枪、棍棒、剑和匕首。

此刻射向让·瓦让的光线，正是右岸巡逻队的手提灯。

刚才，这支巡逻队搜查了钟面街下面那条弯弯曲曲的下水道和三条死胡同。当他们用手提灯探照死胡同尽头时，让·瓦让已路过那条下水道口了，发现它比主下水道窄，就没进去，继续往前走了。警察从钟面街的下水道出来，好像听见环城下水道那边有脚步声。那的确是让·瓦让的脚步声。巡逻队长举起提灯，大家向发出声音方向的雾气中张望。

对让·瓦让来说，这真是难以名状的一刻。

幸亏他看得见提灯，提灯却照不见他。提灯是明的，而他是暗的。他离得很远，且同黑暗融为一体。他贴在墙上，停止往前。

再说，他并不知道在他身后移动的是什么东西。缺少睡眠、没有吃饭、神经紧张，也使他产生了幻觉。他看见一团火光，围着一群幽灵。这是什么？他弄不清楚。

让·瓦让一停下来，脚步声便没有了。巡逻队的人侧耳细听，却什么也没听见，举目张望，却什么也没看见。于是就商量起来。

那时候，在蒙马特尔下水道这一段，有一个叫"勤务处"的十字路口，后来取消了，因为下暴雨时，湍急的雨水排不出去，会在里面形成小湖泊。巡逻队可以蹲在这个十字街口。让·瓦让看见这些幽灵围成一圈。那些看门狗的脑袋靠到一起，低声商量起来。

看门狗商量后，认为他们听错了，根本没有声音，也没有人，不必钻进环城下水道，那是白费时间，得赶快去圣梅里教堂那边，如果说有什么事要做，有什么"布桑戈①"要追，也是在那个区。

各党派不时地给他们骂人的话换上新装。一八三二年，"布桑戈"在"雅各宾"已经过时，而"代马戈格②"尚未风行的情况下，暂时填补一下空缺，这以后，"代马戈格"大效其劳。

---

① "布桑戈"（bousingot），指法国一八三〇年革命后鼓吹民主的青年。
② "代马戈格"（démagogue），指鼓动人心的政客。

队长下令向左拐，朝塞纳河的斜坡前进。假如他们想到分成两个组，分别去两个方向，就能抓住让·瓦让了。就差这么一点。可能警方预料会有战斗，怕起义者人多，下过指示，不让巡逻队分散行动。巡逻队继续前进，将让·瓦让抛在后头。巡逻队的这些行动，让·瓦让一无所知，他只看见灯光猛然掉头，消失不见了。

离开前，作为警察，为了做到问心无愧，队长朝放弃搜索的方向，也就是让·瓦让所在的方向鸣了一枪。枪声在这墓窖里连锁回响，有如巨人的肠鸣声。一大块灰泥啪嗒一声掉进污水沟里，离让·瓦让只有几步路，这提醒让·瓦让，子弹击中了他脑袋上方的拱顶。

沟底响起了缓慢而有节奏的脚步声，越来越远，越来越轻，过了一会儿，便消失了。与此同时，那群黑影钻进深处，一团微光悠悠忽忽，在拱顶形成淡淡的弧形红光，越来越弱，最后也消失了。于是，又恢复了沉寂和黑暗，耳聋和眼瞎又成为黑暗的主人。让·瓦让仍不敢动弹，久久靠在墙上，伸长耳朵，睁大眼睛，望着这群幽灵巡逻队渐渐消失。

三　被跟踪的人

应该为当时的警察说句公道话：社会局势再严重，他们仍坚定不移地履行道路管理和监督的职责。在他们看来，决不能借口暴乱，而让坏人为所欲为，不能因政府处境困难，而忽略社会秩序。日常公务通过执行特别任务得以正常进行，而不因此受到干扰。在业已开始的难以估量的政治事件中，在可能发生一场革命的压力下，一名便衣警察不会因发生起义和街垒战而分心，仍会"跟踪"一个小偷。

六月六日下午，在塞纳河右岸的河滩上，残废军人院过去不远的地方，就发生了这样一件事。

今天，那里的面貌有了改变，河滩已不复存在。

在这段河滩上，两个男人相隔一段距离，好像在互相观察，其中一个在躲避另一个。走在前面的竭力想拉开距离，跟在后面的拼命想缩短距离。

这就像在远远地、默默地下一盘棋。双方都不慌不忙，慢慢地走着，似乎怕走得太快，对方会加快步伐。仿佛一个想饱食的猎犬跟踪一个猎物，却装作若无其事的样子。那猎物阴险狡诈，有所防备。

猎犬和被追踪的石貂，个头也合乎比例。想逃脱的那个人脖子很细，面容瘦弱；想抓捕的那个人身材魁伟，相貌凶悍，看来很难对付。

前面那个觉得强弱悬殊，竭力躲避后面那个，但露出愤怒的神情。若有人观察，就会发现，他的目光闪着逃跑者的阴沉敌意，恐惧中透着威胁。

河堤上冷冷清清，没有行人，连停泊在这里那里的驳船上，也不见船夫和装卸工。

只有从对面码头上才望得见这两个人。从这样远的距离望去，会发现前面那个似乎头发耸立，衣衫褴褛，歪着身子，神情不安，穿着破工作服，身子索索发抖。另一个是传统的公务人员，穿着官方礼服，扣子一直扣到下巴。读者若是走近去看他们，也许会认出这两个人。

后面那个人的目的是什么？可能想让前面那个穿得暖和一些吧。

一个由国家发给衣服的人，跟踪一个衣衫褴褛的人，便是要让他也变成由国家提供衣服的人。只是颜色不同罢了。穿蓝衣服光荣，穿红衣服可耻。有一种底层的红色。前面那个可能就想逃避这种耻辱和红色。

如果说后面那个人让他走在前面而还没抓他，从表象看，是希望看见他去赴意味深长的约会，去同一群是好猎物的人碰面。这一艰难的行动叫作"跟踪"。

这个推测是完全可能的，因为那位纽扣扣到下巴的人，看见一辆空出租马车从沿河马路经过，给车夫作了个手势，车夫心领神会，显然明白谁在同他打交道，便掉转车头，从沿河马路上慢慢跟着这两个人。前面那个衣衫褴褛、形迹可疑的人毫无察觉。

马车沿着香榭丽舍大街的树荫前进。从河滩上，可见车夫挥动马鞭，半截身子在河岸护墙上方移动。

警署给密探们的秘密指示中有一条："得有一辆出租马车跟在附近，以备不时之需。"

那两个人按照各自无懈可击的战略各行其是，慢慢走近沿河马路通向河滩的一条坡道。从帕西来的出租马车夫从这条坡道到河里给他们的马饮水。后来为了两岸对称，这条坡道取消了，于是，拉车的马渴坏了，但眼睛却愉悦了。

穿工作服的人可能想从这条坡道上去，企图从香榭丽舍大街上溜走，因为路两旁树木成荫，可是，街上到处是便衣警察，跟踪的人很容易得到协助。

沿河马路的这一处，离所谓弗朗索瓦一世公馆很近。那公馆是一八二四年布拉克上校从莫雷移来的。附近有一个哨所。

令监视者大吃一惊的是，被跟踪的人根本没上那条饮水的斜坡。他继续顺着河滩往前走。显然，他的处境非常危险。除非跳进塞纳河，否则他该怎么办呢？

从此，他再也没法上马路了。不会再有坡道和台阶了。前面就是河的拐弯处，再过去便是耶拿桥，那里，河滩越来越窄，最后变成一条细带，渐渐没入水中。那里，他必然走投无路，右边是陡峭的护堤墙，左边和前方是塞纳河，后面有警察跟踪。

的确，河滩在那里消失，行人是看不见的，因为被一堆七八尺高的垃圾挡住了视线。那是拆房子拆下来的瓦砾。那人是不是真想躲到这堆建筑垃圾后面去？只要绕过去就行了。可是，这个权宜之计恐怕是幼稚的。他肯定不会这样做。盗贼不会幼稚到如此地步。

这堆垃圾在河边形成一个小丘，有如海岬，一直延伸到护堤墙。

被跟踪的人走到小丘跟前，绕了过去，另一个人便看不见他了。

后面的人看不见前面的人，也就不会被前面的人看见，他便趁机抛开伪装，加快步伐。不一会儿，他便走到那堆垃圾跟前，绕了过去。他惊得戛然止步。他追踪的人不在那里。穿工作服的人消失得无影无踪。

从这堆垃圾起，河滩只延伸三十来步，然后消失在塞纳河中，水浪拍打着护堤墙。逃跑者不可能跳进塞纳河，也不可能攀越护堤墙，否则，跟在后面的人会发现。他到哪里去了？

穿紧腰中大衣、扣子扣到下巴的人一直走到河滩尽头，沉思片刻，捏紧双拳，举目四顾。蓦然，他拍了拍脑门。原来，他发现在河滩消失、河水开始的地方，有一个宽宽矮矮的拱形铁栅栏，装着一把厚实的大锁和三个粗铰链。这个铁栅栏，有点像是开在河堤下方的一扇门，面向河滩和塞纳河。门下面流出一股黑水，注入塞纳河。

栅栏门粗重的铁条都已生锈。透过栅栏，可见一条黑洞洞的拱顶长廊。

那人交叉双臂，以责备的神态望着铁栅门。

光这样望一下是不够的，他试着推了推，又使劲儿摇了摇，但它坚如磐石。尽管没听见任何响声，铁栅门刚才很可能打开过。锈得这样厉害，打开时不发出声音，这实在叫人纳闷。但可以肯定它打开后又关上了。这说明打开这门的人有钥匙，而不是用的撬锁钩。

使劲摇铁栅门的人恍然大悟，他愤慨地说：

"真让人难以相信！居然有一把政府的钥匙！"

他随即恢复了镇静，一口气吐出几个不无讽刺意味的单音节词，表达了他内心的诸多想法：

"啊！啊！啊！啊！"

说完，也不知是希望什么，或者希望看到那人出来，或者希望看到别人进去，反正他躲在那堆垃圾后面监视起来，犹如一只发现猎物便站住的猎犬，怒不可遏，却又耐心等待。

至于那辆与他步调一致的出租马车，也在他上面的护堤墙旁停了下来。车夫预料要停很长时间，便把底下的湿燕麦袋套在马嘴上。这种燕麦袋，巴黎人是很熟悉的。顺便说一句，历届政府有时也给巴黎人套上嘴套。个别行人走过耶拿桥，在离开前，还扭过头来，朝这两个静止不动的景观——河滩上的人和沿河马路上的车——看一会儿。

四　他也背着十字架

让·瓦让又继续往前走，没有再停下。

往前走越来越艰难。拱顶高矮不一，平均高度约五尺六，是按人的身高设计的。让·瓦让不得不弯下腰，怕马里尤斯撞着拱顶。他得不停地弯腰又直腰，不停地触摸墙壁。石壁潮湿，水沟黏滑，这对手和脚都是不利的支撑点。他在巴黎污秽的粪水中踉跄而行。阳光从通风口中照下来，但隔很长距离才有一个通风口，且光线十分暗淡，大白天的阳光仿佛成了月光。剩下的便是雾气、疫气、昏暗、黑暗。让·瓦让又饥又渴，尤其是口渴难忍，这就像在海上，到处是水，却不能喝。大家知道，他力大无比，尽管年事已高，但他生活俭朴圣洁，体力不减当年，可此刻他渐感不支了。他筋疲力尽，越是感到没有力气，就越觉得包袱沉重。马里尤斯可能死了，就像无活动力的躯体，死沉死沉的。让·瓦让小心翼翼地背着他，不让他胸口受到挤压，让他呼吸尽可能通畅。他感到老鼠在他腿间逃窜。有只老鼠惊慌失措，还咬了他一口。从阴沟洞的栅盖中，不时吹来一阵清爽的风，给他增添一些力气。

他走到环城大下水道时，可能是下午三点了。首先，他发现下水道忽然变宽，大吃一惊。他突然来到一条伸手触不到两壁，抬头碰不到拱顶的长廊中。的确，这条大下水道有八尺宽，七尺高。

在蒙马特尔下水道与大下水道汇合的地方，另有两条下水道，即普罗旺斯街和屠宰场街的下水道汇入这里，形成一个十字路口。判断力差一点的人，遇到这四条路，恐怕会举棋不定。让·瓦让选择了最宽的一条，也就是环城下水道。可这里又出现了老问题：往上走还是往下走？他想情况紧急，现在不管冒多大危险，也要尽快到达塞纳河。换句话说，就是往下走。他向左拐。

幸好这样。假如认为这条环城下水道有两个出口，一边通向贝西，另一边通向帕西，并从它的名称望文生义，认为它是巴黎右岸的环城下水道，那就大错而特错了。应该记得，这条大下水道，就是从前梅尼蒙唐街的阳沟，倘若往上走，就会走到一个死胡同，即它从前的出发点，在梅尼蒙唐小丘脚下，那是它的源头。它同汇集波潘库尔区流出的污水，经由原卢维埃岛的阿麦洛下水道，最后流入塞纳河的支道不直接相通。这条支道是污水干道的辅助管道，就在梅尼蒙唐街下面被一块高地同污水干道分开，那高地是上游和下游的分水岭。假如让·瓦让迎着黑暗往上走，经过千辛万苦，累得精疲力竭，奄奄一息，最后却会碰到一堵墙。那样他就完了。

必要时，他也可以退回几步，进入髑髅地修女街的下水道，只要在布什拉十字路口下面的鹅掌形岔道上不犹豫，果断地进入圣路易甬道，然后向左拐进圣吉尔羊肠小道，再向右拐，避开圣塞巴斯蒂安长廊，就能到达阿麦洛下水道，只要在巴士底广场下面的F形沟道里不迷失方向，就能走到兵工厂附近的塞纳河出口。要做到这点，必须对巴黎下水

道这个巨型珊瑚的所有支道和通道了如指掌。然而，我们要指出的是，他走在这条可怕的路上，却对它一无所知。假如有人问他身在何处，他会回答在夜里。

他的直觉帮了他忙。的确，往下走就可能得救。

他没有向右拐进拉菲特街和圣乔治街那两条似爪子般分岔的沟道，也没走进昂坦大街下分岔的长甬道。

走过一条支道，可能是马德莱娜教堂的下水道，他歇了歇脚。他实在累坏了。那里有个挺大的通风口，可能是昂儒街的检查孔，射进可说是明亮的光线。让·瓦让就像对待受伤的兄弟那样，将马里尤斯轻轻放到护坡道上。马里尤斯血淋淋的面孔，出现在检查孔射进来的苍白的光线下，就像出现在墓穴里。他双眸紧闭，头发粘在太阳穴上，好似干画笔放在红颜料里，双手下垂，一动不动，四肢冰冷，唇角凝血。他的领结上凝着血块，衬衣陷进伤口中，呢外套磨擦着皮开肉绽的伤口。让·瓦让用手指尖撩开衣服，将手放在他胸口上：心脏还在跳动。让·瓦让从自己的衬衣上撕下布片，尽量包扎好伤口，止住了流血。然后，他俯下身子，凑着朦胧的光线，以难以名状的仇恨目光，看着昏迷不醒、几乎断气的马里尤斯。

他在撩开马里尤斯的衣服时，在他的口袋里发现了两样东西，昨天忘了吃的面包和马里尤斯的活页簿。他吃着面包，打开活页簿。在首页上，他发现了马里尤斯写的四行字。大家一定还记得：

"我叫马里尤斯·蓬梅西。把我的尸体送到沼泽区髑髅地修女街6号，我的外祖父吉诺曼先生家里。"

让·瓦让凑着通风口射进来的亮光，读了这四行字，沉思片刻，喃喃重复：髑髅地修女街，6号，吉诺曼先生。他把活页簿放回马里尤斯的口袋里。吃完面包，他恢复了体力。他又背起马里尤斯，小心地将他的脑袋放到自己的右肩上，继续往下走。

大下水道是沿着梅尼蒙唐的谷底线修建的,将近两里长,大部分都铺了石板。

我们将巴黎的街名当作火炬,给读者照亮让·瓦让在地下的行进路线,可让·瓦让自己却没有这把火炬。他无从知道现在他在穿过哪个城区,走的是什么路线。他仅知道不时出现的亮光越来越暗淡,于是他明白,阳光正在撤离街道,黄昏即将来临;他头顶上方的车轮滚动声变得断断续续,最后几乎停止了,于是他得出结论,他已不再在巴黎市中心下面,而是到了某个偏僻的地区,靠近外马路,或到了沿河马路的尽头。房子和街道越少,下水道的通风口也越少。让·瓦让四周越来越黑,但他仍然摸着黑往前走。

突然,这黑暗变得十分可怖了。

五　流沙像女人,也会背信弃义

他感到自己在进入水中,脚下不再是石板,而是淤泥。

在布列塔尼或苏格兰海边的有些地方,当一个旅行者或渔夫在退潮后的沙滩上行走,远离海岸,会突然发现,几分钟下来走路便吃力了。脚下的海滩犹如沥青,鞋底粘在上面;那已不再是沙子,而是黏胶。沙滩干干的,可每走一步,刚抬起脚,脚印里尽是水。可眼睛却没发现任何变化,无垠的沙滩平坦而宁静,沙地到处一个样,看不出哪里是坚实的,哪里已不再坚实,一群群快乐的海蚜虫,仍在行人的脚上欢跳。那人继续赶路,朝前走去,脚踏向大地,努力走近海岸。他无忧无虑。有什么可忧虑的呢?只是他觉得每走一步,脚的重量便增加一分。忽然,他陷了下去。他陷下去两三寸。他一定是走错路了。他停下来辨明方向。

他突然朝自己的脚看了看。脚看不见了，已埋进沙里。他从沙里拔出脚，想往回走，他向后转，却陷得更深了。沙子盖住了他的踝骨。他拔出脚，向左转，沙子一直没到腿肚子。他又向右转，沙子一直没到膝盖上。他不禁惊恐万状，明白自己走进了流沙里，他身下是鱼不能游、人不能走的可怕地带。假如他有重负的话，便扔下重负，就像遇难的船只卸去货物。可为时晚矣，沙子已没过膝盖了。

他大声呼叫，他挥动帽子或手帕，他在沙里越陷越深。如果海滩上没有人，陆地离得很远，而这沙滩又是出名地险恶，附近没有英雄来相救，那他就完了，注定会埋入沙中。那是可怕的埋葬，十分缓慢，不可避免，毫不容情，既不可能减缓，也不可能加速，要持续几个小时，没完没了，你好端端地站着，自由自在，身体健康，却被沙抓住，被沙拖着脚往下拉，你每挣扎一次，每喊叫一次，只会使你陷得更深，仿佛要把你搂得更紧，来惩罚你的反抗，你慢慢地沉入地下，却有充分的时间观看天边、树木、绿野、平原上村庄的炊烟、海上船只的风帆、歌唱的飞鸟、太阳、天空。陷入泥沙，便是陷入变成海潮的坟墓，这坟墓从地下朝一个活人升上来。每一分钟都是一个铁面无情的埋尸人。那可怜人试图坐下，躺下，趴下；他的每个动作都在将他埋葬；他直起身子，却埋得更深；他感到已被沙子淹没；他嚎叫、哀求、对天呼喊、扭动双臂、绝望地挣扎。沙没到了他的肚子。沙没到了他的胸口，只剩半截上身露在外面了。他举起手，发出愤怒的呻吟，用指甲拼命抠沙子，想在这灰烬般的沙土上站住脚，用胳膊肘撑着，想从这软套子里拔出身子。他嚎啕大哭。沙子继续上升。沙子没到了肩膀。沙子没到了脖子，只剩下脸露在外面了。嘴还在叫，沙子将它填满；没有声音了。眼睛还在看，沙子把它闭上；一片漆黑。接着，额头渐渐下沉，一绺头发在沙面上颤动，一只手伸出来，穿过沙面，摇动着，挥舞着，最后不见了。一个人就这样凄惨地消失了。

有时，骑马的同马一起陷下去。有时，赶车的和车一道沉下去。一切都沉入流沙中。这种海上遇难不是在水中。是陆地将人淹没。陆地被海洋浸入，变成了陷阱。它似平原展现在你面前，却会像海涛般张开大嘴。深渊会以这种方式背叛你。

这种在这个或那个海滩上发生的悲惨灾难，三十年前，在巴黎的下水道里也会发生。巴黎一八三三年才开始修建重大的下水道工程，在这之前，巴黎的下水道常会突然塌陷。

水渗入某些特别松散的地下层，无论是铺石板的旧下水道，还是铺混凝土的新下水道，沟底一旦失去支点，便会弯曲变形。这种基础，一旦弯曲，便会形成裂缝，出现裂缝，便会引起崩塌，沟底便会出现很长一段下陷。这种裂缝，即泥潭中出现的间隙，专业用语称为地陷。地陷是什么？是地下突然遇见海边的流沙。是下水道中出现圣米歇尔的沙滩。土地被水渗透，像在溶化似的，所有的分子都悬浮在稀软的介质中。那已不是土，也不是水。有时很深很深。没有比这更可怕的遭遇了。若是水多，人就会被水淹没而很快溺死；若是土多，人则陷入泥沙而慢慢死去。

能想象得出这种死亡吗？如果说在海滩上沉陷令人恐怖，那么，在下水道里又会怎样呢？那不是在露天，没有亮光，没有太阳，没有明亮的天际，没有嘈杂的声音，没有洋溢着生命、自由自在的云彩，没有远远可望的小船，没有各种各样的希望，不可能有行人，不可能在最后一刻还有得救的希望，不可能有这一切，却是有耳听不见，有眼看不见，上面是黑黑的拱顶，里面是现成的坟墓，在有顶盖的泥淖中死去，在污秽物中慢慢窒息，在一个石椁中，污泥张牙舞爪，扼住你的喉咙，临终喘息夹杂着恶臭，淤泥取代了沙滩，硫化氢取代了飓风，垃圾取代了海洋！呼天唤地，咬牙切齿，扭动身子，拼命挣扎，奄奄一息，而在你头上是整个偌大的城市，却对你的遭遇一无所知！

这样死去，真是可怕得难以形容！有时，死亡以一种巨大的尊严弥补其残酷性。人在处火刑或遭海难时，可以显得高贵；在大火中，在浪花里，可以显出傲骨；在沉入大海或被火烧死时，会面貌一新。可在这里却不能。这种死是不光彩的。这样断气是莫大的耻辱。临终时眼前漂浮的景象是卑鄙龌龊的。污泥是耻辱的同义词。那是渺小的，丑陋的，可耻的。像克拉朗斯①那样死在一桶美酒里，倒还说得过去，可像埃斯库布洛那样死在泥潭里，那是极其可怕的。在淤泥中挣扎令人厌恶。一面垂死挣扎，一面陷入泥坑。里面一团漆黑，因而像地狱，可又是一团污泥，因而只是泥潭，垂死者不知道自己将变成鬼还是癞蛤蟆。别处的坟墓阴森凄惨，这里的坟墓丑陋不堪。

地陷的深度、长度和宽度，随土质的好坏而异。有时，地陷三四尺，有时八到十尺，有时深不见底。淤泥在这里接近固体，在那里接近液体。在吕尼埃，地陷时吞没一个人要一天，而在菲利波的泥潭里只消五分钟。淤泥的承重力，随其密度大小而不同。成人丧命的地方，孩子也许能幸免。保命的首条法则，是扔掉身上一切重负。任何下水道工人，一旦感到脚下地陷时，首先要做的，便是扔掉工具袋，或背篓，或搅拌石灰的木槽。

造成地陷的原因各种各样：土壤稀松，在人所不能及的地下出现崩塌，夏季下大暴雨，冬季不断下骤雨，长时间绵绵细雨。有时，在泥灰土或沙土地段，由于房屋的重压，下水道的拱顶下塌变形，或沟底断裂。一个世纪前，先贤祠发生地陷，堵塞了圣热纳维埃芙山的部分下水道。当一条下水道在房屋的重压下坍塌时，有时，在街面上，在铺路石中间，会出现锯齿状的裂缝。下水道拱顶的裂缝有多长，街面上这条裂缝就有多长，蜿蜒曲折。因此，毁坏显而易见，可以立即抢修。可有时

---

① 克拉朗斯（1449—1478），因背叛其兄英格兰王爱德华四世而判死刑，当人们让他选择哪种极刑时，他要求淹死在葡萄酒桶里。

下面出现毁坏，外部却不露痕迹。这样，下水道工就会遭灭顶之灾。他们毫无防备地进到塌陷的下水道里，进去后就可能出不来。据旧档案记载，几名掘井工就这样在地陷中被埋葬。档案中列了几个名字，特别提到了一个叫布莱兹·普特兰的工人，当卡莱姆－普勒南街下面发生塌陷时，他被埋在了里面。这位布莱兹·普特兰是尼科拉·普特兰的兄弟，后者是圣婴公墓最后一个掘墓人。这个所谓的圣婴藏骸所，是一七八五年取缔的。

还有前面谈到过的那位年轻俊美的埃斯库布洛子爵，他是围攻雷里达城的英雄之一。当年他们进攻时，穿着丝袜，用小提琴开道。一天夜里，埃斯库布洛同他的表妹德·苏蒂公爵夫人幽会，在她家里被当场抓住。为了逃避公爵追踪，他躲到博特雷伊街下水道的一个水坑里，结果淹死了。德·苏蒂夫人得知他淹死的消息时，叫人给她拿来她的盐瓶，拼命嗅盐而忘记了哭泣。在这种情况下，是不存在牢固的爱情的，污水沟把它淹没了。海洛①拒绝给利安得清洗尸体。西斯贝在皮拉姆斯②面前掩住鼻子说："呸！"

六　地　陷

让·瓦让面临的正是地陷。

---

① 海洛，希腊神话中爱神阿佛洛狄特的女祭司，与利安得相爱。每次夜里利安得游过河来同她幽会时，她都在塔上高举火炬为他引路。一天，大风吹灭火炬，利安得溺水而死。海洛悲痛万分，坠塔自杀身亡。
② 西斯贝和皮拉姆斯，罗马诗人奥维德在《变形记》中讲述的一对恋人。因父母不同意他们结合，他们决定私奔，约定在桑树下相会。西斯贝先到，却被母狮的吼声吓跑，慌乱中丢掉了面纱。面纱被狮爪撕碎，狮爪上恰好沾有牛血，皮拉姆斯见状，认定她已被母狮吞吃，便举刀自刎。西斯贝也自杀身亡。

那时候，这一类塌陷在香榭丽舍大街的地下屡见不鲜。在那里修建下水道很艰难，地层极不稳定，下水道建好后也不容易保存。那里地层的不稳定性，与圣乔治区的流沙层相比，与殉道者区散发恶臭的沼气黏土层相比，都有过之而无不及；圣乔治区的流沙，是用混凝土加防冲乱石构筑基础后才得以战胜，而在沼气黏土层建下水道时，因为土层太稀薄，只好用铸铁管连通。一八三六年，圣奥诺雷郊区的石砌下水道（正是让·瓦让此刻进入的地方）拆除重建，从香榭丽舍大街到塞纳河，地底下到处是流沙，给施工造成巨大障碍，以致工程持续了六个月，沿河的居民吵吵嚷嚷，吵得最凶的是住公馆和有马车的人家。工程不仅艰难，而且危险。事实上，当时下了四个半月雨，塞纳河涨了三次水。

让·瓦让遇到的地陷，是头天晚上下暴雨所致。铺路石下面是沙地，不坚实，便下陷了，这样雨水就积了起来。雨水下渗，随之而来的是下水道塌陷。下水道底部四分五裂，于是陷进淤泥里。塌陷处有多长？说不清楚。那里比其他地方更黑。那是黑洞里的泥坑。

让·瓦让感到脚下的地面在下沉。他走进这泥浆中。上面是水，下面是淤泥。但得过去。返回是不可能的。马里尤斯已奄奄一息，让·瓦让已精疲力竭。再说到哪里去呢？让·瓦让继续前进。再说，开始几步，他觉得泥坑并不深。可是，越往前走，他的脚陷得越深。不久，淤泥陷到他的腿肚子，水没过了他的膝盖。他继续往前走，用两只胳膊尽量把马里尤斯举出水面。现在淤泥已陷到膝盖，水则没到腰际。后退已是不可能了。他越陷越深。这淤泥的密实度可以承受一个人的重量，但显然承受不了两个人。马里尤斯和让·瓦让若分开走，兴许能走过去。让·瓦让举着这个垂死的人继续往前走，那垂死者可能已是具尸体。

水已没到他腋下。他感到自己在往下沉。在这样深的淤泥中，真是步履维艰。密实度既是支撑，也是障碍。他仍举着马里尤斯，使出难以想象的力气往前走，但他在继续往下沉。只剩脑袋露出水面了，双臂仍举着马里尤斯。在表现洪水的古画中，一位母亲就是这样举着她的孩子的。

他继续下沉。他仰起头，避开水面好呼吸。谁要是在这黑暗中看见他，会以为有个面具在黑暗中漂浮。他模模糊糊地看见上面马里尤斯倒垂的头和青灰的脸。他拼足力气，向前迈了一步。他的脚触到了什么坚硬的东西。一个支点。恰是时候。

他直起身，用腰一使劲，猛地在这支点上站稳脚。他感到踏上了绝处逢生阶梯的第一级。

在千钧一发之际遇到的这个支点，是沟底另一个坡面的开端。就像一整块木板，沟底折而未断，在水下弯曲着。铺砌得好的石头沟底，也像拱顶一样结实。这一段沟底，部分淹在水中，但很坚固，是一个名副其实的坡道，一旦踏上这坡道，便能得救。让·瓦让沿着这坡道前进，终于到了泥潭的另一边。

他走出水时，碰到一块石头，就势跪了下来。他觉得这样正好，在上面歇了一会儿，心中默默祈祷上帝。

他又站起来，索索发抖，全身冰凉，臭气熏人，背着这个垂死的人，被压得弯下了腰，泥浆直流，却心里明亮。

七　有时功败垂成

他又开始往前走。

不过，他虽没葬身泥潭，但力气已消耗殆尽。这最后的努力使他精疲力竭，以至于每走三四步，都要靠在墙上喘口气。有一次，他不得不坐到护坡道上，将马里尤斯换个姿势。他真以为自己站不起来了。可是，即使他力气耗尽，毅力却完好未损。他又站了起来。

他拼足力，往前走，走得还相当快。他像这样走了百来步，不抬头，几乎不呼吸。忽然，他撞到了墙上。原来是个拐弯处，因为他只顾低头往前走，便撞到了墙上。他抬起头，隐隐看见前面很远很远的地方，在下水道的尽头有亮光。这次可不是凶险的红光，而是祥和的白光。是日光。让·瓦让看见了出口。

让·瓦让此时此刻的感受，和一个被罚入地狱的灵魂从大火炉中，突然看见地狱出口时的感受并无二致。那灵魂拼命扇动烧残的翅膀，向光辉灿烂的大门飞去。让·瓦让不再感到疲劳，不再觉得马里尤斯的重量，他恢复了钢铁般的腿力，向前走去，更确切地说，向前奔去。他越走越近，出口也越来越清晰。那是个拱形出口，比越来越矮的拱顶还要矮，比随着拱顶变矮而越来越窄的地道还要窄。这地道最后成了漏斗状。这种越来越窄的收口，实在令人厌恶，监狱的小门就是这样，这对监狱合乎逻辑，但对下水道就不合理了。这种情况后来纠正了。

让·瓦让到了出口处。他停下来。的确是出口，但出不去。

那拱门关着，是粗铁条的栅栏门。看来，这铁栅门很少转动，铰链已经生锈。一把大锁将它牢牢锁在石头门框上，那锁锈得像大红砖。看得见锁孔和深深插入横头的锁栓。这锁显然是转了两圈才锁上的。这是一把城堡用的锁。旧巴黎到处都用这种锁。

铁栅门外，便是野外、塞纳河、日光、很窄很窄但可以过人的河滩、遥远的河堤、巴黎这个极易藏身的深渊、无尽的天际、自由。在右边，在下游，可以看见耶拿桥，在左边，在上游，可以看见残老军人院桥。这地方适于等到天黑再逃跑。这是巴黎最偏僻的一个角：河岸对面是粗石子滩。苍蝇从栅门的空当里飞进飞出。

大概是傍晚八点半了。天快黑了。

让·瓦让沿着墙壁，将马里尤斯放在沟底干的地方，然后走到铁栅门边，双手紧握铁条，使劲摇晃，却无济于事。铁栅门岿然不动。让·瓦让又挨根抓住铁条,希望有一根是活动的,能拔下来做杠杆,用来撬门或砸锁。没有一根活动。就是虎牙也没这样牢固。没有杠杆,也就不可能撬门。障碍无法排除。门无法打开。

难道要死在这里?怎么办?结果会怎样?他已没有力气退回去,把刚才走过的可怕路线再走一遍了。再说,怎样才能重新蹚过那个泥潭呢?他是靠了奇迹才走出来的呀!即使能再次蹚过那泥潭,不是还有警察的巡逻队吗?第二次肯定逃不过去了。再说,能去哪里呢?往哪个方向呢?沿斜坡下去,决不意味着在走向目的地。即使到了另一个出口,也会被一个铁盖板或铁栅门挡住。无可怀疑,所有的出口都会像这样关着。他进来的那个铁栅盖侥幸打开了,可其他下水道的出口显然是关着的。

他只在监狱里越狱成功过。这次可完了。让·瓦让所做的一切努力都要付之东流。上帝不要他了。

他俩被死亡那张阴暗的巨网紧紧缠住。让·瓦让感到可怖的蜘蛛在巨网上奔跑,黑网丝在黑暗中抖动。

他转身背朝铁栅门,跌倒在地,与其说坐在,不如说倒在地上,挨着一动不动的马里尤斯,脑袋耷拉在两膝中间。没有生路。他沮丧到了极点。

在这万分忧闷中,他想到了谁?既不是他自己,也不是马里尤斯,而是珂赛特。

八 撕下一片衣角

他正垂头丧气,有只手放到他的肩头,有个声音轻轻对他说:
"对半分。"

难道这黑暗中有人？没有比绝望更像梦境的了。让·瓦让以为在做梦。他根本没听见脚步声。这怎么可能？他抬起头。一个男子站在他面前。

这人穿一件工作服，光着脚，左手拎着鞋子。显然，为了能悄悄走到让·瓦让跟前，他把鞋脱了。

让·瓦让没有片刻犹豫。尽管突然相遇，但他认识此人。他是泰纳迪埃。

让·瓦让对危险处境习以为常，对意外打击久经锻炼，所以尽管可说是突然惊醒，却即刻恢复了镇静。况且，处境已坏到极点，不可能再变坏了。困境到了一定程度，就不可能再增加，就是泰纳迪埃也不可能使这黑暗变得更黑。

他等了一会儿。

泰纳迪埃将右手举到额头，做成帽舌以遮住光线，接着皱起眉头，眨眨眼睛，微微撇了撇嘴，这表明一个敏锐的人集中注意力想认出另一个人。他没有认出来。刚才说了，让·瓦让背对着光，再说，他满脸污泥和鲜血，已是面目全非，即使在大中午，也未必能认出来。相反，泰纳迪埃面对铁栅门，光线照在他脸上，尽管是地窖里的光，惨淡无力，但仍照得清清楚楚，让·瓦让看泰纳迪埃却是——正如一个有力而平凡的隐喻所说的那样——一目了然。这一不平等的情况，足以使让·瓦让在这即将在两种处境、两个男人之间展开的神秘决斗中占优势地位。这场较量在戴着面纱的让·瓦让和揭去面纱的泰纳迪埃之间展开。

让·瓦让立刻发现泰纳迪埃没认出他来。

他们在昏暗的光线中对视了一会儿，仿佛在互相打量。泰纳迪埃首先打破沉默：

"你怎么出去？"

让·瓦让不作回答。泰纳迪埃继而又说：

"这门用撬锁钩是打不开的。可你得从这里出去呀。"

"不错。"让·瓦让说。

"那好,对半分。"

"什么意思?"

"你杀了这个人。很好。而我有钥匙。"

泰纳迪埃用手指了指马里尤斯。他接着说:

"我不认识你,但我想帮你。我们可以交个朋友。"

让·瓦让开始明白了。泰纳迪埃以为他是杀人凶手。泰纳迪埃又说:

"听着,伙计。你不会不看衣袋就把这个人杀了。分一半给我。我给你开门。"

说完,他将一把大钥匙从破烂不堪的工作服下面抽出一半,又说:

"你想看看田野的钥匙①是什么样的吗?瞧吧。"

让·瓦让像老高乃依说的那样,惊得"目瞪口呆",以至怀疑自己看到的不是真的。上帝以可怕的面貌出现,善良的天使却扮成泰纳迪埃从地里冒了出来。

泰纳迪埃将手插进工作服下面的大兜里,拿出一根绳子,递给让·瓦让。

"拿着,"他说,"我外加你一根绳子。"

"绳子?干吗?"

"你还需要一块石头,不过,外面能找到。那里有一堆瓦砾。"

"石头?干吗?"

"真蠢,你既然要把这个傻瓜扔进河里,就得有一块石头和一根绳子,否则他会漂起来的。"

让·瓦让接过绳子。谁都会下意识地这样做。

泰纳迪埃打了个响指,好像突然想起了一件事:

---

① 法语中有个短语: la clef des champs,本义为"田野的钥匙",引申义为"行动自由"。

"对了,老兄,你是怎样从那边的泥坑里跑出来的?我都没敢去冒险。呸!你身上好臭。"

他停了会儿,又说:

"我问你问题,你不回答是对的。这是个学习的机会,将来就能对付预审法官发问的难熬时刻了。再说,一句话也不说,也就不会冒说话太大声的风险。没关系,反正我也看不见你的脸,不知道你的名字。不过,你要是认为我不知道你是谁,你想做什么,那就错了。我知道得一清二楚。你把这个先生弄死了,现在你想把他藏到哪个地方。你需要塞纳河来掩饰你做的坏事。我来帮你摆脱困境。我很乐意帮一个遇到难处的好小伙子。"

他一面赞成让·瓦让不说话,一面却明显地想引他说话。他推推他的肩膀,想看清他的侧面,并用一直保持的不高不低的声音嚷道:

"说到那个泥坑,你是个十足的笨蛋。干吗不把这人扔进坑里?"

让·瓦让依然缄口不语。泰纳迪埃一面把充当领带的破布条提到喉结处,以使他更像个正经人的样子,一面又说:

"不过,你这样做也许是明智的。明天工人来填坑,肯定会发现扔在那里的巴黎佬的,那样顺藤摸瓜,一点一点,就会发现你的踪迹,最后找到你。有人经过这条下水道。是谁?从哪里出去的?有人看见他出去了吗?警察可聪明呢。下水道会出卖你,告发你。在下水道里很少发现死人,这很引人注目,很少有人利用下水道干那种事,而河却是人人可以利用的。河是真正的坟坑。一个月后,圣克鲁的渔网就会把死人捞上来。捞上来就捞上来吧,有什么关系?一具腐尸罢了!谁是凶手?巴黎。法院连问都不问。你做得对。"

泰纳迪埃越是喋喋不休,让·瓦让便越沉默不语。泰纳迪埃又摇了摇他的肩膀。

"现在来把事情做个了断吧。两人平分。你看见我的钥匙了,让我看看你的钱。"

泰纳迪埃凶悍、野蛮、鬼鬼祟祟、咄咄逼人,但却挺友好。有一点很奇怪:泰纳迪埃的态度不很爽快,神色不很自然,虽没装出神秘兮兮的样子,说话时声音却很低,不时地把手指放到嘴上,轻轻"嘘"一声。但很难猜出个中原因。只有他们两人在场。让·瓦让寻思,可能在不远的某个角落里,还藏着几名歹徒,泰纳迪埃不想和他们分赃。

泰纳迪埃接着说:

"快点。这傻瓜兜里有多少钱?"

让·瓦让摸了摸口袋。

大家记得,他身边总习惯放点钱。他过着随时都要应付困难的凄惨生活,这使他不得不这样做。可这一次搞得他措手不及。昨晚上,他心烦意乱,魂不守舍,在穿国民自卫军制服时,忘记带钱夹了。他背心兜里只有一些零钱。总共三十来法郎。他把浸透污泥的衣袋翻过来,把一枚金路易、两枚五法郎的硬币和五六个苏摊到沟底的护坡道上。

泰纳迪埃伸出下嘴唇,意味深长地扭了下脖子,说道:

"为这么点儿钱,你就把他杀了。"

他放肆地摸起让·瓦让和马里尤斯的口袋来。让·瓦让只想背对光线,就任他这样做了。在翻马里尤斯的衣服时,泰纳迪埃像变戏法似的,敏捷地撕下一块,藏在自己的工作服里,让·瓦让却毫无察觉。泰纳迪埃想必生出一个念头,也许这块布日后能帮他认出被害者和凶手。此外,除了那三十法郎,他没找到一个子儿。

"不错,"他说,"一个背着另一个,也就这些。"

说完,他把钱全部装进腰包,全然忘了他说的"对半分"了。

他在那几苏钱面前犹豫了一下,想了想,也拿走了,一面还嘟囔道:

"管他呢!这样杀人也太便宜了。"

接着,他从工作服下面拿出钥匙。

"朋友，现在你得出去了。这里和集市一样，付了钱才能走。你已付钱，你走吧。"

说完，他笑了起来。

他用钥匙帮助一个陌生人，让一个外人从这门里出去，难道真的是为了救一个杀人凶手，动机就真的那样纯洁而无私吗？这是值得怀疑的。

泰纳迪埃帮让·瓦让将马里尤斯重新放到肩上，然后光着脚，踮起脚尖，向铁栅门走去，并示意让·瓦让跟在后面。他朝外面看了看，将手指放到嘴上，停了几秒钟。查看完毕，他把钥匙放进锁孔里。锁栓拨开，门转动了。既没有咿哑声，也没有嘎吱声。声音很轻很轻。显然，这铁栅栏和铰链都仔细上过油，打开的次数远比人们想象的要多。门如此轻地打开，是很阴森可怕的，使人感到夜间出没的人在这里偷偷地来来去去，悄悄地进进出出，让人听到罪犯轻轻的脚步声。显而易见，这下水道与某个秘密团伙狼狈为奸。这沉默不言的铁栅门是藏污纳垢的窝主。

泰纳迪埃微微打开门，刚好能让让·瓦让通过，随后又关上门，将钥匙在锁孔里转了两圈，便一头钻进黑暗中，声音轻如喘息，仿佛在用毛茸茸的虎爪走路。一转眼，这个丑恶的行善者又回到神秘的世界里了。让·瓦让到了外面。

九 在行家看来，马里尤斯已死了

他把马里尤斯放到河滩上。他们终于到了外面！疫气、黑暗、恐怖已统统抛在身后。周围充满了健康、纯净、流通、欢快、可随意呼吸的空气。四周一片沉寂，但这是碧空落日后的令人陶醉的寂静。暮色苍茫，黑夜来临；对于需要夜幕来排忧解愁的人来说，黑夜是大救星，是朋友。天穹平静安详。他脚下河水潺潺，声如亲吻。在香榭丽舍大街的榆树丛中，归巢的鸟儿在空中对话，互道晚安。寥寥几颗星星，隐隐插在浅蓝的穹苍上，在无垠的天空中形成难以捕捉的点点光辉，只有好幻想的人才看得见。暮色在让·瓦让的头顶上展开无限的种种温柔。

这是朦朦胧胧、是非莫辨的美妙时辰。天已黑到数步路外便看不清楚，但仍有足够的亮光可辨眼前的东西。

让·瓦让有好几秒钟不禁被这庄严而温柔的宁静所陶醉。不幸人都有这种忘我的时刻，痛苦暂时不再纠缠他，一切烦恼从头脑里悄然溜走，宁静像夜色那样笼罩着沉思者，在星光闪烁的暮色下，心灵模仿明亮的穹苍，也布满了星星。让·瓦让情不自禁地瞻望他头上广袤而皎洁的暮色。他陷入沉思，面对庄严肃穆的永恒穹苍，他悠然神往，静静祈祷。蓦然，他仿佛又想起了责任似的，向马里尤斯俯下身子，用手心捧了些水，在他脸上轻轻洒了几滴。马里尤斯没有睁眼，但他微张的嘴却在呼吸。

让·瓦让正要把手再次放进河里，突然感到莫名的不安，就像虽没看见，却感到身后有人似的。这种感觉人皆有之，我们在别处提到过。他回过头。

就像刚才那样，果然他身后有人。一位身材高大的人站在让·瓦让身后几步远的地方，让·瓦让则蹲在马里尤斯身旁。那人穿着礼服，双臂交叉在胸前，右手拿着一根短棍，铅头露在外面。

天色昏暗，那人看上去像幽灵。普通人会因为是黄昏而魂飞魄散，审慎的人会因为那根棍子而魄散魂飞。让·瓦让认出是雅韦尔。

读者想必已猜到，跟踪泰纳迪埃的不是别人，正是雅韦尔。雅韦尔出乎意料地离开街垒后，就赶到警察局，向警察局长本人做了口头汇报。短短的接见后，他又继续去执行任务了。大家一定还记得从他身上搜出的字条，他的任务是监视右岸香榭丽舍大街一带的河滩，近来，那

里已引起警方的注意。他在那里看见了泰纳迪埃，就跟踪他了。后来的事大家都知道了。

此外，大家也明白，泰纳迪埃如此殷勤地为让·瓦让打开铁栅门，是在耍诡计。泰纳迪埃感到雅韦尔还没走。被监视者的嗅觉万无一失。他感到得扔根骨头给这密探。没想到一个杀人凶手自己送上门来，这可是意外的收获！丢车保帅，何乐而不为。泰纳迪埃将让·瓦让当替罪羊送出门外，也就将一个猎物送给警察，使他们不再追踪自己，而是去追捕更大的罪犯，而雅韦尔也就等而有得，这对密探总是件高兴的事，而自己还挣了三十法郎，还可以用来转移视线，逃脱追捕。

让·瓦让才脱离一个暗礁，又撞上了另一个暗礁。

接连两次触礁，从泰纳迪埃跌到雅韦尔身上，真叫人难以置信。

我们说了，让·瓦让已面目全非，雅韦尔没认出来。雅韦尔仍交叉着胳膊，不易觉察地动了一下，将手中的短棍握得更紧，用生硬而平静的语气说：

"您是谁？"

"我。"

"谁，您？"

"让·瓦让。"

雅韦尔用牙咬住短棍，屈膝躬身，两只大手用力抓住让·瓦让的双肩，像把老虎钳子，把他牢牢夹住，然后仔细打量，终于认出是他。

让·瓦让任雅韦尔抓住肩膀，一动不动，就像狮子屈服于猞猁的爪子。

"雅韦尔警探，"他说，"您逮住我了。其实从今天上午起，我就自认为是您的囚犯了。我既然给了您地址，就丝毫也不想躲开您。您把我抓走吧。只是答应我一件事。"

雅韦尔似乎没听见，双眸紧紧盯着让·瓦让。他耸起下巴，将嘴唇推向鼻子，表明他在进行激烈的思考。最后，他松开让·瓦让，猛地直起身，一把抓住短棍，梦呓般地喃喃问道：

"您在这里干什么？这人是谁？"

他继续用"您"尊称让·瓦让。

让·瓦让回答他的问题：

"我正要同您谈他。随您怎样处置我，但您先帮我把他送回家。我只求您这件事。"

他说话的声音仿佛把雅韦尔从梦中惊醒。

雅韦尔的脸抽搐了一下。每当他可能让步时，都会有这个表情。他没有说不。

他再次弯下腰，从兜里掏出一块手帕，在水里浸了浸，给马里尤斯擦额头上的血迹。

"这是街垒里的人。"他低声说道，仿佛自言自语，"他们叫他马里尤斯。"

真是个一流密探，认为自己必死无疑，却仍然拭目观察，侧耳细听，将一切听得清清楚楚，把一切都搜集起来，临死还在侦察，胳膊肘撑着坟墓的第一个梯级，还在做记录。

他抓住马里尤斯的手，给他把脉。

"他受伤了。"让·瓦让说。

"他死了。"雅韦尔说。

让·瓦让回答：

"不，还没死。"

"您是从街垒把他带到这里的？"

他想必心事太重，才对从下水道救人这件令人不安的事没有强调，甚至没有注意到他提了这个问题后，让·瓦让没作回答。

而让·瓦让似乎只有一个念头。他又说：

"他住在沼泽区髑髅地修女街他外祖父家里……姓什么记不清了。"

让·瓦让在马里尤斯的口袋里摸了摸,掏出一个活页簿,翻到马里尤斯用铅笔写的那一页,递给雅韦尔。

天空中还飘浮着夕晖,足能看清字迹。再说,雅韦尔眼睛像夜鸟,有猫眼那样的磷光。他辨清了马里尤斯写的几行字,喃喃说道:"吉诺曼,髑髅地修女街,6 号。"

接着他喊了一声:

"车夫!"

大家一定记得那辆待命的出租马车。

雅韦尔留下了马里尤斯的本子。

不一会儿,那辆马车从马饮水的斜坡下到河滩上。马里尤斯被安置在后座长凳上,雅韦尔挨着让·瓦让,坐到前座长凳上。

车门关上,马车沿着河岸,向巴士底广场方向飞驰而去。

他们离开河岸,驶入大街。车夫的黑影坐在他的座位上,不断鞭打他的瘦马。马车里静得叫人打寒战。马里尤斯一动不动,上身靠在后座角上,脑袋耷拉在胸前,双臂下垂,双脚僵直,仿佛只等一口棺材了。而让·瓦让像个幽灵,雅韦尔像尊雕像。车内一片漆黑,每次经过路灯,仿佛有道时断时续的闪光射来,将车内照成青灰色。命运把这三个一动不动的悲剧性人物偶然聚在一起,仿佛要让这个尸体、这个幽灵、这个雕像进行凄惨的对质。

十　不要命的孩子回来了

车子在铺石路上颠一次,马里尤斯的头发里便滴下一滴血。马车驶达髑髅地修女街 6 号时,天已完全黑了。

雅韦尔第一个下车，朝大门上方看了一眼，确定是要找的门牌，便提起饰有公山羊和林神角斗像的沉甸甸的老式锻铁门锤，使劲敲了一下。门微微开启，雅韦尔推了一下。门房露出半个身子，打着哈欠，睡眼惺忪，手里拿着蜡烛。

楼里的人全都睡了。沼泽区的人睡觉都很早，尤其在暴乱的日子里。这个风气良好的老区，被革命吓得惊恐不安，便早早躲进睡梦中，就像孩子们听说妖怪来了，赶快把脑袋缩进被窝里。

这时，让·瓦让搂住马里尤斯的胸部，车夫抱住他的双腿，将他从车上抬下来。

让·瓦让一面搂着马里尤斯，一面将手伸进撕破的衣服下面，摸摸他的胸口，确信心脏仍在跳动，甚至跳得稍为有力一点了，仿佛马车的颠簸使他恢复了一点生命。

雅韦尔拿出政府人士对叛乱者门房说话的口吻，大声质问那门房：

"有个叫吉诺曼的人住在这里吗？"

"是这里。您找他有事吗？"

"我们把他的儿子送回来了。"

"他的儿子？"门房瞠目结舌。

"他死了。"

让·瓦让来到雅韦尔身后，他衣衫又破又脏，门房嫌恶地看着他。让·瓦让朝他摇摇头。那门房似乎既没听懂雅韦尔的话，也没看懂让·瓦让摇头的意思。

雅韦尔继续说：

"他去了街垒，现在回来了。"

"街垒！"门房惊叫道。

"他是去送死的。快去叫醒他父亲。"

门房没动弹。

"去呀!"雅韦尔又说。

接着,他又补了一句:

"明天这里要办丧事了。"

对雅韦尔而言,大街上日常发生的事都有明确的归类,这是预见和监督的第一步。他认为,每件意外情况都有各自的格子,所有可能发生的事可以说都存放在抽屉里,到时它们就出来,情况不同,数量也不同。大街上有喧闹,有暴乱,有狂欢,有丧葬。

门房只喊醒巴斯克。巴斯克喊醒妮珂莱特。妮珂莱特喊醒吉诺曼姨妈。至于外祖父,人们没有喊醒他,心想他迟早会知道这件事的。

他们把马里尤斯抬到二楼,楼里其他住户都没发觉。他们把他抬进吉诺曼先生的候见室,放在一张旧沙发上。当巴斯克去找医生,妮珂莱特打开衣橱时,让·瓦让感到雅韦尔碰了碰他的肩膀。他明白他的意思,便下楼去了,雅韦尔跟在后面。

门房就像刚才看着他们来时那样,以惊恐万状、似醒非醒的神态看着他们离去。他们上了马车,车夫坐到自己的座位上。

"雅韦尔警探,"让·瓦让说,"我还有件事相求。"

"什么事?"雅韦尔生硬地问。

"让我回趟家。然后,随您怎样处置我。"

雅韦尔沉默片刻,下巴缩进大衣的领子里,然后垂下前面的玻璃窗。

"车夫,"他说,"武夫街7号。"

十一 绝对信念发生了动摇

一路上,他们一句话也没说。

让·瓦让想做什么？把他开始做的事做完，通知珂赛特，告诉她马里尤斯在哪里，或许还要给她一些有用的指示，可能的话，做些最后的安排。至于他自己，至于涉及他本人的事，一切都已结束。他已被雅韦尔抓住，他不反抗。若是换个人，在这种情况下，可能多少会想起泰纳迪埃给他的绳子，想到他将蹲的第一个黑牢的铁窗。可是，自从邂逅那位主教后，出于对宗教的虔诚，我们要强调说，面对任何形式的谋杀，哪怕是自杀，让·瓦让内心深处都会采取拒绝态度。

自杀，这是对未知世界的暴行，这一神秘的暴行，某种程度意味着灵魂的死亡，让·瓦让是不可能为的。

来到武夫街口，马车停了下来，因为街面太窄，车子过不去。雅韦尔和让·瓦让下了车。

车夫谦恭地提醒"警探先生"，他车上的乌德勒支丝绒，被遇害人身上的血和凶手身上的泥弄脏了。他是这样理解的。他说得赔偿他损失。同时，他从口袋里拿出记事本，请警探先生写上"一点儿证明什么的"。

雅韦尔推开车夫递给他的记事本，说：

"算上等候和跑车的钱，一共是多少？"

"一共是七小时零一刻钟，"车夫说，"再说，我的丝绒是新的。八十法郎，警探先生。"

雅韦尔从口袋里掏出四枚金拿破仑，将车夫打发走了。

让·瓦让寻思，雅韦尔是想步行把他带到白大衣街或档案街的警察所。两处都很近。他们走进武夫街。和平时一样，这里行人稀少。雅韦尔跟在让·瓦让后面。他们来到7号。让·瓦让敲敲门。门打开了。

"很好，"雅韦尔说，"上去吧。"

接着，他又表情古怪地、仿佛很费劲地补充说：

"我在这里等您。"

让·瓦让看了看雅韦尔。这种做法，不符合雅韦尔的习惯。不过，让·瓦让并没感到太意外：既然他已决定就范，一了百了，雅韦尔也就对他表示一种高傲的信任，就像猫那样，在爪子能及的范围内，给予耗子一点儿自由。他推开门，走进屋里，对已经睡觉、从床上给他拉绳开门的门房喊了声："是我！"便上楼去了。

到了二楼，他歇了歇。所有痛苦的道路都有歇脚点。楼梯平台上的窗子开着，那是扇吊窗。和许多旧式楼房一样，楼梯上有窗子，看得见大街。路灯就在街对面，向楼梯射来一点光，倒也省得点灯了。

让·瓦让把脑袋探出窗口，可能想呼吸一下空气，也可能是下意识的行为。他低头看看街上。街很短，路灯把它从头到尾都照亮。让·瓦让惊得头晕目眩：街上一个人也没有。

雅韦尔已经离去。

十二　外祖父

巴斯克和门房将马里尤斯抬到客厅里。他仍躺在那张旧沙发上，一动也不动。医生赶来了，有人去请的。吉诺曼姨妈已经起床。

吉诺曼姨妈惊恐万状，双手合十，走来走去，只会说："上帝，这怎么可能！"还不时加一句："会弄得到处是血的！"一阵恐惧过后，她脑海里出现了一条应景的哲理，感叹地说："结果必定是这样！"但她到底没说："我早就说过！"这是这种场合人们习惯说的一句话。

按照医生嘱咐，在沙发旁架起了一张帆布床。医生检查马里尤斯，确证他脉搏还在跳动，胸部没有深伤，嘴角的血来自鼻腔，便将他平躺在床上，不用枕头，头与身子处于同一平面，甚至稍稍低一些，上身光着，以利呼吸。吉诺曼小姐看到他们给马里尤斯脱衣服，便退了出去。

她回房里念经去了。

马里尤斯上身没有任何内伤，一颗子弹遇到活页簿缓冲了一下，偏离方向，绕肋骨转了圈，撕裂了皮肉，但伤口并不深，因而没有危险。锁骨已打碎，下水道里的长途跋涉又使它脱了臼，那里问题严重。两条胳膊有刀伤。脸上没有伤口，可头上似乎刀伤累累。脑袋上的这些伤口会有什么后果？仅仅伤着头皮吗？伤及头盖骨了吗？现在还说不清楚。但有个严重症状：这些伤口引起了昏迷，不是人人都能从昏迷中醒来的。此外，流了那么多血，伤者已是极度衰弱。腰部以下受到街垒的保护，没有受伤。

巴斯克和妮珂莱特撕衣衫做绷带，妮珂莱特负责缝，巴斯克负责卷。因为没有裹伤的布条，医生只好暂时用棉团来给伤口止血。床旁有张桌子，点着三支蜡烛，摆着手术用具。医生用冷水给马里尤斯洗脸和头发。满满一桶水即刻变成了红水。门房擎着蜡烛给照亮。

医生好像在沉思，忧容满面。他不时地摇摇头，仿佛在回答内心提出的问题。这种医生同自己的神秘对话，对病人来说是不祥之兆。

医生正在给伤者擦脸，用手指轻触他始终紧闭的眼睛，这时，客厅里侧的一扇门打开，一张苍白的长脸出现在门口。是外祖父。

两天来，吉诺曼先生被暴乱弄得心绪不安，又气愤，又忧虑。昨夜他彻夜未眠，今天一天激动不已。晚上，他早早就睡了，叮嘱家人把门窗关严。他实在太疲劳，就昏昏沉沉地睡着了。

老年人睡觉容易惊醒。吉诺曼先生的卧室与客厅相邻，尽管大家尽量少出声，仍然把他惊醒了。

他从卧室的门缝里看见了烛光，很感惊讶，便起床摸着黑来到门口。

他站在门口。门半开半合，他一只手抓住门把，脑袋摇晃，微微前倾，身体裹着殓衣般笔挺而无皱的白睡袍，脸上露出惊讶的神情，有如幽灵在窥视坟墓。

他看见了床,床垫上躺着满身鲜血的年轻人,脸色惨白,双目紧闭,嘴巴张开,唇无血色,上身赤裸,到处是鲜红的伤口,一动不动,照着明亮的烛光。

外祖父骨瘦如柴的躯体从头到脚最大限度地颤抖起来,因高年而角膜发黄的眼睛,此刻蒙上了一层无神的闪光,整张脸刹那间显出骷髅般土灰色的棱角,双臂耷拉下来,仿佛断了弹簧似的,两只老手不停颤抖,手指叉开,说明他惊愕不已,双膝向前弯曲,睡袍张开,露出长满白毛、可怜兮兮的光腿。他喃喃地说:

"马里尤斯!"

"先生,"巴斯克说,"刚才有人把先生送回来了。他去了街垒……"

"他死了!"老人用可怕的声音喊道,"啊!强盗!"

这时,这位百岁老人忽然像年轻人那样挺直身体,脸部表情变得非常可怕。

"先生,"他说,"您是医生。先告诉我一件事。他死了,是不是?"

医生忧心忡忡,缄口不言。

吉诺曼先生绞着双手,发出可怕的笑声。

"他死了!他死了!他是去街垒寻死的!他恨我!他是恨我才这样做的啊!吸血鬼!他就这个样子回来!他死了!真是我一生的不幸!"

他走到窗口,把窗打开,仿佛透不过气来。他面对黑暗伫立,向着大街同黑夜说起话来:

"被子弹打穿,被军刀砍伤,被割断喉咙,让人杀死,让人撕烂,让人切成碎片!你们瞧,这个无赖!他明明知道我等他回来,他的房间早已收拾好,我的床头放着他小时候的肖像!他明明知道只要回来就行,多少年来,我一直召唤他,晚上我待在火炉旁,手放在膝盖上,不知道干什么好,变得傻头傻脑!你明明知道这个,你只要回来,对我说声'是我',你就会成为一家之主,我就会服从你,你就能随意支配你的傻瓜外公!你知道得清清楚楚,可你却说:'不,他是保王派,我不回去!'你却去了街垒,恶毒地去寻死!就因为我对你说了关于贝里公爵的那些话,你要进行报复!这太卑鄙了!您就睡吧,安静地睡吧。他死了。我也醒悟了。"

医生开始为两边都担忧了。他暂时离开马里尤斯,走到吉诺曼先生跟前,抓住他的胳膊。老人回过头,睁大了充血的眼睛瞅着他,平静地对他说:

"先生,谢谢您。我很镇静,我是男人,我见过路易十六砍头的场面,什么事变我都能承受。有一件事想起来就感到可怕,就是你们的报纸净干坏事。你们有拙劣的作家、耍嘴皮子的人、律师、演说家、法庭、辩论、进步、学问、人权、出版自由,现在可看到人家是怎样把你们的孩子送回家了吧!啊!马里尤斯!真是可恶之极!被人杀了!死在我之前!街垒!啊!强盗!大夫,我想,您就住在这街区吧?呵!我认得您。我经常从窗口看见您的马车经过。我要告诉您。您以为我生气就错了。对死人是不能生气的。这样太愚蠢。这孩子是我养大的。当他一点点大时,我就已老了。他带着小铲子和小椅子,在杜伊勒利宫花园里玩耍,为了不挨便衣警察的骂,他用铁铲挖一个坑,我就用拐杖把它填平。一天,他喊:'打倒路易十八!'喊完就溜走了。这不是我教的。他脸蛋粉嘟嘟的,满头金发。他母亲死了。您注意到了吗,所有的孩子都是金发?这是什么原因?他是卢瓦尔河一个强盗的儿子。父亲有罪,孩子却是无辜的。我还记得,他这么高的时候,带 d 的音都发不清楚,说话轻声柔气,含含糊糊,就像一只小鸟。记得有一次,在法尔内斯宫的赫丘利雕像前,他身边围着一圈人,对他惊叹不已,赞不绝口。他太漂亮了,这个孩子!他的面孔像画中人那样漂亮。我大声吼他,用拐杖吓唬他,但他知道是同他闹着玩的。早晨,他到我房里来,我低声抱怨他,但他给我带来了阳光。对这样的孩子,简直毫无办法。他们抓住你,缠住你,就是不松手。确实,没有比这更可爱的孩子了。是你们的拉法耶特们、邦雅曼·贡斯当们和蒂尔居尔·德·科塞勒们杀死了我的孩子,现在你们对他们还有什么话说?可不能像这样下去了。"

他走近马里尤斯,又拧起胳膊来。医生早已回到马里尤斯身边了。只见他仍然脸色惨白,一动不动。老人苍白的嘴唇似乎在机械地翕动,就像临终喘息那样,发出难以听清的话语:"啊!没良心的!啊!俱乐部分子①!啊!无赖!啊!九月大屠杀②分子!"那是一个临终者对一具尸体的低声谴责。

渐渐地,正如内心的火山终要爆发那样,他又开始没完没了地诉说起来,只是好像没有力气说话了,声音那样沙哑,那样微弱,仿佛来自深渊的另一边:

"我无所谓,我反正也快死了。可以说,巴黎所有的女孩子都会为使这个无赖幸福而感到高兴!这个坏蛋,不去玩乐,不去享受生活,却偏要去打仗,像没有教养的人那样被机枪杀死!为了谁?为了什么?为了共和国!不像年轻人该做的那样,去茅屋舞场跳舞!真是枉为二十岁。共和国,一派胡言!可怜的母亲们,你们生漂亮的孩子吧!瞧,他死了。大门下将会有两个葬礼。你弄成这个样子,就为了讨拉马克将军喜欢!这个拉马克将军,他给了你什么!一介武夫罢了!信口雌黄!为一个死人去送命!真是不可思议!你们想想!才二十岁!也不回头看看,身后还留下什么!这下可怜的老头们只好孤孤单单地死去。老家伙,就在你的角落里等死吧!其实,这样更好,我求之不得,这可以让我一死了之。我太老了,都一百岁了,十万岁了,早就该死了。这样一来就

---

① 俱乐部分子,法国大革命时期,经常出入政治俱乐部的人。
② 九月大屠杀,为法国资产阶级大革命时期,反动派对一七九二年九月二日至五日巴黎群众处死狱中反革命分子的革命行动的蔑称。

成了。我要死了，多么幸福！何必还要让他闻阿摩尼亚，吃那么多的药呢？傻瓜医生，您这是白费劲儿！算了，他已死了，确实死了。我可是内行，因为我也死了。他没有半途而废。是的，这年代太丑恶，太丑恶，太丑恶！这就是我对你们，对你们的思想，对你们的制度，对你们的主子，对你们的预言，对你们的医生，对你们的无赖作家，对你们的乞丐哲学家，以及对你们六十年来将杜伊勒利宫的乌鸦吓跑的一场场革命的想法！既然你无情无义，故意去送死，我对你的死也就不难过了，听见没有，杀人凶手！"

这时，马里尤斯慢慢睁开眼睛。他的目光仍蒙着一层昏迷醒来时的惊讶，最后停留在吉诺曼先生身上。

"马里尤斯！"老人喊道，"马里尤斯！我的小马里尤斯！我的孩子！我亲爱的儿子！你睁开眼了，你在看我，你还活着，谢谢你！"

说完他就晕倒了。

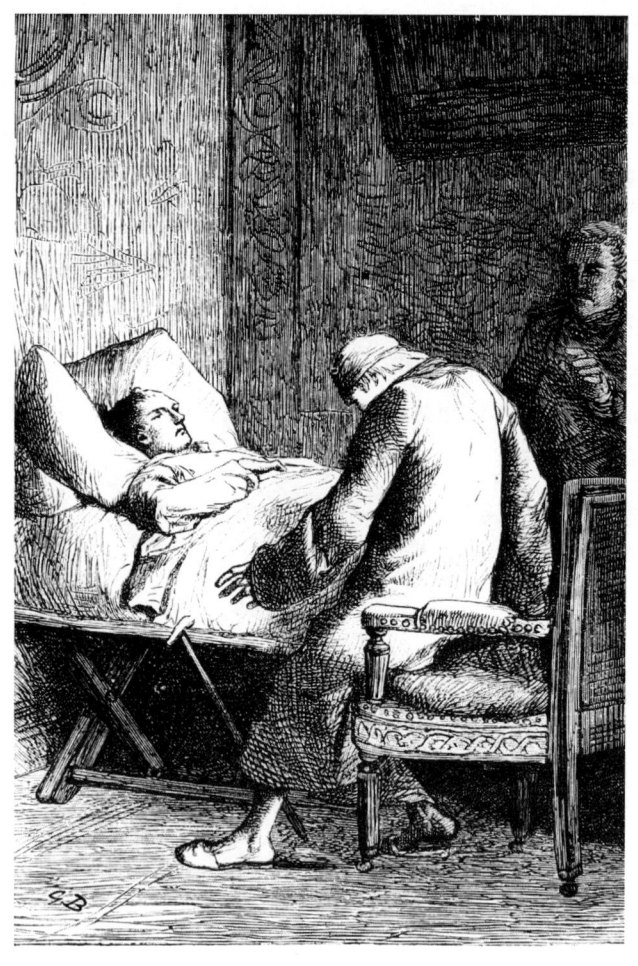

第四卷 雅韦尔灵魂出轨

雅韦尔缓步离开了武夫街。

他生平第一次低着头走路,也是第一次背着手。至今,雅韦尔在拿破仑的两种姿势中,只采取表示决心的一种,即双手交叉在胸前,而双手放在背后表示犹豫的一种,他从未感受过。现在却有了变化。他步履缓慢,面色阴沉,整个人都显得焦虑不安。

他走进寂静的街道。他朝着一个方向走去。他抄近路走向塞纳河,到了榆树沿河马路,便顺着塞纳河往前走,过了河滩广场,在离夏特莱广场警察所不远的地方,在圣母院桥的拐角处停了下来。塞纳河在这里,也就是在圣母院桥和兑换桥、鞣革沿河马路和花市沿河马路之间,形成一个水流湍急的方湖。

船员们最怕走塞纳河的这一段了。当年,桥头磨坊的木桩(如今已拆除)插在水中,使河面变窄,水流更急,因此,这里的湍流十分危险。那两座桥又离得很近,也就更增加了危险,河水凶猛地流经桥拱,掀起可怕的巨浪,并在那里积聚、暴涨,巨浪冲击桥墩,仿佛要用粗大的水绳将桥墩连根拔起。掉进这湍流中的人,就别想出来。最谙水性的人也会沉没。

雅韦尔双肘撑在护堤墙上，双手托着下巴，指甲在浓密的颊须里下意识地乱抠，一副沉思默想的神态。

他内心深处出现了从未有过的变化，发生了一次革命，一场灾难。他很有必要审视一下自己。雅韦尔非常痛苦。几个小时来，雅韦尔头脑变得复杂了。他乱了方寸。他的头脑在盲目的时候是那样清澈，现在却混浊了，水晶中已出现了云雾。雅韦尔意识到，他的责任已一分为二，这一点，他无法再骗自己了。当他在河滩上意外遇见让·瓦让时，他的感觉就像狼重新抓住了猎物，又像狗重新找到了主人。

他看见前面有两条都是笔直的路，可他的确看见有两条直路，这使他惊慌失措，因为他生平从来只有一条直路。使他忧惧不安的是，这两条路方向相反，互相排斥。哪一条是正确的？他真是进退维谷。

一个坏人救了他的性命，他接受了这笔债便要偿还，违心地和一个惯犯平起平坐，他帮了自己的忙便要回报，他说了"你走吧"，就要对他说"你自由了"，为了个人理由而牺牲职责这个普遍的义务，甚至感到在这些个人理由中，也包含着普遍的，也可能是高尚的东西，为了忠于良心，而要背叛社会：所有这些荒诞的事都已成为现实，堆积在他心头，这就使他惊慌失措，乱了方寸。

使他惊讶不已的是，让·瓦让竟放了他；使他不胜茫然的是，他，雅韦尔，竟放了让·瓦让。

他到底怎么啦？他在寻找自己，却找不到。

现在怎么办？把让·瓦让交出去，这样做是不对的；给让·瓦让自由，这样做也不对。把他交出去，会使执法人员比苦役犯更卑鄙；给他自由，会使一个苦役犯凌驾于法律之上，将法律踩在脚下。这两种情况对他雅韦尔都是不光彩的。不管作什么决定，都意味着堕落。命运也有不能跨越的悬崖峭壁，跨过悬崖峭壁，生命就成了一个深渊。此刻，雅韦尔正面临这样一个峭壁。

使他苦恼的一件事，就是他不得不思索。所有这些互相矛盾的忧虑是那样强烈，使他不得不这样做。对他来说，思索是很不习惯的，也是异常痛苦的。

人在思索时，总会遇到一些内心的反抗。他此刻正遇到了反抗，因而感到恼火。

对他狭隘公职以外的任何事进行思考，在他都是无益而累人的。而对刚过去的一天进行思考，更是一种折磨。不过，经历了这些震撼之后，他确实得好好审视自己的良心，对自己得有个交代。

他的所作所为，使他不寒而栗。他，雅韦尔，背离一切警章警规，背离整个社会和司法机构，背离整部法典，竟然认为决定放让·瓦让是对的，这样做是合适的，竟然用私事取代公务，这是不是很卑鄙？他一想到他做了一件莫名其妙的事，就浑身颤抖。怎么办？只有一个办法：立即回武夫街，逮捕让·瓦让。显然应该这样做。可是却不能。

在这一边，有样东西挡住了去路。一样东西？什么？世上除了法庭、应执行的判决、警察和权力外，难道还有别的东西？雅韦尔心烦意乱。

一个囚犯，竟然神圣不可侵犯！一个苦役犯，法律竟然无可奈何！这都是雅韦尔一手造成的！

雅韦尔和让·瓦让，一个生来惩罚人，另一个生来被人惩罚，这两个都与法律有关的人，到头来都凌驾于法律之上，这难道不令人骇然吗？

什么！发生了如此可怕的事，却谁也不受到惩罚？让·瓦让将自由自在，竟比整个社会秩序还厉害。而他，雅韦尔，还继续吃政府的饭！

他越想越感到可怕。

关于把暴乱分子送回髑髅地修女街这件事，他在思索中，本来也该自责的，但他连想都没有想。小错被大错掩盖了。再说，这个暴乱分子显然已死了。按照法律，人死就不予追究了。

让·瓦让是压在他心头的石头。

让·瓦让使他狼狈不堪。他平生作为依靠的所有原则,在这个人面前土崩瓦解了。让·瓦让对他雅韦尔的宽宏大量使他难以承受。他回想起其他一些事,当初以为都是谎言和荒唐,现在感到真实可信了。马德兰先生出现在让·瓦让后面,两张面孔重叠起来,合二为一,成了一张令人尊敬的面孔。雅韦尔感到,一种可怕的东西钻进了他的心里,那就是对一个苦役犯产生了敬意。尊敬一个苦役犯,这怎么可能?他不寒而栗,却又无法逃避。他再挣扎也是徒劳,他心里不得不承认,这个卑鄙的人确实品德高尚。这真可怕。

一个行善的坏人,一个富有同情心、和蔼仁慈、乐于助人的苦役犯,以善报恶,以德报怨,宁愿给予怜悯,也不愿报复仇人,宁愿自己毁灭,也不愿毁灭敌人,挨了打,还要救打他的人,尊崇高尚的道德,与其说是人,不如说是神!雅韦尔不得不承认,的确存在着这样的怪物。这种状况不能再延续下去了。

当然,我们要强调的是,他不是毫无抵抗地向这个怪物,向这个卑劣的天使,向这个丑恶的英雄投降的,他几乎既感到惊愕,又感到愤慨。他同让·瓦让面对面地坐在出租马车上的时候,法律这只老虎在他心里吼叫。多少次他想扑到让·瓦让身上,抓住他,吞掉他,也就是逮捕他。的确,没有比这更简单的事了。经过第一个警察所,喊一声:"这里有个在逃惯犯!"把警察喊来,对他们说:"这个人交给你们了!"然后转身就走,把这罪犯留在那里,剩下的事不闻不问。这个人永远是法律的囚徒,法律想怎样处置,就怎样处置。还有比这更公正的事吗?雅韦尔反复想着这些事。他想马上行动,把这个人抓住,可那时和现在一样,他做不到。他的手每每哆嗦着伸向让·瓦让的衣领,总是像被一个重力压下去,同时听见思想深处有个声音,一个奇怪的声音对他嚷道："很好。把你的救命恩人交出去。然后叫人拿来彼拉多①的木盆，洗洗你的爪子。"

接着，他开始反省自己，在变得高大的让·瓦让面前，他觉得他雅韦尔脸面丢尽。一个苦役犯居然是他的救命恩人！

他还想，他为什么允许这个人放自己一条生路？在街垒里，他有权被杀死。他本该使用这个权利。把其他暴乱分子喊来，帮他对付让·瓦让，强迫他们把自己杀死，这样更有价值。

他最感恐慌的，是他丧失了信心。他感到自己被连根拔起。法典在他手里只剩下断株残桩。他顾虑重重，这是前所未有的。他发现自己身上有一种与法律背道而驰的感悟，而法律从来是他衡量事物的唯一尺子。停留在以前的正直上已经不够了。一件件意外的事相继出现，并将他征服。他的心里出现了一个崭新的世界：以德报德，忠心耿耿，慈悲为怀，宽容大度，为怜悯一个人而违背严酷的法规，不秉公执法，不再有最终的判决，不再有罚入地狱，法律的眼睛里可以有一滴眼泪，一种莫名的上帝的正义，正在同人类的正义背道而驰。他看见一个陌生的道义太阳，在黑暗中可怕地升起。他胆战心惊，眼花缭乱。猫头鹰被迫换上雄鹰的目光。

他想，确实是这样，例外是存在的，当局可能有窘迫的时候，规则在一个事实面前可能不知所措，法规条文不可能包容一切，意外的情况会迫使人服从，一个苦役犯的品德，可能向一个公务员的品德设下陷阱，可怕的可能成为神圣的，命运有时会设下这些圈套。他绝望地思忖，他自己就未能躲过一件意料不到的事。

他不得不承认，仁慈是存在的。那位苦役犯仁慈过。自己刚才也仁慈了一回，这是前所未有的。因此他在堕落。他觉得自己很卑鄙。他厌

---

① 彼拉多（？—36以后），罗马皇帝提比略在位时，任犹太总督，主持对耶稣的审判，并下令把耶稣钉死在十字架上。在下令前，叫人端来木盆给他洗手，表示对此事不负责任。

恶自己。

对雅韦尔而言，理想不是讲人道，不是追求伟大，追求崇高，而是做到无可指摘。然而，他刚才却犯了错误。

他怎么会走到这一步的？这一切是怎么发生的？他自己也稀里糊涂。他双手捧着脑袋，但无济于事，他怎么也找不到答案。

可以肯定，他从来都想将让·瓦让绳之以法。让·瓦让是法律的俘虏，他雅韦尔是法律的奴隶。他一刻也不认为，当他逮住让·瓦让时，有过放他走的念头。可以说，他是不知不觉地松开手，放他走的。

各种谜一般的闻所未闻的事，隐隐展现在他眼前。他给自己提出问题，给自己作出回答，可他的答案使他心惊肉跳：这个苦役犯，这个走投无路的人，我一直追捕他，甚至于迫害他，我已落到他的脚下，他可以报仇，为了泄恨，也为了他的安全，他都应该这样做，可他放了我，饶了我的命，他在做什么？尽他的责任？不是。不止这个。那我呢，我也放了他，我在做什么？尽我的责任？不是。不止这个。那么，除了责任，还有别的东西？想到这里，他害怕了，他的天平散了架，一个秤盘掉进了深渊，另一个升上了天空。不管对升上天空的，还是对掉进深渊的，雅韦尔都一样感到恐惧。他丝毫也不是所谓的伏尔泰分子、哲学家或不信神者，相反，出于本能，他对现有的教会非常尊敬，他把教会看作社会整体的一个庄严的部分；社会秩序是他的信条，这对他足够了；他成年后，当了公务人员，从此，警察几乎成了他的全部信仰，我们前面说过，他当了——这样做毫无讽刺的意思，而具有最严肃的意义——密探，就像有人做神甫一样。他有个上司，是吉斯凯先生；迄今为止，他从没想到过另一个上司——上帝。

这个新上司——上帝，他突然感觉到了，因而心慌意乱。

上帝突然出现，他感到不知所措。他不知道如何对待这个上司，可他清楚地知道，下级对上级应该俯首听命，不能违背，不能批评，不能争辩,如果上级的行为令你过分吃惊,作为下级,除了辞职,别无他法。可是,怎样向上帝提出辞呈呢?

不管怎样,他认为有一个事实至关重要,他刚才做了一件可怕的违法的事。他脑袋里转来转去,最后总回到这个问题上。刚才,他对一个在逃惯犯视而不见。刚才,他释放了一个苦役犯。刚才,他从法律那里抢走了一个应受法律制裁的人。他做了这些事。现在,他对自己也不了解了。他怀疑他已不再是自己。他不明白为什么要这样做,只觉得头晕目眩。他一生只奉行盲目的信念,而盲目的信念产生盲目的正直。这种信念一旦失去,这种正直也就不复存在,他所信仰的一切也就烟消云散。他不想接受的真相,无情地纠缠着他。今后,他必须成为另一个人。他的良心就像突然摘除了白内障,感到从未有过的痛苦。他看见了讨厌看见的东西。他感到内心空虚,变得毫无用处,同过去的生活已脱节,被革了职,感到自己被毁了。权力在他心中已死亡。他没有理由再活在世上了。他被感动了,多么可怕的处境!

他是花岗石,却产生了动摇!他是法律模子里整块铸造出来的司惩罚的铜像,却突然发现铜乳房下,有个形似一颗心的荒诞而不顺从的东西!竟然以善报善,可他从来认为这种善便是恶!他是看门狗,却在舔人!他是块冰,却在融化!他是钳子,却变成了手!突然感到手指张开!松开猎物,多么可怕!他是炮弹,却迷失了方向,正在往后退!

他不得不承认,正确的东西不见得绝对没错,信条也可能有错,一部法典说话时,不可能说全,社会不可能完美无缺,权力可能会动摇,永恒的东西可能会爆裂,法官是人,法律可能会出错,法庭可能会搞错!在无垠穹苍的蓝玻璃上,出现了一条裂缝!

在雅韦尔身上发生的,是正直的良心出现了方布①式的震动,是灵

---

① 方布,法国地名。一八四六年七月八日,在此发生了火车出轨事件,引起了很大的震动。

魂出了轨，是一种不可抗拒地只会直来直往的正直撞到了上帝，被撞得粉身碎骨。当然这是很奇怪的事。驾驭治安的司炉，驾驭权力的司机，骑着瞎眼的铁马，行驶在僵直的铁轨上，竟会被一道亮光照得跌下马来！不可转移的、直线的、正确的、严密的、被动的、完美的东西竟会屈服！对于火车头来说，有一条通往大马士革①的路。

上帝永远存在于人的心里，它是真正的良心，与假的良心水火不容，它不让闪光熄灭，命令光线不要忘了太阳，指示心灵在真正的绝对与虚假的绝对对峙时，要认出真正的绝对，人性不可战胜，人心不可探测：这一光辉灿烂的现象，恐怕是人心最美的奇迹，雅韦尔能明白吗？雅韦尔能了解吗？雅韦尔能领悟吗？显然不能。不过，在这不可理解、不容置疑的事实的压力下，他感到他的脑袋开裂了。

这个奇迹与其说使他面目一新，不如说使他受到了伤害。他极其恼火地忍受着。在这一切中，他只看到自己很难活下去。他感到从此他的呼吸遇到了阻碍。他不习惯头上有个陌生的东西。

在这之前，他感到头顶上的一切是一个简单、清晰、清澈的平面，没有未知的模糊的东西，一切都是确定的、协调的、连贯的、准确的、正确的、有范围的、有限制的、封闭的，一切都是可预见的；权力是一个平面，它本身不会塌落，在它面前不会头晕目眩。雅韦尔从来只在下面遇见过未知的东西。越规的行为、意外的事情、无秩序和混乱的东西、滑入深渊的可能性，这一切，是下层人、叛乱者、坏人、卑鄙者们干的。现在，雅韦尔仰起头，看到一个闻所未闻的东西，顿感惊慌失措：他上面有个深渊。什么！难道他彻底摧毁了！茫然不知所措了！相信什么好呢？过去的信念已然土崩瓦解！

----
① 大马士革，叙利亚首都。据《圣经·新约》记载，耶稣门徒圣保罗将一群信奉耶稣的基督徒捆绑着带往耶路撒冷。行至大马士革，忽然天上发光，四面照着他，他听到有个声音对他说："我就是你所逼害的耶稣。"此后，保罗三天看不见东西。在大马士革，他皈依了基督教，视力也得以恢复。后来他成了耶稣的门徒。

什么！社会的薄弱环节，竟被一个宽容的卑鄙者找到了！什么！法律的忠实奴仆，竟突然发现自己困在两种罪行中间，放走一个人是犯罪，逮捕他也是犯罪！国家给公务员的命令，竟然并非什么都是确切的！履行职责中竟会遇见死胡同！什么！这一切竟然是真的！昔日被刑罚压得弯腰曲背的强盗，竟可以直起腰来，变得理直气壮？这能相信吗？难道在有些情况下，法律应该在脱胎换骨的罪犯面前后退，还要低声道歉！

　　是的，确实如此！雅韦尔看见了，雅韦尔触及了！他不仅不能否认，而且参与了。这是事实。可恶的是，这些事实竟会如此丑陋。

　　假如事实履行自己的职责，那就只限于充当法律的证据；事实是上帝派到人世间的。那么，无政府主义是不是也将从天而降呢？

　　就这样——他的苦恼无限扩大，他因惊愕而生幻觉，本来可用来限制和纠正其印象的一切东西皆已消失，在他眼里，社会、人类、宇宙，从此都化为简单而丑恶的轮廓——就这样，刑罚、既决案件、法律赋予的羁束力、最高法院的判决、法官、政府、拘押和镇压、官方的明智、司法的正确无误、权力的原则、政治和公民所依据的所有信条、主权、司法、法典产生的逻辑、社会的绝对性、公众真理，所有这一切，都成了废墟、垃圾堆、混乱的东西；而他，雅韦尔，秩序的监视者、廉洁的警务人员，社会的保护者和看门狗，却被战胜了，打败了；在这废墟上，站着一个人，头戴绿囚帽，额上有一轮光环。他已到了如此慌乱的地步！他的内心产生了如此可怕的幻觉！

　　这必须忍受。可他忍受不了。

　　他处在最激烈的状态下。只有两条出路：一条是下决心去找让·瓦让，将这个苦役犯送进监狱。另一条……

　　雅韦尔离开护堤。这一次，他仰起头，迈着坚定的步伐，向夏特莱广场一角照着一盏提灯的警所走去。

到了那里，他透过玻璃窗看见一个警察，便推门进去。只要从推开警所大门的方式，警察们便可认出是自己人。雅韦尔报了姓名，将证件拿给那警察看，然后坐到点着蜡烛的桌子上。桌上有一支笔、一个铅墨水瓶和一些纸，是为可能要做笔录和夜巡队寄存物品备用的。

按规定，这张桌子还配了一张草垫椅子。在所有警察所里，都有一张桌子，桌上总放着一个装满木屑的黄杨木碟，一个装满封信用红面团的硬纸盒。在这张桌上写的是最低档的公文。国家文献就是从这里开始的。

雅韦尔拿起那支笔和一张纸，写了起来。内容如下：

改进工作的几点意见：

第一，请局长先生过一下目。

第二，被拘留者从预审处来后，在接受搜身时，要脱掉鞋子，光着脚站在石板地上。有些人回牢房就咳起嗽来。这增加了医疗开支。

第三，跟踪可疑人时，隔一段路有警员接应，这样做是对的。但是，遇到重要情况，至少要有两名警员在彼此的视线之内，万一其中一个出于某种原因在执行公务中不坚定时，另一个便可监视他，替换他。

第四，为什么马德洛内特监狱特别规定禁止犯人有椅子，哪怕付钱也不行，对此很不理解。

第五，在马德洛内特监狱，饭堂的小窗口只有两根栏杆，犯人可以触到厨娘的手。

第六，被叫作传唤者的囚犯在传唤其他犯人会客时，让他们付两苏钱才传清楚他们的名字，这是抢劫行为。

第七，在织布车间，断一根纱，要扣犯人十苏。这是工头滥用职权,其实,断纱无损于布的质量。

第八,有人来拉福斯监狱探监,要经过少女院,才能进入埃及圣马利亚探监室,这样很不妥当。

第九,可以肯定,在警察局的院子里,每天可以听到法警谈论法官审问嫌疑犯的情况。警察应该是神圣的,把在预审室里听到的事讲给别人听,这是严重的违纪行为。

第十,亨利太太是个正派女人,她管理的饭堂非常干净。但让一个女人掌管看守所的食堂是不合适的。这与极其文明的巴黎裁判所附属监狱很不相称。

雅韦尔用最稳健、最工整的字迹写下了这几行字,一个逗号都没漏掉,有力的笔尖在纸上发出沙沙的声音。在最后一行下面,他签上:

一级警探雅韦尔
一八三二年六月七日凌晨一点
于夏特莱广场警所

雅韦尔吸干纸上的墨迹,像折信那样折起来,封好口,在背面写上:呈政府的报告。然后把信留在桌上,便走出警所。镶有玻璃和铁栅栏的门在他身后重又关上。

他再次斜穿夏特莱广场,回到沿河马路,机械而准确地来到一刻钟前离开的地方。他双肘撑在护堤墙上,还是那个姿势,还是那块石板,仿佛没有动弹过。

夜黑得伸手不见五指。半夜已过,正是阴森凄凉的时刻。云层遮住了星星。天空黑沉沉,阴惨惨。城岛没有一所房屋还有灯光,没有一条街道还有行人。从街上和岸边举目张望,只见一片荒凉。圣母院和司法宫的钟楼仿佛是黑夜的轮廓。一盏路灯映红了河岸的石栏。一座座桥的黑影，一个接一个，在雾霭中变了形。因为下雨，河里涨满了水。

大家记得，雅韦尔凭倚的地方，正好在塞纳河那股湍流的上方，下面便是可怕的旋涡，就像螺丝钉，不停地旋开又拧紧。

雅韦尔低头望了望。一片漆黑。什么也分不清。只闻波浪声，但看不见河水。有时，在这令人目眩的深渊中，会出现一线微光，朦朦胧胧，蜿蜒曲折，因为流水在漆黑的夜里，能从什么地方采得亮光，并把它变成水蛇。亮光消失，一切又难以分辨。无限的宇宙仿佛在这里张开。我们身下已不再是水，而是深渊。陡峭、朦胧、雾气笼罩的护岸墙，就像无限的一道悬崖峭壁，旋即隐而不见。

什么也看不见，但能感到河水的冰冷和敌对，以及被河水浸湿的石头那淡淡的气味。一阵阴风从这深渊升起。能猜到却不能看到的河水上涨，悲鸣的波涛，高大阴森的桥拱，想象中的坠入黑暗深渊的情景，这一切阴影令人毛骨悚然。

雅韦尔凝视这黑暗的深渊，一动不动地待了几分钟，仿佛在用专注的神态凝视看不见的世界。河水汩汩地流着。突然，他摘掉帽子，放在护岸墙上。不一会儿，一个高大幽黑的身影出现在护岸墙上，此刻若还有晚归的行人，远远看去，会以为是幽灵。他向塞纳河弯下腰，继而又挺起身，垂直地坠入黑暗中。只听见扑通一声。唯有黑暗才知道这消失在水中的黑影是怎样挣扎的。

第五卷　外孙和外公

一　又见到了钉锌皮的栗树

上述事件过后不久，布拉特吕埃尔先生遇到了一件事，使他激动不已。

布拉特吕埃尔先生是蒙费梅的养路工，在前面阴霾的章节里隐约出现过。

读者大概记得，布拉特吕埃尔干着各种不可告人的勾当。他在碎石公路上养路，同时又拦路抢劫。这位养路工和强盗做着黄粱美梦，相信蒙费梅的森林里藏有财宝。他盼望有一天，能在一棵树脚下找到金银财宝。眼下，他常在行人的腰包里找钱。

可是，他现在非常小心。前不久，他侥幸脱险。我们知道，他和其他几名歹徒在戎德雷特的陋屋里一起被抓走了。一种恶习也有其用处：酗酒救了他一命。警方始终未能查明，他在那里是盗贼，还是被盗者。鉴于设圈套的那天晚上他喝得烂醉如泥，警方便不予追究，把他释放了。他恢复了自由，又回到加尼到拉尼的路段上，在政府的监督下，替国家给公路铺石子。他垂头丧气，常常沉思默想，对抢劫的热情有所降低，因为这使他险些丧命,可对酒却更是爱不释手,因为这救了他一命。

至于他回到养路工茅屋后发生的那件使他激动不已的事,我们这就来讲一讲。

一天,拂晓前不久,他像平时一样去干活,也可能去伺机拦路抢劫。在树林里,他看见有个人,虽只见其后背,且有段距离,晨色朦胧,但仍感到那人的背影似曾见过。布拉特吕埃尔虽是酒鬼,记性倒还可以,这清晰的记忆,对同合法秩序作对的人来说,是必不可少的自卫武器。

"我好像在哪里见过这个人?"他暗暗思量。

他无法回答,只是觉得这人同他模糊记得的一个人有点像。

布拉特吕埃尔怎么也想不起来是谁,但他做了比较和估计。这人不是本地人。他刚到这里。显然是步行来的。这样早,不会有驿车经过蒙费梅。他走了一整夜。他是从哪来的?从不远的地方。因为他既无背囊,亦无行李。可能是从巴黎。他为什么到这林子里来?为什么在这个时辰来?他来干什么?

布拉特吕埃尔想到了财宝。他搜索记忆,模模糊糊地想起几年前,也曾有个人引起过他的注意,很可能就是这个人。

他想着想着,便低下了脑袋;沉思时低头是很自然的,但对他却不明智。当他再抬头时,就不见人影了。那人已消失在森林里,晨色中。

"见鬼!"布拉特吕埃尔说,"我会找到他的。我会发现这家伙的巢穴。这人黎明出来闲逛,总有个道理。我会知道的。在我的林子里,没有我不插手的秘密。"

他拿起尖尖的十字镐,咕哝道:

"这是掘地和搜身的家伙。"

他钻进密林,仿佛把一根线接到另一根线上似的,沿着那人可能走的路线,尽量紧跟而去。

他走了百来步,这时,天色有些亮了,这帮了他的忙。沙地上留下的鞋印、被践踏的草丛、被踩断的欧石楠、荆棘丛中弯下的嫩枝像美女醒来时伸出胳膊那样优美地慢慢直起,这些都给他指出了踪迹。他跟着这踪迹走,跟到后来就没有了。时间消逝。他深入树林,来到一个山包上。有个早起的猎人,吹着吉约利①小曲的口哨,从远处的一条小径经过,这使布拉特吕埃尔产生爬树的念头。他虽然上了年岁,却依然手脚灵便。旁边恰好有棵高大的山毛榉树,正适合蒂蒂尔②和布拉特吕埃尔攀登。布拉特吕埃尔爬上山毛榉,尽量爬得高一些。

这主意不错。他极目搜索那边杂乱无章、荒荒凉凉的树林,蓦地,他发现了那个人。

他刚看见,又突然没影了。

那人走进,更确切地说溜进一个离得相当远的林间空地。那空地被一片大树挡住视线,可布拉特吕埃尔对那里非常熟悉,他曾注意到,在一大堆磨盘石附近,有一棵病栗树,包着一块锌皮,是用钉子直接钉在树皮上的。这块空地从前叫布拉吕林地。那堆石头,不知是派什么用场的,三十年前就有了,现在可能还在。除了木板栅栏外,哪个东西的寿命都比不上一堆石头长。本来是临时堆一堆的。有什么理由要堆那么久!

布拉特吕埃尔心头一喜,倏地下了树,与其说是爬下来的,不如说是跌下来的。巢穴找到了,现在要抓住野兽。他朝思暮想的财宝,很可能藏在那里。

走到那块空地可不是容易的事。若走羊肠小道,要拐令人恼火的千道弯,足足要走一刻钟。若走直路,就要穿过稠密的、利刺伤人的荆棘丛,要走大半个钟头。布拉特吕埃尔不明白这一点,就犯了个错。他相信直路,这种视觉的错觉无可非议,但使很多人坐失良机。荆刺丛尽管密密匝匝,在他看来却是条捷径。

---

① 吉约利为民歌中的英雄。
② 蒂蒂尔,拉丁诗人维吉尔《牧歌》中的牧羊人。第一首第一句便是"蒂蒂尔躺在山毛榉树上"。

"还是走狼走的里沃里大街①吧。"

布拉特吕埃尔从来都走斜路,这次却错误地走了直路。

他坚定地钻进杂乱无章的荆棘丛。

他要和冬青、荨麻、山楂、野蔷薇、大蓟和一触即怒的黑莓打交道。他被划得到处是伤。

到了谷底,他遇到小溪,得涉水过去。

他终于来到布拉吕空地,用了四十分钟,汗流浃背,气喘吁吁,浑身是伤,似野兽般凶恶。

那空地连个人影也没有。

布拉特吕埃尔朝石堆跑去。石堆还在。没有被搬走。

至于那个人,他已消失在森林里,逃得无影无踪了。他逃到哪里去了?朝哪个方向?躲进哪个荆棘丛里了?无法猜到。

使人痛心疾首的是,在石堆后面,包着锌皮的栗树前面,有一堆新挖的土、一把被遗忘或抛弃的十字镐和一个土坑。

坑里空空如也。

"强盗!"布拉特吕埃尔朝天边举起双拳,大声喊道。

二 马里尤斯走出内战,又准备向家里开战

马里尤斯很长时间不死不活。持续几周高烧,神志昏迷,还有相当严重的脑部症状。造成这些症状的,与其说是伤口本身,不如说受伤引起的脑震荡。

---

① 里沃里大街,巴黎的一条名街。此处喻直路。

他在高烧呓语中，以临终者特有的固执，有时整夜不停地呼唤珂赛特的名字，情景十分凄惨。有几处伤口腐烂面大，这是极其危险的，因为大伤口化脓，在某些气候影响下，常会外毒内侵，导致病人死亡。每当天气变化，哪怕稍有暴风雨，医生便忧心忡忡，一再叮嘱："千万不要让病人激动。"包扎伤口是件复杂而困难的事。那时候，用胶布固定夹板和用纱布的办法尚未发明。妮珂莱特将一条如她说的"和天花板一样大的"床单，撕成包伤口的绷带。好不容易用氯化物洗剂和硝酸银止住了伤口溃疡。每次出现危险，吉诺曼先生就不知所措，守在外孙的床头，也和马里尤斯一样，不死不活。

每天，有时甚至一天两次，如门房描绘的那样，有个白发苍苍、衣着讲究的老头，前来打听病人的情况，并放下几团旧纱布绷带。

从把垂死的马里尤斯抬回外祖父家那个痛苦的夜晚以来，整整四个月过去了，九月七日，医生终于宣布，马里尤斯已脱离危险。康复期开始了。不过，马里尤斯因锁骨断裂，引起了偶发症状，只得在长沙发上又躺了两个多月。常常会有一个伤口迟迟不愈合，没完没了地要包扎，促使病人心烦意乱。

不过，他病得这么久，恢复期又长，使他逃过了警方的追捕。在法国，任何愤怒，哪怕是公愤，不出半年就平息了。在当今社会的现状下，发生暴乱，匹夫有错，暴乱过后，有必要睁一眼闭一眼。

再说，巴黎警察局局长吉斯凯明令医生们揭发受伤者，这一可耻的指令激怒了舆论，非但是舆论，而且首先触怒了国王，因此，伤员便受到了义愤的庇护和保护。除了在战斗中当场被捕者外，军事法庭不敢找任何伤员的麻烦。马里尤斯也就平安无事。

吉诺曼先生起初忧心如焚，继而又欣喜若狂。他不顾人阻拦，每天夜里都陪伴在病人身旁。他叫人抬来大安乐椅，和马里尤斯的床并排而放。他叫女儿把家里最漂亮的床单做成敷布和绷带。吉诺曼小姐是长女，又是个理智的人，她设法把漂亮的床单留下来，又让老人相信照他的吩咐办了。有人向吉诺曼先生解释，做绷带细麻布不如粗布，新布不如旧布，他就是不听。每次换绷带他总要在场，而吉诺曼小姐则害羞地躲开。看到医生用剪刀剪掉死肉，他便"啊哟啊哟"地直叫。最令人感动的，莫过于看见他颤巍巍地给病人端汤药。他不停地向医生问这问那，却没发觉问来问去都是同样的问题。

医生宣布马里尤斯已脱离危险的那天，老人欣喜若狂。他赏给门房三个金路易。晚上，他回到卧室，用大拇指和食指打响儿，跳起加沃特舞，唱起一首歌：

> 让娜生在野蕨丛，
> 牧羊女真正的窝；
> 我爱她撩拨人心的
> 　　短裙。

> 爱神你活在她心中，
> 因为你在她明眸里
> 放进了你那嘲讽人的
> 　　箭筒！

> 我歌颂她，我爱她
> 胜过爱猎神狄安娜，
> 我爱让娜和她坚硬的
> 　　乳峰。

然后，他跪在一张椅子上，巴斯克从虚掩的门缝里观察，深信他在

祈祷。

以前，他可是不大相信上帝的。

在马里尤斯病情好转的过程中，每到一个新的阶段，外祖父都有怪诞的行为。他下意识地做出许多喜不自胜的举动。他莫名其妙地来回上下楼梯。有个长得挺漂亮的女邻居，一天早晨惊讶地收到一大束鲜花。是吉诺曼先生送的。她丈夫大吃其醋，大闹了一场。吉诺曼先生还试图让妮珂莱特坐到他的腿上。他叫马里尤斯"男爵先生"。他高呼："共和国万岁！"

他时时刻刻都问医生："真的没危险了，是不是？"他用外祖母的目光凝视马里尤斯。马里尤斯吃饭时，他目不转睛地看着他。他完全变了个人，不再把自己当回事，马里尤斯是一家之主，他高兴得让了位，他成了他外孙的外孙。

他在快乐的时候，便成了最令人尊敬的孩子。他怕累着或打搅正在康复的病人，便待在他后面，对着他微笑。他心满意足，他快乐、喜悦、可爱，变成了年轻人。满头银发给他脸上的喜悦平添了几分温柔和威严。满脸皱纹加上优雅的风度，会使人显得更加可爱。垂暮之年心情快乐，就会闪出难以形容的曙光。

至于马里尤斯，他任人包扎治疗，可他心里只想着一个人：珂赛特。自从他烧退后不再说胡话以来，就不再说这个名字了，仿佛不再想她了。他缄口不提这个名字，恰恰是因为他心里只想着她。

他不知道珂赛特现在的情况。在他的记忆中，尚弗里街发生的事就像一团云雾，模糊不清的人影在他脑海里漂浮：埃波妮、加弗洛什、马伯夫、泰纳迪埃一家，还有他那些朋友，阴惨惨地混在街垒的硝烟中；福施勒旺先生奇怪地出现在这场血淋淋的冒险中，他感到这好像是暴风雨中的一个谜；他弄不清楚自己怎么还活着，不知道是怎样得救的，被谁救的，他身边的人也都不知道；他们能告诉他的，就是那天夜里一辆马车把他送到了髑髅地修女街；过去、现在、将来，在他脑海里只剩下模糊的概念，笼罩着一团迷雾，但在这迷雾中，有一个静止不动的点，一条清晰而准确的线，一种花岗石般的东西，一个决心，一种愿望——重新找到珂赛特。对他而言，生命和珂赛特是不可分开的。他下定决心，没有另一个，决不接受这一个，不管谁想强迫他活下去，外公也罢，命运也罢，地狱也罢，先得给他重建失去的乐园。

他也知道障碍重重。

这里，让我们强调一点：外祖父对他关怀备至，体贴有加，但他不理不睬，不为所动。首先，他对这些关怀并不都了解。其次，生病的人爱胡思乱想，也可能仍处在焦躁不安中，对这些温情心存疑惑，认为这种从未有过的新奇事，不过是为了使他屈服。因此他冷若冰霜。外祖父的老脸上再是堆满可怜的笑容，也于事无补。马里尤斯心想，只要自己不说话，任人摆布，就一切都好，一旦提起珂赛特，就会看到另一副面孔，外祖父就会原形毕露，于是，就会出现严峻的局面，家庭问题又会重新提出来，两种立场又会重新较量，他又得领教种种讥笑和反对，什么福施勒旺、库普勒旺，什么财产、穷困、苦难、脖子上的石头、未来。他会遇到激烈的反对，结论是拒绝。于是，马里尤斯干脆事先就采取强硬态度。

后来，他渐渐恢复健康，宿怨便又出现，记忆中的老伤疤便又开裂，他又想起了过去，蓬梅西上校又出现在吉诺曼先生和他马里尤斯之间，他想，一个对他父亲如此不公、如此冷酷的人，是不可能有真正的善心的。随着健康的恢复，他对外祖父又变得像从前那样粗暴了。老人则逆来顺受。

吉诺曼先生虽不表现出来，但注意到，马里尤斯被送回家中，到后来恢复了知觉，从没叫过他一声父亲。事实上，他也不称他先生，但他字斟句酌，有意避开这两个称呼。显然，一场战争快要爆发了。

正如常有的那样，为了试试实力，在战争开始前，马里尤斯先搞了些小冲突。这叫探探虚实。一天早晨，吉诺曼先生提起偶尔看到的一份报纸，信口谈起了国民公会，对丹东、圣茹斯特和罗伯斯庇尔发表了一通结论性的看法。

"九三年的人都是伟人。"马里尤斯严肃地说。老人便缄口不语了，一整天都没再说一句话。

外祖父头几年的顽固不化，马里尤斯记忆犹新，因此，当他看到外祖父一声不吭，以为他已愤怒至极，预示着就要爆发一场激烈的争吵，便在思想深处加强了战备。

他下了决心，一旦遭到拒绝，他就扯掉夹板，让锁骨脱臼，将尚未愈合的伤口暴露在外，拒绝一切饮食。他的伤口便是他的炮弹。要么得到珂赛特，要么一死。

他以病人特有的阴险和耐心，等待有利时机的到来。这个时机终于来到了。

三 马里尤斯发起进攻

一天，吉诺曼小姐整理五斗橱大理石面上的瓶瓶杯杯，吉诺曼先生弯下腰，极其温柔地对马里尤斯说：

"瞧，我的小马里尤斯，我要是你，现在宁愿多吃肉，少吃鱼。在康复初期，吃油煎鳎鱼是极好的，但病人要站起来，得多吃排骨。"

马里尤斯的体力几乎完全恢复，他集中全力，坐了起来，双拳使劲按在床单上，双目直视外祖父，恶狠狠地说：

"这倒使我想起要对您说件事。①"

"什么事?"

"我想结婚。"

"早料到了。"外祖父说。说完大笑起来。

"什么?早料到了?"

"是的,早料到了。你可以娶她,你那个小姑娘。"

马里尤斯张口结舌,头晕目眩,全身颤抖起来。

吉诺曼先生继而又说:

"是的,你那个漂亮俏丽的小姑娘,你可以娶她。她每天让一位老先生来打听你的消息。你受伤后,她整天哭泣,做绷带。我全都知道了。她住在武夫街7号。啊,果然不出所料!啊,你想娶她!好吧,你就娶她吧。你爱上她了。你搞了个小小的诡计,你心想:'我要把这事直截了当地告诉这个老外公,这个摄政时期和督政府时期的僵尸,这个昔日的美男子,这个变成了惹隆特②的多朗特③。他自己也曾轻浮过,也有过风流艳史,也有过他的轻佻女工,也有过他的珂赛特。他也曾张扬过,展翅飞翔过,也吃过春天的面包,他应该好好想想这些。'我们瞧吧。开战。啊!你倒是从难处着手。很好。我给你一块排骨,你却回我一句:'我想结婚。'你倒真会转话题!啊!你打算同我吵架!你不知道我是个胆小的老头。你还有什么话可说?你心里冒火。你发现你的外祖父比你还笨,这你始料未及。你原准备发表一篇演说,没想到没机会说,律师先生,这让你感到气恼。你想发火就发吧。你想要我干什么,我就干什么。这让你大吃一惊,傻瓜!听着,我都打听清

---

① 隐射《圣经》中上帝造人的故事:上帝造了一个男人,取名亚当。他又取亚当的一根肋骨造了一个女人,取名夏娃,让她做了亚当的妻子。

② 惹隆特,古典喜剧中常遭家人和仆人愚弄的可笑老头。

③ 多朗特,风流男子的代名词。

楚了，我也是挺鬼的。她很迷人，她很乖巧，枪骑兵的事不是真的，她做了许多绷带，她是个小宝贝，她崇拜你。你死了，就会死三个人。她的棺材将伴着我的棺材。我曾想，等你伤好一些，干脆把她叫到你床前来，可是，只有在小说中，才会把女孩子直接带到她们感兴趣的受伤的漂亮小伙子身边。这样不行。你姨妈会怎么说呢？我的孩子，你四分之三的时间都光着身子。你问问妮珂莱特，她没离开过你一分钟，你问问她，女人能不能待在你身边。况且，医生会怎么说呢？漂亮姑娘治不了发烧呀。总之，这很好，别多讲了，这事就说定了，决定了，确定了。你就娶她吧。这就是我的残暴。你瞧，我看到你不爱我，我说：'我该怎么做，才能让这个畜生爱我？'我说：'嗨，我手里不是有我的小珂赛特吗？我把她送给他，他就得给我一点爱，否则就要说出个道理来。'啊！你以为我这个老头子会大发雷霆，大吼大叫不同意，向早晨的太阳举起拐杖。我才不呢。珂赛特，好吧。爱情，好吧。我求之不得。先生，请你结婚吧。祝你幸福，我亲爱的孩子。"

说完，老人呜呜咽咽哭了起来。

他捧起马里尤斯的头，紧紧搂在年迈的胸前，祖孙二人哭了起来。人在最幸福时就会这样。

"我的父亲！"马里尤斯喊道。

"啊！你爱我！"老人说。

这是难以描绘的一刻。他们激动得透不过气，说不出话。

最后，老人结结巴巴地说：

"好！他终于开窍了。他喊我'我的父亲'了。"

马里尤斯把头从外祖父的胳膊中挣脱出来，轻声地说：

"不过，我的父亲，现在我身体很好，我觉得我可以见她了。"

"这我也料到了，你明天见她。"

"我的父亲！"

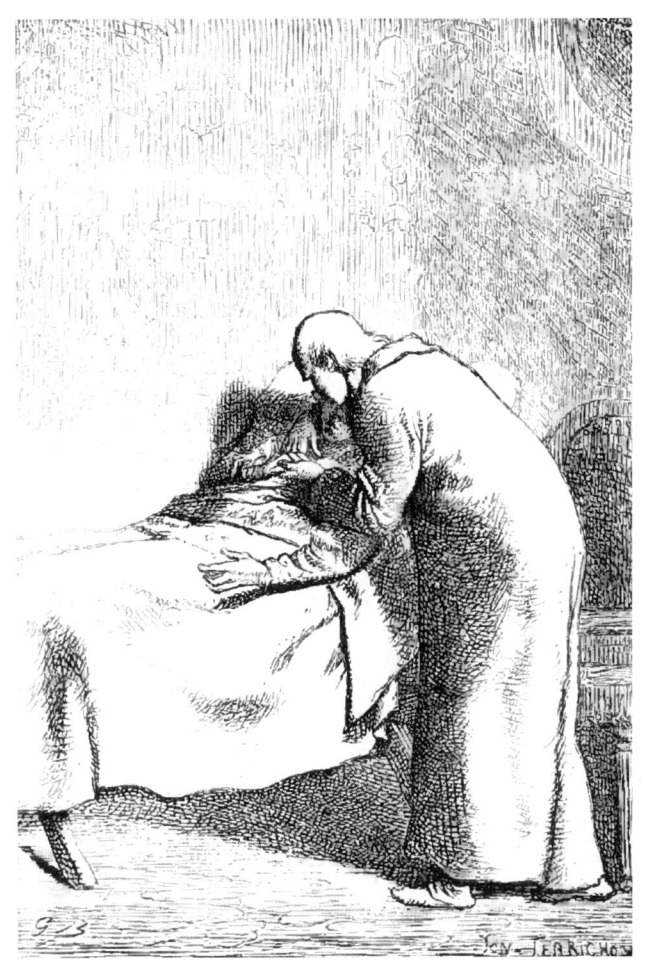

"什么事？"

"为什么不今天呢？"

"好吧，今天。今天就今天。你喊了我三声'我的父亲'，这值。我来安排。会有人把她带来的。我跟你说，这早料到了。诗里就这样写的。这是安德烈·谢尼埃的《年轻的病人》这部悲歌的结局。就是被那群恶……被九三年的伟人们杀了头的那个安德烈·谢尼埃。"

吉诺曼先生以为看见马里尤斯微微皱了皱眉。其实，应当指出，马里尤斯此刻已不再听老人说话，他已心驰神飞，他在想珂赛特，而不是一七九三年。外祖父因为不合时宜地提到了安德烈·谢尼埃而胆战心惊，急忙又说：

"杀头这个词用得不对。事实上，那些伟大的革命天才们——他们不是坏人，这点无可否认，他们是英雄，当然！——认为安德烈·谢尼埃有点碍事，就把他送上了断头……也就是说，热月七日那天，为了拯救国民，这些伟人们请安德烈·谢尼埃上了……"

吉诺曼先生这句话卡在喉咙里，说不下去了。他说完也不是，收回又不能，激动得不知该怎么办，就在他女儿站在马里尤斯身后整理枕头的时候，他以尽其年龄所能的最快速度冲出卧室，随手关上房门，面色通红，喘不过气，怒不可遏，眼睛突出，与正在候客室里擦靴子的忠诚老仆巴斯克撞了个面对面。他一把揪住巴斯克的衣领，冲着他的脸怒吼："我以十万个泼妇的名义发誓，是那些强盗把他杀死的！"

"谁，先生？"

"安德烈·谢尼埃！"

"是的，先生。"巴斯克诚惶诚恐地说。

四　吉诺曼小姐终于认为福施勒旺先生夹着东西来没什么不好

珂赛特和马里尤斯又相见了。见面意味着什么,就不说了。世上有些事是不应该描绘的,太阳便是其中之一。

珂赛特进来时,全家人,包括巴斯克和妮珂莱特,都集中在马里尤斯的卧室里。她出现在房门口,头上仿佛罩着光环。这时,外祖父恰好要擤鼻涕,便骤然停住了,用手帕捂着鼻子,从手帕上方向珂赛特望去。

"可爱极了!"他喊道。

说完,他才大声擤鼻涕。

珂赛特犹如进了天堂,心醉神迷,心花怒放,诚惶诚恐。她幸福得惊慌失措。她结结巴巴,面色一阵白,一阵红。她想扑到马里尤斯怀里,却又不敢;当着众人的面示爱,她觉得难为情。人们对幸福的情人是无情的,当他们最需要单独相处时,人们却待着不走。可他们根本不需要有人在场。

跟在珂赛特后面陪她进来的,是一位满头银发的老人。他神态庄重,可面带笑容,一种淡淡的令人心醉的微笑。那是"福施勒旺先生"。那是让·瓦让。

正如看门人所说,他"衣着讲究",一身黑色的新衣服,系着白领带。

门房丝毫也没认出,这个衣冠楚楚的有产者,这位很可能是公证人的先生,就是六月六日那天夜里抬着尸体,突然出现在门口的那个人;那天,他抬着昏迷不醒的马里尤斯,衣衫褴褛,满身泥浆,面目可憎,神色惊慌,满脸鲜血和污泥。可是,他那门房的嗅觉却是清醒的。当福施勒旺先生带着珂赛特来到时，门房禁不住悄悄对妻子说："不知怎么回事，我总觉得这人面熟。"

在马里尤斯的房间里，福施勒旺待在门口，仿佛故意要离人一段距离。他腋下夹着个小包，像是一部八开本书，外面包着一层纸。那层纸呈暗绿色，像是发了霉。

"这个先生是不是总夹着一本书？"吉诺曼小姐悄悄问妮珂莱特。她最讨厌书了。

"这是位学者。"吉诺曼先生听见了她的话，也同样悄声地回答，"那又怎么样？难道这是他的错？我认识一位布拉尔先生，走路也总带本书，也像这样抱在胸口。"

然后，他抬高嗓门，寒暄道：

"特朗施勒旺先生……"

吉诺曼先生不是故意喊错名字的。不过，不注意别人的名字，在他那里是一种贵族派头。

"特朗施勒旺先生，我不胜荣幸地替我的外孙马里尤斯·蓬梅西男爵先生向令爱求婚。"

"特朗施勒旺先生"鞠躬致答。

"那就说定了。"外祖父说。

然后，他转向马里尤斯和珂赛特，举起双臂表示祝福，大声说：

"你们可以相爱了。"

不等说第二遍，他俩便喁喁私语开了。他们顾不得了。他们低声细语，马里尤斯的臂肘撑在躺椅上，珂赛特站在他身旁。

"呵！上帝！"珂赛特喃喃说道，"我又看见您了。是你！是您！竟然去打仗！为什么呀？多么可怕。我死了整整四个月。啊！您太坏了，竟然去打仗！我哪里得罪您了？这次我原谅您，以后可不能这样了。刚才，有人到我们家叫我们来这里，我又以为我要死了，不过这次是因

为高兴。我一直忧心忡忡！我衣服都没来得及换，一定很难看。您父母看到我的衣领皱巴巴的，会怎么说？您说话呀！怎么让我一个人说。我们一直住在武夫街。我听说您的肩膀伤得很厉害，能放进去一只拳头。还听说用剪刀剪肉了。这太可怕了。我哭了，哭得眼睛都肿了。真奇怪，人竟能如此痛苦。您的外祖父看上去很慈祥！别动，别这样撑着，当心，这样会不舒服的。呵！我多么幸福！不幸的事结束了！我真傻。我把要同您说的话全忘了。您还爱我吗？我们住在武夫街。没有花园。我一天到晚做绷带。您瞧，先生，全怪您，我指头上都长老茧了。"

"天使！"马里尤斯说。

"天使"是语言中唯一百用不滥的词。其他任何一个词都经不住恋人们反复使用。

接着，因为有人在场，他们便停下来，一句话也不说了，只是互相轻轻地摸摸手。吉诺曼先生转过身，对在场的所有人嚷道：

"你们大声说话呀。后台弄出点声音来呀。快呀，快喧哗起来呀，见鬼！让这两个孩子无拘无束地说说话呀。"

他走近马里尤斯和珂赛特，低声对他们说：

"用'你'相称吧。不必拘束。"

吉诺曼姨妈看见光明突然涌入她这守旧的家里，不禁目瞪口呆。但这惊愕并不咄咄逼人，绝不是猫头鹰看野鸽子的气恼而嫉妒的目光，而是一位五十七岁的可怜而幼稚的老妇傻呆呆的目光，是没有享受过人生的人在旁观爱情的胜利。

"吉诺曼大小姐，"他父亲对她说，"我早对你说过，你会这样的。"

他静默片刻，又说：

"好好看看别人的幸福吧。"

然后，他转向珂赛特：

"她真美！真美！简直是格勒兹①的一幅画！你这个坏蛋，你要一人独占了！啊！你这个混蛋，我这一关你可逃过去了。你真幸福。我要是小十五岁，我们可要用格斗来决一雌雄了。听着，小姐，我爱上您了。这很简单。这是您的权利。啊！这下要办一个漂亮迷人的小婚礼了！这里属于圣体圣德尼教区。但我可以弄到许可证，让你们在圣保罗教堂举行婚礼。那座教堂更好一些。是耶稣会造的。更雅致。就在比拉格红衣主教喷泉对面。耶稣会建筑的杰作在那慕尔。叫圣路教堂。你们结婚后，应该去那里看看。值得去一趟。小姐，我完全赞成您的看法。我希望女孩子们都结婚。她们生来就为了这个。有一个圣卡特琳，但愿她永远也不戴帽子②。终身不嫁是不错，但太冷清。《圣经》上说：繁衍子孙吧。要拯救人民，需要贞德姑娘。但要人丁兴旺，却需要吉戈妮大妈③。因此，美丽的姑娘们，结婚吧。我真的看不出终身不嫁有什么好处。我知道，她们在教堂里拥有一间单独的小礼拜堂，不得已而选择了圣母修会。可是，见鬼，嫁一个英俊的丈夫，一个正直的小伙子，一年后，生一个金发胖娃娃，快乐地吃你的奶，胖得大腿上尽是沟沟，粉嘟嘟的小爪子乱抓你的乳房，笑得像朝霞，这总比晚祷时举着蜡烛唱**象牙塔**④要强！"

外祖父以九旬高龄的脚跟转了个身，像上足了的发条，继续往下说：

"因此，别再胡思乱想了，阿西帕，
真的，你马上结婚吧。

噢，对了！"

---

① 格勒兹（1725—1805），法国风俗画和肖像画家。
② 在法国，有一个圣卡特琳节。这一天，年满二十五岁的未婚女子要戴"圣卡特琳帽"，以示已进入老处女之列。
③ 吉戈妮大妈，法国木偶戏中的角色，高头大马，从她的裙子里会走出一群孩子。
④ 原文为拉丁语。为赞颂圣母马利亚的祈祷文。

"什么事,我的父亲?"

"你有知心朋友吗?"

"有啊,库费拉克。"

"他现在怎么样?"

"他死了。"

"那好。"

他坐到他们身边,让珂赛特坐下,用爬满皱纹的老手握住他们的四只手。

"她美不可言,这个小妞。真是个尤物,这个珂赛特!她是个很小很小的姑娘,却是个很大很大的夫人。可她只能是男爵夫人,太委屈她了!她生来是侯爵夫人。她的睫毛多美啊!我的孩子们,请相信你们是对的。好好相爱吧。爱得如痴如狂吧。爱情反映了人的愚蠢,上帝的智慧。互相爱慕吧。只是,"忽然,他忧形于色,继续说道,"太不幸了!我怎么才想到!我财产的一大半是养老金。只要我还活着,不会有问题,可我死后,二十来年后,啊!我可怜的孩子,你们就一文不名了!男爵夫人,你这双美丽洁白的纤手,到时候可就要操劳了。"

这时,只听见一个严肃而平静的声音说道:

"欧弗拉齐·福施勒旺小姐有六十万法郎。"

说话人是让·瓦让。

他来后还没说过一句话,大家甚至已忘记他在这里了。他站在这些兴高采烈的人后面,一动也不动。

"欧弗拉齐小姐是谁?"外祖父惊愕地问。

"是我。"珂赛特回答。

"六十万法郎!"吉诺曼先生说道。

"可能差一万又四五千法郎。"让·瓦让说。

说完,他把吉诺曼姨妈以为是一本书的纸包放在桌上。让·瓦让亲自把包打开,是一沓钞票。人们一张张翻,一张张数,五百张一千法郎的,一百六十八张五法郎的。一共是五十八万四千法郎。

"真是一本好书。"吉诺曼先生说。

"五十八万四千法郎!"姨妈低语道。

"吉诺曼大小姐,这解决大问题了,是不是?"外祖父说,"马里尤斯这个小魔头,他在梦乡树上给你们觅到了百万富妞!现在,对年轻人的谈情说爱可要相信了!男大学生可以找到六十万法郎的女大学生!谢吕班①比洛特希尔德②干得还要好。"

"五十八万四千法郎!"吉诺曼小姐低声重复道,"五十八万四千!等于是六十万哪!"

至于马里尤斯和珂赛特,他们只管你看着我,我看着你,几乎没注意这个细节。

五 把钱埋在森林里,比放在公证人那里更合适

无须详述,读者想必已知道,尚马蒂厄案件后,让·瓦让利用他第一次逃出监狱的那几天,赶到巴黎,及时从拉斐特银行取出了他以马德兰先生的化名在滨海蒙特勒伊市赚的钱。他怕再次被捕——不久后果然如此——就来到蒙费梅森林,将这笔钱埋藏在布拉吕林间空地里。共有六十三万法郎,都是现钞,体积不大,放在一只匣子里。为防受潮,他又将匣子放进一只塞满栗树木屑的小橡木箱里。他还把另一件宝贝——主教的银烛台——也放进了小木箱。大家一定记得,他逃离滨海蒙特勒

---

① 谢吕班,法国剧作家博马舍的剧作《费加罗的婚姻》中情窦初开的少年。
② 洛特希尔德(1743—1812),德国籍犹太银行家。

伊时,带走了这对银烛台。布拉特吕埃尔一天傍晚第一次看见的那个人,正是让·瓦让。后来,每当让·瓦让需要钱时,就到布拉吕林地来取钱。于是就有了我们曾提到过的几次外出。他有一把十字镐,藏在灌木丛的某个地方,只有他一个人知道。他看到马里尤斯逐渐康复,感到这笔钱派用场的时候快到了,便去拿了回来。布拉特吕埃尔在树林里看见的还是他,不过这次是清晨,不是傍晚。布拉特吕埃尔继承了那把十字镐。

其实,那笔钱共有五十八万四千五百法郎。让·瓦让自己留下五百法郎。"以后看情况吧。"他想道。

这笔钱和从拉斐特银行里取出来的六十三万法郎之间的差额,便是他从一八二三到一八三三这十年中的开支。他在修道院里待了五年,只花了五千法郎。

让·瓦让将那对银烛台放在壁炉上,它们闪闪发光,杜珊见了赞叹不已。

此外,让·瓦让知道,他已永远摆脱雅韦尔了。有人在他面前讲过,同时,他也在《箴言报》上——此报登载了这条消息——得到了证实,有个叫雅韦尔的警探淹死了,在兑换桥和新桥之间的一条洗衣船下发现了他的尸体。这个品行无懈可击、深受上司器重的人留下一封遗书,人们猜测,他是因神经错乱而自杀的。

"可能吧,"让·瓦让想道,"既然他抓了我又放我,想必是疯了。"

六 为了珂赛特的幸福,两位老人各尽所能

于是开始张罗婚礼了。征询了医生的意见,医生宣布婚礼可在二月举行。现在是十二月。几个星期过去了,那是无比幸福、令人陶醉

的日子。

外祖父也感到很幸福。他常常久久凝望珂赛特。

"多可爱多漂亮的姑娘!"他惊叹道,"看上去多温柔,多善良!我的心肝宝贝,没什么可说的,您是我生平见到的最可爱的姑娘。将来,她的美德会像紫罗兰那样香气四溢。她魅力无穷!和这样一个人在一起,只能过贵族式的生活。马里尤斯,我的孩子,你是男爵,你是富翁,求求你,别做律师了。"

珂赛特和马里尤斯一下子从地狱升到了天堂。这一转折来得太突然,他们即使没有目眩神迷,也是晕头转向了。

"你明白是怎么回事吗?"马里尤斯问珂赛特。

"不明白,"珂赛特回答,"但我感到上帝在看我们。"

让·瓦让不遗余力,铺平道路,协调一切,使一切顺顺利利。他和珂赛特一样,急切地盼望大喜的日子,表面上看,也和她一样快乐。

珂赛特身世的秘密,只有他一人知道。他当过市长,知道如何解决这一棘手的问题。如果直截了当说出她的身世,谁知道呢,珂赛特就可能结不成婚。他为珂赛特排除一切困难。他给她安排了一个父母双亡的家庭,这样,就不可能有任何申诉。珂赛特家只剩下她一个人。珂赛特不是他的女儿,而是另一个福施勒旺的女儿。福施勒旺兄弟俩都在小皮克皮斯修道院里当过园丁。人们到修道院做了调查,得到了许多有利的情况和证据;善良的修女们不善于,也不喜欢打听谁是父亲,看不出其中有什么蹊跷,从来也没弄清楚这两个福施勒旺中,究竟哪个是小珂赛特的父亲。她们说了人们想要她们说的话,而且说得很热诚。还写了份证明。在法律面前,珂赛特便成了欧弗拉齐·福施勒旺小姐。她被宣布为父母双亡的孤儿。让·瓦让设法让自己以福施勒旺的名字,被指定为珂赛特的监护人,吉诺曼先生则是监督监护人。

至于那五十八万四千法郎,那是一位不愿留名的死者给珂赛特的遗赠。原本是五十九万四千法郎，欧弗拉齐小姐上学花去了一万法郎，其中五千法郎付给了修道院。这笔遗赠交给第三者保管，等珂赛特成年后或结婚时再交还给她。正如大家看到的，这一切编得合情合理，尤其还有五十多万的附加收入。有些地方尚不能自圆其说，但人们视而不见。当事人中，一个被爱情蒙住了眼睛，其他人则被六十万法郎挡住了视线。

珂赛特现在知道，这个她叫了这么多年父亲的老人，原来不是自己的父亲。他不过是亲戚，另一个福施勒旺才是她真正的父亲。换个时候，她肯定会很伤心。可是，在现在这样无比幸福的时刻，她心头只掠过一点阴影、一丝忧郁罢了，她是多么快乐，阴云很快便消失了。她有马里尤斯。年轻人来了，老人便隐退。这就是人生。

再说，多少年来，珂赛特已习惯看见周围充满谜团。大凡有过神秘童年的人，随时准备对有些事不去刨根究底。但她继续叫让·瓦让"父亲"。

吉诺曼老爹使珂赛特欣喜若狂，心花怒放。事实上，他不停地恭维她，不断地给她送礼物。当让·瓦让忙于给珂赛特营造一个正常的社会地位和无可指摘的财产状况清单时，吉诺曼先生则忙于准备新郎送给新娘的结婚礼物。没有比华丽更使他开心的事了。他送给珂赛特一件饰有班什①镂空花边的连衣裙，那是他祖母传下来的。

"这些式样又时兴了，"他说，"老古董又风行了。我老年时代的少妇，穿得像我少年时代的老妇。"

他有几个相当漂亮的漆有科罗曼德尔漆的凸肚式五斗橱，多少年没打开了，他来了个大抢劫。"让这些老贵妇们招供吧。"他说道，"我们来看看这些大肚子里有什么。"他乒里乓啷，把挺胸凸肚的抽屉打开，

---

① 班什，比利时城市，以出产镂空花边著称。

里面装满了他所有的妻子、情妇和老祖宗的服饰。宽条绸、花缎、锦缎、云纹绸、用图尔烧毛横棱绸做的衣裙、用可洗金线绣的手帕、不分正反面的王妃绸、热那亚和阿朗松的针钩花边、旧式项链、刻有微型战斗场面的象牙糖果盒、服饰、绸带，他把这一切全给了珂赛特。珂赛特惊叹不已，她对马里尤斯爱得发狂，对吉诺曼先生感激不尽，憧憬着披绸戴绒的无限幸福。她感到，她的结婚礼品篮被天使们托着。她的心灵拍打着用马林花边做的翅膀，向着蓝天飞翔。

前面说过，这对恋人的陶醉，只有外祖父的狂喜才可与之比拟。在髑髅地修女街，仿佛有支军乐队在吹奏。

每天早晨，外祖父都要给珂赛特送老古董衣服。各种服饰在她身边争艳斗丽。

马里尤斯在幸福中经常谈一些严肃的问题。一天，也不知道是一件什么事，引起了他一番议论：

"大革命时代的人太伟大了，就像加图和福基翁一样，他们的芳名已流传多少世纪了，他们每个人似乎都是古老的回忆。"

"古云纹绸①！"老人喊道，"谢谢，马里尤斯。这正是我要寻找的主意。"

翌日，珂赛特的礼品篮里，多了一件华丽的茶色古云纹绸衣裙。外祖父从这些古董中引出一番哲理：

"爱情是很好，但得有陪衬。幸福也需要无用的东西。幸福不过是必需品。得加许多无用的东西来调味。有了宫殿，还要有爱情。有了爱情，还要有卢浮宫。有了爱情，还要有凡尔赛宫的喷泉。把我的牧羊女给我，让她成为公爵夫人。把头戴矢车菊花冠的菲利丝带给我，再给她十万利弗的年金。在大理石柱廊下，向我展示一望无垠的田园诗境。我

---

① 外祖父把 mémoire（回忆）错听成 moire（云纹绸）。

赞成田园诗境，也赞成大理石和金色的仙境。干巴巴的幸福好比干面包。是在吃饭，但不是正餐。我需要多余的东西，无用的东西，荒诞的东西，过分的东西，一无用处的东西。我记得在斯特拉斯堡的大教堂里，见过一只有四层楼高的时钟，它乐于报时，但又不像生来就为了报时的，它报过正午和午夜，也就是太阳的时辰和爱情的时辰，或其他什么时辰之后，便向你展示月亮和星星、大地和大海、鸟儿和鱼儿、福玻斯①和福贝②，还有一大群从一个窝里钻出来的东西，耶稣十二个门徒、查理五世、爱波妮和沙比纽斯③，还有一大堆吹喇叭的镀金小人。还不算时时刻刻、无缘无故撒向空中的优美乐声。一个仅仅用来报时的毫无装饰、微不足道的钟盘能与之媲美吗？我欣赏斯特拉斯堡的大时钟，不喜欢仿黑森林杜鹃叫声的小时钟。"

吉诺曼先生尤其在婚礼问题上大放厥词，他颠三倒四，对十八世纪的所有丑妇大加赞扬。

"你们不懂行乐的艺术。"他大声说道，"在当今这个时代，你们不会过一天快乐的日子。你们的十九世纪萎靡不振。它缺少放纵。它无视奢华，无视高贵。一切都是光秃秃的。你们的第三等级平庸、平淡、乏味、丑陋。你们那些要结婚的资产阶级妇女只有一个梦想，就是她们所说的，有一个用红木和细布重新装饰的漂亮小客厅。借光！借光！吝啬鬼娶了个守财妇。金路易贴在蜡烛上，豪华又富丽！这就是你们的时代。我要求逃到比沙马特人④更远的地方去。啊！一七八七年，当我看到罗安公爵（即莱翁亲王）、夏博公爵、蒙巴宗公爵、苏比兹侯爵、法

---

① 福玻斯，希腊神话中太阳神阿波罗的别名。
② 福贝，希腊神话中的月神，后与猎神阿耳忒弥斯相混淆。
③ 沙比纽斯和爱波妮，古时候高卢的一对民族英雄夫妇，为争取高卢独立，率领人民反抗罗马人统治。失败后，先后被处死。
④ 沙马特人，古代伊朗的一支游牧民族，后散居大西洋一带，与日耳曼族同化。

兰西封臣图阿尔子爵,乘坐双座马车去隆尚①时,我就预言一切都完了!这些都产生了后果。当今这个世纪,人们忙着做生意、玩股票、赚钱,却都是守财奴。他们注意仪表,衣服穿得笔挺,他们洗呀,用肥皂擦呀,刮呀,剃呀,梳呀,上蜡呀,捋呀,揉呀,刷呀,外表清理得无可指摘,像卵石那样光滑,谨小慎微,清清爽爽,可是,我以我情妇的贞操发誓!他们的内心却堆满了粪土,积满了污水,用手擤鼻涕的放牛女见了都会连连后退。我给这个时代献上一条座右铭:肮脏的清洁。马里尤斯,不要生气,让我说一说。我不说人民的坏话,你瞧,我张口闭口都是你的人民,不过,我拳打脚踢一下资产阶级,没有什么不可以。我也是资产阶级。爱之深,责之严嘛。关于这个问题,我要明确地说,如今人们结婚,却已不会结婚。啊!说实话,我为失去的优雅习俗感到惋惜。我为失去的一切感到惋惜。当年,人人都文文雅雅,彬彬有礼,具有骑士风度,享有悦目的豪华,婚礼有音乐伴奏,楼上有交响乐,楼下有鼓乐,大家尽情地跳舞,筵席上喜气洋洋,对女人的奉承雕字琢句,唱歌、焰火、欢笑,如此等等,不胜枚举,还有巨大的缎带结。我还为新娘子不再用松紧吊袜带感到遗憾。新娘子的吊袜带好比维纳斯的腰带。特洛伊战争怎么会发生的?当然与海伦的吊袜带有关。为什么会打仗?为什么神圣的狄俄墨得斯要打烂墨里俄纳头上戴的有十个尖角的青铜巨盔?为什么阿喀琉斯和赫克托耳用长矛互相刺来刺去?因为海伦让帕里斯拿走了她的吊袜带。荷马以珂赛特的吊袜带为题,还可以写一部《伊利亚特》。在这部史诗中,可以放进我这个爱唠叨的老头,起名为涅斯托耳。朋友们,从前,在那可爱的从前,结婚是很讲究的。先要订婚约,还要办丰盛的筵席。居雅斯②前脚出去,加马什③后脚就进来。当

---

① 隆尚,巴黎西郊的一座女修道院,因屡出丑闻,一七九〇年被取缔。
② 居雅斯(1522—1590),法国著名法学家。
③ 加马什,西班牙名著《堂吉诃德》中的人物,以丰盛的婚礼筵席著称。

然！人的胃是个可爱的家伙，它要求属于它的一份，它也要参加婚礼。人们大吃大喝，身旁坐着不披肩巾、袒胸露肩的女郎！哦！张着嘴巴大笑，那个时代的人真快活！青春是一束鲜花，每个年轻人手里都拿着一枝丁香或一束玫瑰。哪怕是士兵，也都是牧羊人。有人碰巧当了龙骑兵队长，也设法取名弗洛里昂①。人人都想自己漂亮。人人都修饰自己，穿红戴绿。资产阶级花团锦簇，侯爵珠光宝气。谁也不穿扣绊鞋，不穿长统靴。一个个漂漂亮亮，亮光闪闪，波光闪闪，金光闪闪，飞来飞去，风情万种，但这并不妨碍腰间佩剑。那是有喙有爪的蜂鸟。那是《风雅印度》②的时代。上个世纪的一个特点是精美，另一个特点是豪华。以上帝的名义发誓！从前大家活得很开心。今天大家都一本正经。资产阶级男的是守财奴，女的是假正经。你们这个世纪太不幸了。美惠三女神若袒胸露肩会被赶走。唉！美的东西被当作丑的东西遮遮掩掩。那场革命后，人人都穿长裤，连跳舞的女演员也不例外。一个跳幕间舞的女演员得一本正经。你们的里戈多舞③也是一本正经。非得装出庄重的样子。下巴不埋进领带里，说不定会感到懊丧呢。一个二十岁的小伙子结婚时，他的理想就是要像罗耶-科拉尔④。你们知道这种庄重会带来什么结果吗？会使你变得渺小。请记住：快乐不光要快乐，还要隆重。你们快快乐乐地恋爱吧，见鬼！你们结婚时，就要有幸福的样子，搞得热热闹闹，晕头转向，蜩螗沸羹，天翻地覆！在教堂里就一本正经吧。但是，弥撒一结束，管他呢！得让梦幻绕着新娘旋转。结婚应该既隆重，又充满幻想。婚礼应该从兰斯大教堂一直办到尚特卢宝塔⑤。我讨厌小里小气

---

① 弗洛里昂（1755—1794），法国作家，他的作品充满了田园风味。
② 《风雅印度》，十八世纪法国音乐家拉莫的歌舞剧，一七三五年首次在巴黎上演。
③ 里戈多舞，流行于十七和十八世纪的一种轻快活泼的舞蹈。
④ 罗耶-科拉尔（1763—1845），法国哲学家。
⑤ 尚特卢，法国昂布鲁兹森林里的一个小村庄，曾有一座城堡，现已毁坏，只剩下一座四十米高的东方式样的宝塔。

的婚礼。他娘的！你们应该到神山去，至少是这一天。应该当当神仙。啊！你们可以当空气之神、娱乐之神和欢乐之神，可以当亚历山大的银盾士兵。你们是小精灵。朋友们，新郎应该是阿陀勃朗第尼①王子。好好利用人生这个唯一的时刻，同天鹅和雄鹰一起飞向九重天，哪怕第二天又跌回到青蛙资产阶级。结婚时千万不要节约，切莫削弱它的光辉，在你们兴高采烈的那天，切莫小里小气。婚礼不是家常过日子。哦！如果按我的意愿操办，一定会办得很雅致。树林里奏起小提琴。我的要求是：天蓝色和银白色。我将邀请田野仙女来参加婚礼，还要把山林仙女和海洋仙女统统请来。就像安菲特里特②的婚礼，有一片玫瑰色的云彩，一群梳着漂亮发式、赤身露体的仙女，一位向女神献四行诗的法兰西学院院士，一辆海怪拉套的二轮马车：

特里同③疾步走在最前面，
海螺吹出妙不可言的仙乐！

这才是婚礼节目单，这才是真正的一个，不然我就是外行了，见鬼！"

外祖父激情满怀，自讲自听，而珂赛特和马里尤斯却只顾陶醉于互相凝视。

吉诺曼姨妈冷眼旁观这一切。五六个月来，她也有过不少激动：马里尤斯回来了，马里尤斯血淋淋地转送了回来，马里尤斯被人从街垒送了回来，马里尤斯死了，继而又活了，马里尤斯与家里言归于好了，马

---

① 阿陀勃朗第尼，佛罗伦萨一个享有盛名的大家族。当皮埃特罗·阿陀勃朗第尼（1572—1621）当红衣主教时，在罗马附近建造了阿陀勃朗第尼别墅，收藏了罗马开国时期的古壁画，其中有一幅被称为《阿陀勃朗第尼的婚礼》，描绘了亚历山大大帝的婚礼。
② 安菲特里特，希腊神话中海之女神，海神波塞冬的妻子。
③ 特里同，希腊神话中波塞冬和安菲特里特的儿子。下半身像鱼。他有一个海螺，吹出的声音传遍全世界。

里尤斯订婚了,马里尤斯要和一个穷女孩结婚了,马里尤斯要和一个百万小姐结婚了。最后那六十万法郎又使她大吃一惊。接着,她又像初领圣体者那样,变得无动于衷了。她按时去做弥撒,拨她的念珠,读她的祈祷书,在一个屋角里轻声念诵《圣母颂》,而在另一个屋角里,有人在轻声诉说**我爱你**[①]。她看马里尤斯和珂赛特就像雾里看花,只见两个影子。其实她自己才是影子。

世上有一种死气沉沉的苦修状态,这时,人的心灵会变得麻木迟钝,对人们所谓的生活漠不关心,没有常人的任何感觉,既没有快乐,也没有痛苦,除非发生地震和大灾大难。"这种虔诚好比脑袋得了感冒。"吉诺曼大爷对女儿说,"对生活毫无感觉。既闻不到臭味,也闻不到香味。"

此外,那六十万法郎促使老姑娘拿定了主意。她父亲从不把她放在眼里,在马里尤斯的婚事上根本没征求她的意见。他照自己的方式凭热情行事,现在从暴君一下变成奴隶,一心想使马里尤斯满意。至于吉诺曼姨妈,她存不存在,有没有想法,他连想都没有想一下,尽管她温顺得像绵羊,但这件事可把她惹恼了。她内心忿忿不平,但外表依然镇定。她暗自思量:"父亲没同我商量就决定了婚事,那我就在遗产问题上自作主张。"事实上,她很有钱,而她父亲却没钱。因此,在这个问题上,她保留了决定权。如果这门婚姻是穷婚姻,她可能就让它穷到底了。活该我的侄儿先生倒霉!他娶了个穷光蛋,那就让他也当穷光蛋吧。可是,珂赛特的六十万法郎使姨妈很高兴,这对情人在她心中的地位改变了。六十万法郎可不能忽视,既然两个年轻人不再需要钱了,那她的财产只有留给他们了。

新婚夫妇住在外祖父家里,一切已安排停当。吉诺曼先生坚持把卧

[①] 原文为英语。

室让出来,那是家里最漂亮的房间。"这会使我变得年轻。"他说,"这是一个夙愿。我一直想在我的卧室里举行婚礼。"他在房里布置了一大堆雅致的老古董。他用他认为是乌德勒支产的金色缎底、伴有毛茸茸樱草图案的成匹名贵缎料装饰天花板和墙壁。他说:

"当年昂维尔公爵夫人在罗什-居荣时,就用这种缎子做的床罩。"

他在壁炉上放了一个萨克森小瓷人,赤裸的肚子上捧着一个手笼。

吉诺曼先生的书房,则改成马里尤斯需要的律师事务所。大家记得,律师公会规定,律师行业必须有事务所。

七 噩梦萦绕幸福

这对恋人天天相见。珂赛特同福施勒旺先生一起来。吉诺曼小姐说:"未婚妻上门来让未婚夫求爱,真是本末倒置。"可是,马里尤斯在恢复期中已养成了这个习惯,再者,髑髅地修女街的沙发椅,比武夫街的草垫椅更利于情人窃窃私语,便使这个习惯扎下了根。马里尤斯也和福施勒旺先生见面,但不交谈。这就像是商量好的。女孩子去哪里都需要长者陪同。珂赛特没有福施勒旺先生相伴,便不可能来这里。对马里尤斯来说,福施勒旺先生是珂赛特来看他的条件。他只好接受。有时,谈话中会泛泛谈及政治问题,当谈到普遍改善民众命运时,他们就不再限于"是"或"不是",而会多说几句。有一次谈到了教育问题,马里尤斯主张实行免费和义务教育,形式多样,人人享受空气和阳光,一句话,要让全民受到教育。在这个问题上,他们的意见完全一致,几乎交谈了起来。这时,马里尤斯发现,福施勒旺先生很能说话,谈吐也不失高雅。但他总是少点什么。同上流社会的人相比,福施勒旺先生少了点什么，也多了点什么。

在马里尤斯的内心和思想深处，对这位福施勒旺先生有许多疑问。福施勒旺先生对他客客气气，却又冷若冰霜。有时，马里尤斯对自己的记忆会产生怀疑。在他的记忆中有一个空白，一个黑点，一个因四个月的病危而造成的深渊。许多事都回忆不起来了。他问自己，他在街垒里，是不是真的见过福施勒旺先生这样一个极其严肃而镇静的人。

此外，往事的闪现和消失，在他的脑海里留下的不只是惊愕。不要以为他已完全摆脱了往事的困扰；即使在幸福和满足的时候，往事也会迫使我们忧郁地往后看。不回眸看往事的人，是没有思想和爱心的。有时，马里尤斯双手捧着脸，那已成为往事的模糊不清的暴动场面，就会在他昏暗的脑海里闪过。他又看见马伯夫倒了下去，听见加弗洛什在枪林弹雨下唱歌，嘴唇又感到了埃波妮冰冷的额头；昂若拉、库费拉克、让·普鲁韦、孔布费尔、博絮埃、格朗泰，所有的朋友全都出现在他面前，继而又全都消失。所有这些亲爱的、痛苦的、英勇的、可爱的或可悲的人，难道都是梦中之影吗？他们确实存在过吗？暴动的硝烟卷走了一切。这些伟大的热情，会有伟大的梦想。他不断地问自己；他不断地思索；他被那些消逝的往事弄得头晕目眩。那些人现在在哪里？难道全都死了？除他以外，一切都坠入黑暗中了。他感到，所有这一切，仿佛都消失在一块幕布后面。生活中，有些幕布是会降落的。上帝进入下一幕。

他自己呢？他还是原来那个人吗？他过去是穷人，现在成了富人；过去无家可归，现在有了一个家；过去走投无路，现在就要和珂赛特共结连理。他觉得自己穿过了一个坟墓，进去时是黑的，出来时是白的。其他人全都留在这个坟墓里了。有时候，过去的这些人全都会回来，出现在他面前，围在他身边，他的心情会变得十分忧郁。于是，他就想一想珂赛特，便会恢复平静。唯有这个幸福能驱散这些不愉快的事。

福施勒旺先生差不多也在这些消逝的人之列。马里尤斯迟迟不敢相信，街垒里的那个福施勒旺，和眼前这个有血有肉的、正襟危坐在珂赛特身旁的福施勒旺是同一个人。前一个福施勒旺很可能是他在昏迷中做的一个噩梦。而且，他们俩的性格都很暴躁，马里尤斯不可能向他提任何问题。他甚至想都没有想。这一特点，我们已指出过了。

两个人拥有同一个秘密，出于某种默契，双方都缄口不提，这种情况不像人们想象的那样罕见。马里尤斯只有一次试探了一下。他在谈话中提到了尚弗里街，他转身对福施勒旺先生说：

"您很熟悉那条街吧？"

"哪条街？"

"尚弗里街？"

"我对这个街名毫无概念。"福施勒旺先生回答得十分自然。

回答只涉及街名，没提到那条街，这在马里尤斯看来更能得出结论。

"那肯定是个梦。"他想道，"我产生了幻觉。有个人长得像他罢了。福施勒旺先生没去那里。"

八　两个无法找到的人

马里尤斯即便沉浸在狂喜中，也难抹去内心的忧虑。在准备婚礼和等待佳日的过程中，他雇人对他往事中的两个人进行艰苦而审慎的查寻。

他欠了许多情，有他父亲欠下的，也有他自己欠下的。有欠泰纳迪埃的，也有欠送他回吉诺曼先生家里的那位陌生人的。马里尤斯一心想找到这两个人，不想自己结婚过幸福的日子而把他们忘记，害怕这些人情债没有偿还，会给他今后光辉灿烂的生活投下阴影。他决不能让自己身后痛苦地拖着这个没有偿还的债务，他想在快乐地进入未来之前，先同过去作一了结。

泰纳迪埃虽是个恶棍，却不能抹杀他救过蓬梅西上校的事实。对所有的人来说，泰纳迪埃是强盗，但对马里尤斯却不是。马里尤斯不了解滑铁卢战役的真实情况，不知道泰纳迪埃虽救了他父亲的命，却不是他父亲的恩人这个特殊情况。

马里尤斯雇了不同的侦探去寻找，都未能发现泰纳迪埃的踪迹。泰纳迪埃似乎销声匿迹了。泰家婆娘在预审时死在牢里了。泰纳迪埃和他的小女儿阿赛玛，是这个悲惨家庭仅存的两个人，都已沉入黑暗。社会这个未知世界的深渊，在他们身后已悄悄合拢。在水面上，甚至丝毫没有颤动、震动和黑暗的同心圆表明有东西掉进去，可以投入探头进行探测。

泰家婆娘死了，布拉特吕埃尔与本案无关，克拉克苏销声匿迹，几个主要被告已越狱逃跑，戈博旧宅预谋案的审理也就不了了之。案情始终不清不楚。刑事法庭只好满足于两个从犯，一个是庞肖，别名春天，又名比格纳耶，另一个是半文钱，又名二十亿，通过对席审判，判处他们十年苦役。越狱逃跑的同谋缺席，被判处终身苦役。主犯泰纳迪埃缺席被判处死刑。这个判决是泰纳迪埃唯一留下的东西，犹如棺材旁的一支蜡烛，将微弱的光线投在这裹着殓尸布的名字上。再说，这个判决使怕被抓住的泰纳迪埃深藏起来，这就使他被笼罩在更浓厚的黑暗中。

至于另一个人，即救马里尤斯的那个陌生人，最初寻找时还有些蛛丝马迹，后来就找不下去了。人们找到了六月六日那天晚上，将马里尤斯送到髑髅地修女街的出租马车。车夫说，六月六日那天，他奉一位便衣之命，将马车"停"在香榭丽舍沿河马路大下水道的出口处，从下午三点一直等到天黑；晚上九点，面朝河滩的铁栅门打开，里面走出一个人，肩上背着另一个人，好像已死了；那便衣一直守在那里，最后逮住了活的，抓住了死的；按照便衣的命令，他，马车夫，让"那伙人"上了车，先到髑髅地修女街，把那个死的撂下；那个死的就是马里尤斯先生，尽管"这次"他是活人，他，马车夫，还是认出来了；接着，他们又上了他的车，他扬鞭策马，到了档案馆的门口，他们叫他停下来，给他付了钱就分手了，便衣带走了另一个人；其他事他就不知道了，那天夜很黑。

我们说了，马里尤斯什么也回忆不起来了。他只记得他在街垒里仰天倒下时，一只有力的手从后面把他抓住，后来的事他毫无印象。等他苏醒过来，已在吉诺曼先生家了。

他越推测越糊涂。他不可能怀疑自己的身份。可是，他明明是在尚弗里街倒下的，怎么会在残老军人院桥附近的河滩上被那便衣警察抓住呢？有人把他从中央菜市场区，背到了香榭丽舍大街。从哪里呢？从下水道。这种舍己救人的事闻所未闻！有人？那么是谁呢？

马里尤斯要找的就是这个人。这个人是他的救命恩人，可他对他一无所知。没有一点踪迹，没有一点线索。

尽管不得不谨慎行事，但马里尤斯还是一直打听到巴黎警察局。从那里得到的情况不比其他地方更清楚。警方还不如马车夫知道的情况多。他们根本不知道六月六日在主下水道的铁栅门前抓过人，也没收到任何便衣关于这件事的汇报，在警方看来，这简直是天方夜谭。他们认为这是马车夫胡编的。一个车夫，为了挣点小费，什么事都干得出来，甚至会无中生有。可这件事的确是真的，马里尤斯不可能怀疑，除非像刚才指出的那样，怀疑自己的身份。在这谜一般的奇事中，一切都无法解释。

这个被车夫看见背着昏迷的马里尤斯从主下水道的铁栅门里走出来的人，这个被监视在铁栅栏门口的便衣发现救了一个暴乱分子并当场逮捕的神秘人物，现在怎么样了？那便衣又在何方？为什么保持沉默？那人逃跑了吗？是不是买通了便衣？他救了马里尤斯，为什么不给任何信息？这种无私的精神和献身精神一样令人钦佩。他为什么再也不露面了？可能是不图回报吧，可是谁会拒绝别人的感激呢？他难道死了？他是谁？他的脸是什么样的？没有人说得出来。车夫回答说："那天夜很黑。"巴斯克和妮珂莱特那天慌手慌脚，只顾看满身鲜血的少爷了。唯独门房注意到了那个人，因为马里尤斯来时，是他用蜡烛照着那凄惨的场面。他提供的体貌特征是："那人十分可怕。"

为了有利于寻找，马里尤斯吩咐，将他被送回外祖父家时穿的血衣保存起来。在检查衣服时，发现有个角奇怪地撕破了。缺了一块。

一天晚上，马里尤斯当着珂赛特和让·瓦让的面，谈起了这场奇遇，说他作了无数调查，却一无所获。"福施勒旺先生"表情冷淡，马里尤斯不耐烦起来。他冲动地，因生气而声音有点颤抖地嚷道：

"是的，这个人不管是怎样一个人，他做了一件高尚的事。您知道他做了什么吗，先生？他像大天使那样突然降临。他得冲进战火中，把我偷偷救出来，打开下水道的盖子，把我拖进去，背着我在下水道里走！他得弯着腰，曲着背，摸着黑，在污水道里，在可怕的地下长廊里，背着个死人走一里半多的路！一里半哪，先生！为了什么？就为了救这个死人。这个死人就是我！他想：'可能还有一丝存活的希望。为了这可怜的一点儿希望，就冒一次生命危险吧！'他的生命，不是冒一次危险，而是二十次！每一步都是危险。他一出下水道就被逮捕便是证明。先生，您知道这个人所做的这一切吗？而且不可能有任何回报。我是谁？一个暴乱分子。我是谁？一个战败者。哦！要是珂赛特的六十万法郎是我的……"

"它们是你的。"让·瓦让插话道。

"我将不惜这笔钱，只要能找到这个人。"马里尤斯接着自己的思路说。

让·瓦让沉默不语。

第六卷　不眠之夜

一　一八三三年二月十六日

一八三三年二月十六日这一夜，是上帝降福之夜。夜幕上头是敞开的天空。这是马里尤斯和珂赛特的新婚之夜。

白天过得愉快极了。

这并不是外祖父憧憬的神话般的喜庆，既没有一大群小天使和小爱神出现在新婚夫妇的上空，也没有可以装饰门楣的图景，可却充满了温馨和欢笑。

一八三三年结婚的时尚与今天不同。英国那种抢走新娘、一出教堂就逃走、羞答答地将快乐掩饰起来、将破产者的举止和《雅歌》①的狂喜融为一体的细腻复杂的做法尚未传到法国。人们还不懂得，让自己的天堂在驿车上颠簸、让心中的秘密被咯吱声打断、把小旅馆的床当作婚床、将一生中最神圣的掺和着车夫和旅店侍女幽会的回忆留在按夜计费的房间里，这一切做法是多么贞洁，多么美妙，多么雅致。

---

① 《雅歌》，《圣经·旧约》中的一篇。

我们生活在十九世纪下半叶，已不再满足于市长及其绶带、神甫及其祭披、法律和上帝了，还需要隆朱莫驿站的车夫作补充；他身穿红翻边、饰有铃铛纽扣的蓝上衣，戴着金属片袖章，穿着绿皮裤，嘴里吆喝着扎起尾巴的诺曼底马，还有假饰带、漆布帽子、扑了白粉的浓发、粗大的马鞭、结实的靴子。法国尚未像英国贵族那样，风雅到将破鞋烂鞋下冰雹般地扔到新郎新娘乘坐的驿车上。这一习俗源自丘吉尔①（后称马尔伯勒或马尔布勒），他新婚那天，他姑妈对他大发雷霆，将破鞋扔到他的马车上，这给他带来了好运气。破鞋烂鞋尚未成为我们婚礼的一部分，不过别着急，高雅的情趣会继续传播，不久就会传到这里的。在一八三三年，回溯到一百年前，人们结婚不乘驿车。

说来也怪，在那个年代，结婚还被认为既是私人的喜事，也是社会的庆节，家长设宴无损于小家庭的庄严，哪怕欢乐得过分，只要诚心诚意，不会妨碍新婚夫妇的幸福；再说，两个命运结合成一个家庭在父母的屋里开始，新房从此成为两人喜结连理的见证，这是值得称道的好事。于是，人们有失庄重地在家里结婚。

因此，按照现已过时的习俗，马里尤斯和珂赛特的婚礼便在吉诺曼先生家里举行。

尽管结婚是极其自然和平常的事，可是要发结婚预告，办结婚证明，要去市政府，去教堂，办起来也还是挺复杂的。二月十六日之前，这些事是办不完的。

纯粹是为了准确，我们要指出一点，二月十六日碰巧是星期二，狂欢节的最后一天。大家犹豫不决，顾虑重重，尤其是吉诺曼姨妈。

"狂欢节的最后一天！"外祖父喊道，"好极了！有个谚语这样说：

---

① 丘吉尔（1650—1722），即马尔伯勒公爵，英国历史上最伟大的军事将领，曾战胜过法王路易十四。

> 狂欢节最后一天结婚,
>
> > 不会出不孝儿孙。

"管不了那么多了。就定在十六日!马里尤斯,你想往后推吗?"

"当然不想!"热恋的人说。

"那就在那天结吧。"外祖父说。

于是,尽管普天同庆狂欢节,婚礼仍在十六日举行了。那天下着雨,不过,哪怕天地万物都撑雨伞,情人们眼里也总能看到天上有一方蓝天在为他们贺喜。

头天,让·瓦让当着吉诺曼先生的面,将五十八万四千法郎交给了马里尤斯。财产夫妻共有,所以手续很简单。

让·瓦让从此不再需要杜珊了,珂赛特继承过来,提升她当了贴身女仆。至于让·瓦让,吉诺曼家专为他准备了一间家具齐全的漂亮房间,珂赛特苦苦哀求他说:"父亲,求求您了。"让·瓦让感到难以拒绝,几乎答应搬来住了。

就在佳日到来的前几天,让·瓦让出了点意外,右手的大拇指受了点伤。伤势并不重,他不让任何人操心,也不让别人包扎,连看都不让看,珂赛特也不例外。不过,他不得不用布把手包起来,并且用三角巾把手臂吊着,这样,他就不能签字了。吉诺曼先生是珂赛特的监督监护人,便代替他签了。

我们不想把读者带到市政府和教堂去。人们一般不跟新人去那里的,习惯上,等到新郎的饰纽孔插上鲜花,人们就转身不看了。因此,我们只想讲一讲从髑髅地修女街到圣保罗教堂的路上发生的一件事,参加婚礼的人都没瞧见。

当时,圣路易街北端正在重铺路面。从御花园街起就不能通行。婚礼的彩车不能直接驶到圣保罗教堂。于是只好改道,最简便的路线是从林荫大道绕过去。宾客中有人指出，这是狂欢节的最后一天，可能会堵车。"为什么？"吉诺曼先生问。"因为假面行列要从那里过。""妙极了，"外祖父说，"就走那里。这两个年轻人一结婚，就要步入严肃的生活。看一看假面行列，可让他们对以后的生活有思想准备。"

于是，婚礼行列就走林荫大道了。第一辆彩车坐着珂赛特和吉诺曼姨妈、吉诺曼先生和让·瓦让。马里尤斯坐第二辆，按照惯例，他还不能和未婚妻在一起。婚礼行列出了髑髅地修女街，便加入到前望不到头，后望不见尾的车队中，那车队仿佛是没完没了的长链，一条从马德莱娜教堂延伸到巴士底广场，另一条从巴士底广场延伸到马德莱娜教堂。

林荫大道上到处是戴假面的人。尽管雨停停下下，那些帕亚斯、庞塔隆和吉依①们仍坚持表演。在这心情舒畅的一八三三年冬天，巴黎装扮成威尼斯。这样的狂欢节如今已见不到了。狂欢节扩展到了整个生活，也就没有狂欢节了。

街道两边挤满了行人，窗口堆满了看热闹的人。剧院柱廊顶端平台的边缘，也都挤满了观众。除了观看假面人，还在观看狂欢节特有的车队，就像在隆尚驿站那样，五花八门的车子川流不息，出租马车、公共马车、游览马车、有篷小推车、有篷双轮马车，它们秩序井然，按照治安条例，一辆接一辆，仿佛行进在轨道上。坐在这些车上的人，既是观众，又是演员。两列平行的络绎不绝的车队相向而行，警察在林荫大道的两侧维持秩序，不让它们遇阻而停滞不动。这两列车队犹如两条流动的小溪，一列在上游，一列在下游，一列驶往昂坦大街，另一列驶向圣安托万郊区。标有法国贵族院议员和公使纹章的马车，在马路中间来来往往，通行无阻。有些豪华而欢乐的行列，尤其是肥牛②车队，也享有同样的特权。在这巴黎倾城狂欢的时刻，英国也扬鞭策马，西摩爵士坐

---

① 帕亚斯、庞塔隆和吉依，意大利喜剧中的丑角和傻角。
② 狂欢节中，有些城市将肥牛装饰后参加游行，表示吃荤的最后一日。

着有下等人绰号的驿车招摇过市。

保安警察就像牧羊犬,顺着这两列车队来回奔跑。车队里,有正派人家的单排座轿式马车,满载着老姑婆、老祖母,车门口站着化了装的面色红润的孩童,七岁的皮埃罗、六岁的皮埃罗特①,这些讨人喜欢的小家伙,感到自己正式参加了公众的狂欢,既有所扮滑稽角色的庄重,又有为官者的严肃。

车队中不时出现阻塞,这两列各据一侧的车队,有一列就会停下不走,直到堵塞消除。一辆车遇阻,就会使整个队伍瘫痪。堵塞消除,队伍又继续前进。

婚礼的四轮华丽马车,夹在驶往巴士底广场的车队中,沿着林荫大道的右侧前进。行至白菜桥街,队伍停了一会儿。几乎在同时,另一侧驶往马德莱娜教堂的行列也停了下来,有一辆车上坐着戴假面具的人。

这些马车,更确切地说,这一车车假面人,巴黎人是非常熟悉的。假如哪次在狂欢节或封斋节的狂欢中看不见他们,人们就会以为有什么问题,有人就会说:"这里面有文章。内阁要易人了。"卡桑德、阿勒甘、高隆比娜②们堆在一起,在行人头上方颠簸,滑稽人物从土耳其人到野人应有尽有,有扛着侯爵夫人的大力士,有满口秽言的泼妇,拉伯雷听了会捂住耳朵,正如阿里斯托芬见了荡妇会捂住眼睛;有麻丝假发、粉色紧身衣、卖嘴皮子的人戴的帽子、扮鬼脸的人戴的眼镜、有只蝴蝶在逗引的雅诺③式三角帽,他们冲着行人怪叫,双手叉腰,肆无忌惮,袒胸露肩,戴着面具,厚颜无耻,一个头戴花冠的车夫拉着一车没羞没臊、乱乱哄哄的人:这便是这种习俗的具体情况。

---

① 皮埃罗和皮埃罗特,意大利喜剧中的小丑人物。
② 卡桑德、阿勒甘和高隆比娜,意大利喜剧中的滑稽人物。
③ 雅诺,意大利喜剧中的丑角。

希腊需要泰斯庇斯①的四轮马车,法国需要瓦代②的出租马车。

一切都可被滑稽地模仿,就连滑稽模仿的东西也可被模仿。农神节的纵情狂欢,这种表现古典美的鬼脸,也变本加厉地加入到狂欢节中。在古希腊的酒神节,人们头戴葡萄蔓,沐浴着阳光,半露着妙不可言的玉体,展示着大理石般的双乳,而如今却穿着北方人湿漉漉的破衣烂衫,显得没精打采,狂欢节最终叫作狂欢乱舞的假面具。

在狂欢节戴着假面、乘着马车在街头狂欢的传统,可以追溯到最古老的王朝时代。路易十一的账簿上就有这样的记载:拨给司法宫大法官"二十图尔苏,作为三辆假面大马车在十字路口演出的费用"。今天,这些喧闹的人群,一般乘坐老式双轮出租马车,堆挤在顶层上,抑或乱哄哄地乘坐官方双篷四轮马车,将车篷放下。可容纳六人的马车,挤了二十个人。座位上,可折叠的加座上,车篷的两侧,车辕上,到处都是人。甚至有人骑在车灯上。有的站着,有的躺着,有的坐着,有的蜷着腿,有的垂着腿。女的坐在男的膝上。远远望去,他们攒动的脑袋堆成了狂舞的金字塔。这一车车假面人,在嘈杂的人群中,形成一个个欢乐的小山。科莱、巴纳尔和皮龙③从这里汲取俚语,丰富了自己。坐在车上的人,向民众喷出粗俗语入门教程。这辆出租马车因超员装载,变得硕大无朋,像征服者那样,得意扬扬。车头乱哄哄,车尾闹嚷嚷,大声号着、唱着、吼着、笑着,开心得前俯后仰。欢乐在咆哮,讥讽在燃烧,快乐就像一件红袍铺开来。两个干瘪的妇人拖着这车演闹剧的人,正演到高潮处。这是欢笑的凯旋之车。

这欢笑太厚颜无耻,因而有失真诚。这欢笑的确令人怀疑。这欢笑

---

① 泰斯庇斯(公元前6世纪),古希腊雅典诗人,希腊悲剧的鼻祖,因在戏剧中首创演员角色而闻名。常乘车巡回演出,以马车作为戏台。
② 瓦代(1720—1757),法国滑稽歌曲作家、戏剧家。
③ 科莱(1709—1783)、巴纳尔(1689—1765)和皮龙(1689—1773)均为法国民谣戏剧作家。

肩负着使命。它要向巴黎人证明这是狂欢节。

这些粗俗的马车，让人感到一种难以名状的愚昧，能引起哲学家的深思。这里面可以嗅出官方的味道。从中可以触摸到公职人员和公娼之间有一种神秘的相似。

为了逗人开心，便拼凑出种种丑态，用卑鄙加无耻来吸引民众；给卖淫充当支柱的侦探与这喧嚣的人群对抗，逗得他们直乐；民众喜欢看这群穿着破衣裳、戴着假首饰、半是垃圾半是光明、大吼大唱、像怪物一样可怕的人坐着马车经过，并为这些厚颜无耻的光荣鼓掌喝彩；若是警察不让这些长着二十个脑袋的快乐蛇妖从人群中经过，人们就会认为不是在过狂欢节；凡此种种，的确让人感到忧愁。可有什么办法呢？这一车车饰着缎带、戴着花儿的垃圾，使一旁的观众笑声不绝，这笑声对他们既是凌辱，又是宽恕。民众的笑声是普遍堕落的帮凶。有些不健康的欢庆会瓦解民众，使之成为群氓；群氓和暴君都需要小丑。国王有罗克洛①，人民有帕亚斯。巴黎每每丧失卓绝的大城市的风采，便沦落为疯狂的大城邦。巴黎的狂欢节是政治的组成部分。必须承认，巴黎乐意让卑鄙的东西装腔作势。它只求它的大师们——如果有大师的话——做一件事："替我给污泥抹些脂粉吧。"罗马也是这个脾气。它喜欢尼禄。尼禄是个巨型装运工。

正如刚才说的，当婚礼行列在林荫大道的右侧停下来时，一辆满载奇形怪状假面男女的四轮轿式马车碰巧停在了马路左侧。假面马车隔着大街，看见了新娘的彩车。

"哇！"一个假面人说，"婚礼行列。"

"他们是假的，"另一个说，"我们才是真的。"

因为离得太远，不便同婚礼行列打招呼，又怕警察干涉，他们就看

---

① 罗克洛（1544—1625），法国元帅。

别处了。

过了一会儿，这一车假面人就忙起来了，群众开始嘲骂他们，这是群众对假面人的爱抚。刚才说话的那两个假面人，得和同伴们一起对付在场的群众，将中央菜市场卖鱼婆的所有粗言秽语全部用上，也还不够应付民众的唇枪舌剑。假面人和观众你一言，我一语，隐语层出不穷。

这时，另外两个假面人，一个是长着大鼻子、大黑胡子、老人模样的西班牙人，另一个是戴着半截面具、个子瘦小、讲话粗俗的女孩子，也看见了婚礼行列，当他们的同伴和行人互相谩骂时，他们在低声交谈。

他们的窃窃私语被喧嚣声盖住，淹没在其中。几阵大雨淋湿了这辆敞篷马车，加之二月的风仍然很冷，使得正在和那西班牙人交谈的袒胸露肩的粗俗女孩冻得索索发抖，她边笑边咳嗽。

下面是他们的对话：

"呀！"

"什么，大龙[①]？"

"你看见那老头了吗？"

"哪个老头？"

"那边，第一辆婚礼彩车上，靠我们这边。"

"手臂吊在黑领带里的那个？"

"对。"

"怎么啦？"

"我肯定认识他。"

"啊！"

"我要是不认识这个庞坦佬[②]，就让人割我的脖子，算我一辈子没说

[①] "大龙"即"父亲"。——原注
[②] "庞坦佬"即"巴黎佬"。本句全是俚语，根据原文注释译出。

过'您''你'和'我'。"

"巴黎今天本来就是庞坦嘛。"

"你弯下腰能看得见新娘吗?"

"看不见。"

"新郎呢?"

"这辆车里没有新郎。"

"算了。"

"除非是另一个老头。"

"你尽量弯下腰去看看新娘嘛。"

"看不见嘛。"

"反正那个爪子上吊着个什么的老头我认识,我敢肯定。"

"认识他又怎么啦?"

"不知道。万一呢!"

"我,我对老头不感兴趣。"

"我认识他!"

"认识就认识吧。"

"他怎么会在婚礼队伍中的?"

"我们不也在吗?"

"这婚礼队伍是从哪里来的?"

"我怎么知道?"

"听我说。"

"什么?"

"你得做件事。"

"什么事?"

"从这车里下去,跟在那队人后面。"

"干什么?"

"搞清楚他们去哪里,是什么人。快下车,跑过去,我的仙女①,你年轻。"

"我不能离开车子。"

"为什么?"

"我是雇来的。"

"见鬼!"

"是警察雇我当一天粗俗女孩的。"

"这倒是的。"

"我要是下车,便衣看见就会抓我。这你知道。"

"我知道。"

"今天我是被法罗斯②雇用的。"

"不管怎样,那老头教我心烦。"

"老头教你心烦。你又不是年轻姑娘。"

"他在第一辆车里。"

"那又怎样?"

"在新娘的车里。"

"这有什么?"

"那他就是父亲。"

"这和我有什么关系?"

"我告诉你,他是父亲。"

"又不是只有他一个父亲。"

"听我说。"

"什么?"

"我,我不戴面具不能露面。我在这里得把脸遮住,没有人知道我

---

① "仙女"即"女儿"。——原注
② "法罗斯"即"政府"。——原注

在这里。明儿就不能再戴面具了。明儿是星期三,封斋期的第一天。我要是出来,会栽跟斗①的。我得回我的洞里去。而你是自由的。"

"不太自由。"

"总比我自由。"

"那又怎样?"

"你得设法搞清楚婚礼队伍去哪里。"

"他们去哪里?"

"对。"

"我知道。"

"去哪里?"

"蓝钟盘街。"

"首先,方向不对。"

"那就是去拉佩街。"

"或者其他地方。"

"他们是自由的。结婚是自由的。"

"还不止这个。我跟你说,你得设法给我弄清楚,那老头参加的这场婚礼是怎么回事,他们住在哪里。"

"我不干!这太可笑了。一个星期后,要找到狂欢节最后一天经过巴黎街头的婚礼车谈何容易!草堆里找别针!找得到吗?"

"那也得试一试。听见了吗,阿赛玛?"

两列车队又开始在林荫大道两侧相向移动。假面车看不见新娘的车了。

---

① "栽跟斗"即"被捕"。——原注

二　让·瓦让一直吊着胳膊

实现自己的梦想。让谁实现？上天大概有所选择。我们都是候选人，只是不知道罢了。由天使进行表决。珂赛特和马里尤斯被选中了。

在市政府和教堂里，珂赛特光彩夺目，楚楚动人。是杜珊替她梳妆打扮的，妮珂莱特给杜珊当助手。

珂赛特穿一件班什产的镂空花边连衣裙，下面是白塔夫绸衬裙，披一条英格兰针钩面纱，戴一串精美的珍珠项链和一顶橙花花冠，一切都是洁白，珂赛特裹在白色中，显得容光焕发。这妙不可言的纯真，在光亮中膨胀和转化，简直是一位贞女正在变成仙女。

马里尤斯的秀发闪闪发光，香气扑鼻。从浓密的鬈发下，可见散布着浅色线条，那是街垒战留下的伤痕。

外祖父昂着头，领着珂赛特。他神采飞扬，衣着和举止比任何时候更显出巴拉斯①时代的优雅。他是代替让·瓦让行使职责的，因为让·瓦让仍吊着胳膊，不能搀扶新娘。

让·瓦让身穿黑礼服，笑眯眯地跟在后面。

"福施勒旺先生，"外祖父对他说，"今天是良辰吉日。我投票赞成结束一切悲痛和忧伤。从此哪里也不应有忧愁。当然！我发布快乐法令。痛苦没有权利存在。世上要是还有不幸的人，那是上苍的耻辱。痛苦不是人造成的，人的本性是善良。人类一切苦难的首府和中央政府是地狱，换句话说，是魔鬼的杜伊勒利宫。好，我现在也说起蛊惑人心的话来了！至于我，我已没有政治观点了。我只有一个想法，就是人人都富有，也就是人人都快乐。"

马里尤斯和珂赛特在市长和神甫面前说了无数次的"是"，在市政

---

① 巴拉斯（1755—1829），法国贵族和政治家。督政府时期当过执政官。

府和教堂的登记簿上签了字，彼此交换了戒指，在香烟缭绕中，双双罩着白婚纱并肩而跪，待这一切仪式结束后，一袭黑礼服的新郎和一身洁白的新娘手挽着手，在挂着上校肩章、用戟击响石板的教堂侍卫引导下，在惊叹不迭、羡慕不已的观众的夹道欢送下，来到敞开的教堂双扉门下。当一切都已结束、他们准备上车时，珂赛特还不相信是真的。她看看马里尤斯，看看众人，看看天空，仿佛害怕从梦中醒来，惊讶而不安的神情给她平添了一种不可言喻的魅力。返回时，马里尤斯和珂赛特并肩坐在同一辆车上，吉诺曼先生和让·瓦让坐在对面。吉诺曼姨妈退居次要地位，坐在第二辆车上。"孩子们，"外祖父说，"现在你们是享有三万利弗年金的男爵先生和男爵夫人了。"珂赛特则靠紧马里尤斯，天使般地在他耳畔轻声细语："这么说是真的了。我叫马里尤斯。我是'你'夫人。"

　　这两个人容光焕发。他们正处在一去不复返的时刻，处在整个青春和快乐绝妙的相交点上。他们使让·普鲁韦的那句诗成了现实：他们相加不到四十岁。这是理想化的结合，这两个孩子是两朵百合花。他们不是相互注视，而是相互瞻仰。珂赛特看见马里尤斯罩着光环，马里尤斯看见珂赛特在祭坛上。在这祭坛上和在这光环中，这两种神化不知怎么交融在一起，珂赛特在一片云彩后面，马里尤斯在一片光焰之中，这里面有着理想的东西，真实的东西，有亲吻和梦幻的约会，有新婚的枕席。

　　他们经历过的苦难，回首起来也令他们陶醉。他们感到，一切悲伤、失眠、泪水、忧虑、恐惧、绝望，都已变成爱抚和光辉，使正在来临的可爱时光更加可爱。他们觉得，忧愁也是为欢乐梳妆打扮的女仆。经受过苦难多好啊！他们的不幸为他们的幸福罩上了光环。他们的爱情经过长期的磨难，最终得到了升华。

　　两人都心醉神迷，稍有不同的是，马里尤斯情欲绵绵，珂赛特羞羞答答。他们悄悄私语："我们去普吕梅街看看我们的小花园。"珂赛特衣裙的褶裥落在马里尤斯的身上。

这一天是梦幻和坚信的难以形容的混合。既拥有，也作假设。还有时间作猜测。这一天，人在中午，心却想着午夜，心里有说不出的激动。这两颗心快乐得溢了出来，行人也跟着欢欣雀跃起来。

在圣安托万街的圣保罗教堂前，行人驻足观望，透过彩车的玻璃窗，观看橙花冠在珂赛特头上抖动。

然后，他们回到髑髅地修女街的家里。马里尤斯得意扬扬，容光焕发，同珂赛特并肩登上楼梯，马里尤斯生命垂危时，就是被人从这楼梯抬上楼的。穷人们聚在门口，接受他们的施舍，并为他们祝福。到处是鲜花。屋里和教堂里一样香气四溢；教堂里是香火，这里是玫瑰花。他们仿佛听见无限中有歌声；他们心里有上帝；他们的命运犹如满天星斗；他们看见头上升起了曙光。蓦然钟声响起。马里尤斯看了看珂赛特裸露的迷人的玉臂，以及上衣花边下面隐隐显露的粉红的酥胸。珂赛特发现马里尤斯的目光，羞得面红耳赤。

吉诺曼家族的许多老朋友都收到邀请了，他们围在珂赛特身边，争先恐后地叫她男爵夫人。

已升任上尉的泰奥迪尔·吉诺曼，也从夏尔特尔驻地赶来，参加蓬梅西堂弟的婚礼。珂赛特没有认出他来。

而泰奥迪尔本人，这个习惯被女人称作美男子的年轻人，就像对其他女人一样，早把珂赛特忘到九霄云外了。

"我幸亏没有相信这个长矛兵的谎话！"吉诺曼老头暗自说道。

珂赛特对让·瓦让从没像今天这样温柔。她和吉诺曼先生也协调一致；吉诺曼先生把快乐当作箴言警句，珂赛特则像香水，散发着爱和善。幸福的人希望人人都幸福。

珂赛特同让·瓦让说话，又恢复了小时候的音调。她用微笑爱抚他，喜宴摆在饭厅里。亮如白昼的照明,是巨大欢乐所不可缺少的。幸福的人绝不能忍受朦胧和昏暗。他们不允许自己身处黑暗。黑夜可以。黑暗不行。没有太阳,就造一个。

饭厅里摆满了快乐的物品。正中央是一张洁白耀眼的餐桌,餐桌上方,悬挂着一盏威尼斯金属片多枝大吊灯,蓝、紫、红、绿各种彩鸟,栖息在烛丛中。在吊灯四周,有许多多枝烛台,在墙上,镶着三折和五折反光镜。镜子、水晶器皿、玻璃器皿、餐具、瓷器、陶器、金银器皿,一切都闪闪发光,欢天喜地。烛台之间的空隙中摆满了花束,以至于没有亮光的地方,便有鲜花。候见室里,三把小提琴和一管笛子压低声音,在演奏海顿①的四重奏。

让·瓦让坐在客厅门后的一张椅子上,门扉向后开着,几乎把他遮住。入席前,珂赛特像是心血来潮,走过来双手展开婚纱,向他行了个屈膝礼,带着温柔而调皮的目光问他:

"父亲,您高兴吗?"

"高兴。"让·瓦让说。

"那您笑呀。"

让·瓦让笑了笑。

不一会儿,巴斯克宣布晚宴开始。

吉诺曼先生挽起珂赛特的胳膊,领着宾客走进饭厅。宾客按指定的位置,在餐桌周围入座。

新娘左右摆着两张大安乐椅,右边那张是吉诺曼先生的,左边是让·瓦让的。吉诺曼先生入了座。另一张椅子还空着。

大家用目光寻找"福施勒旺先生"。他不见了。吉诺曼先生问巴斯克:

"你知道福施勒旺先生在哪里吗?"

---

① 海顿(1737—1806),奥地利作曲家,被尊为交响乐和弦乐四重奏之父。

"知道,先生。"巴斯克回答,"福施勒旺先生要我转告先生,他右手有点疼,不能同男爵先生和男爵夫人一起用餐了。他请大家原谅。他明天上午来。他刚走。"

这张椅子空着,喜宴的热情一时有所冷却。不过,福施勒旺先生不在,吉诺曼先生却在,外祖父能发出两个人的光。他明确表示,福施勒旺先生不舒服,早点睡觉也好,还说那不过是"小痛"。这么一说,就没问题了。再者,饭厅里充满了快乐,有这么阴暗的一隅有什么关系?珂赛特和马里尤斯正处于自私和受祝福的时刻,除了能感受到幸福,已不再有其他官能。再说,吉诺曼先生灵机一动,有了个主意。

"这张椅子空着。马里尤斯,你坐过来。你姨妈会同意的,尽管按理她应该坐在你旁边。这张椅子归你。这是合法的,而且这也很好。幸福的男人坐在幸福的女人身边。"

全桌人一致鼓掌。于是,马里尤斯坐到珂赛特身旁那个让·瓦让的座位上。珂赛特本来因让·瓦让缺席而快快不乐,这样一来,她也高兴起来了。既然有马里尤斯代替,哪怕上帝缺席,珂赛特也不会遗憾。她将穿着白缎鞋的可爱小脚,放在马里尤斯的脚上。

椅子一有人坐,福施勒旺先生就被忘记了。什么都不缺了。五分钟后,全桌的人都欢笑起来,刚才的事已抛到九霄云外。

到上甜品时,吉诺曼先生站起来,举起半杯香槟酒,祝新婚夫妇身体健康。杯里的酒没有斟满,是怕九十高龄的手发抖而洒出酒来。

"你们免不了听两次说教。"他大声说道,"上午你们听了神甫的,晚上要听外祖父的。好好听着,我要给你们一个忠告:你们要相亲相爱。我不想装腔作势,我开门见山,愿你们幸福。天地万物没有比年轻情侣更聪明的了。哲学家说:'要节制快乐。'可我说:'要尽情地快乐。'愿你们爱得如醉如痴。爱得发狂。哲学家总是那套老调。我要把他们的哲学塞回他们的喉咙里去。难道能嫌香气太多,开花的玫瑰太多,

唱歌的黄莺太多，绿叶太多，生命中晨曦太多吗？相爱会有过头吗？相悦会有过分吗？当心，爱丝特尔，你美得过分了！当心，内莫兰，你帅得过分了！一派胡言乱语！难道彼此迷恋、彼此爱抚、彼此陶醉能嫌过分吗？活着能嫌过分？幸福能嫌过分？要节制快乐！去他的！打倒哲学家！明智，便是欢欢乐乐。你们欢乐吧。我们欢乐吧。我们幸福是因为善良，还是善良是因为幸福？桑西钻石之所以叫桑西，是因为它属于哈勒·德·桑西，还是因为它重一百零六克拉①？这我不知道。生活中这类问题有的是，重要的是拥有桑西，拥有幸福。让我们人人都幸福，这无须争辩。让我们盲目地服从太阳。太阳是什么？是爱情。爱情就是女人。哈！哈！女人便是至高无上的权力。你们问问这个蛊惑人心的马里尤斯，他是不是珂赛特这位小暴君的奴隶。这个懦夫，他可心甘情愿呢！女人！罗伯斯庇尔是长久不了的，女人才是主宰。我现在只是女人这个王国的保王党人。亚当是什么？是夏娃的王国。对夏娃来说，没有一七八九年。曾有过冠以百合花的国王权杖，曾有过冠以地球的帝国权杖，曾有过铁制的查理大帝权杖，曾有过金制的路易大帝权杖，可是，革命用大拇指和食指把它们捏弯了，就像捏两分钱的麦秆一样。现在都完了，碎了，扔到地上了，再也没有权杖了。可是，你们倒是对这块香罗帕来场革命呀！我倒想看看。你们试试呀。为什么这样结实？因为那是块碎布。啊！你们不是十九世纪吗？那又怎样？我们，我们是十八世纪！和你们一样愚蠢。别以为你们把散发性霍乱叫作流行性霍乱，把奥弗涅舞曲叫作卡朱夏舞曲，就大大改变了宇宙。说到底，总是要爱女人的。我就不信你们能出得去。这些魔女是我们的天使。是的，爱情、女人、亲吻，这是一个圈子，我不信你们能出得去。至于我，我很想再

---

① 哈勒·德·桑西（1546—1629），法国政治家，曾任法国财政总监。有一颗重达五十三克拉的大钻石，名为桑西钻石。法语中，Sancy（桑西）和 cent six（一百零六）同音，故作者在这里玩了个同音异义的文字游戏，将这块桑西钻石说成有一百零六克拉。

进去。你们有谁见过维纳斯星①从无限中升起？这位无底深渊的大美人，海洋里的赛丽曼②，安抚脚下万物，像女人那样俯视波涛。海洋是一个粗暴的阿赛斯特③。它喜欢嘟囔也没用，维纳斯一出现，它就得换上笑容。这头野兽即刻变得服服帖帖。我们大家都这样。愤怒也罢，咆哮也罢，大发雷霆、怒气冲天也罢，有个女人登台，一颗星星升起，我们就俯首帖耳了。六个月前，马里尤斯还在打仗，今天却结婚了。这很好。对，马里尤斯，对，珂赛特，你们做得对。你们大胆地为对方而存在吧，你们互相亲热吧，让我们因不能像你们这样而气得发疯吧，你们互敬互爱吧。用你们的嘴巴衔起世上所有的幸福小草，为你们的生活营造一个安乐窝。当然，爱，被爱，这是年轻时的美丽的奇迹！别以为这是你们发明的。我也梦想过，憧憬过，追求过。我也有过月光般的灵魂。爱情是六千岁的孩童。爱情可以有长长的白胡子。玛土撒拉④与丘比特相比，是个小孩子。六千年来，男人和女人就是通过相爱而摆脱困境的。魔鬼很聪明，他恨起了男人，男人更聪明，他爱起了女人。这样，男人得到的好处，比魔鬼带给的坏处多。人间天堂存在以来，就找到这一聪明的做法了。朋友们，这个发明很古老，但又完全是崭新的。好好利用吧。在成为菲利门和巴乌希斯⑤之前，先做个达夫尼斯和克洛埃⑥。你们两个在一起，就要做到什么也不缺少，珂赛特就是马里尤斯的太阳，马里尤斯就是珂赛特的世界。珂赛特，你的晴天就是你丈夫的微笑。马里尤斯，你的雨天就是你妻子的泪水。在你们夫妻之间永远也不要下雨。你们抽签抽了个上上签，你们的爱情得到了上帝的祝福。你们中了头彩，

---

① 维纳斯星，即金星。
② 赛丽曼，莫里哀喜剧《愤世者》中的年轻寡妇，漂亮、聪明、风流。
③ 阿赛斯特，莫里哀喜剧《愤世者》中的男主角，爱上了赛丽曼，坦率，具有高度的判断力。
④ 玛土撒拉，《旧约全书》中的人物，挪亚的祖父，是传说中寿命最长的人。
⑤ 菲利门和巴乌希斯，希腊神话中一对老夫妇，因款待了微服巡访的宙斯而受到神的赏赐，小房变成了宫殿，两人同时寿终。是生死与共恩爱夫妻的象征。
⑥ 《达夫尼斯和克洛埃》，希腊的一部小说，叙述了一对少男少女的爱情故事。

要好好保存，把它锁起来，要爱惜它。你们要互敬互爱，其余的不去管它。请相信我说的话。这是常识。合乎常识的话就不是谎言。希望你们各自成为对方的信仰。

"各人都有自己崇拜上帝的方式。见鬼！崇拜上帝最好的方式是爱女人。我爱你！这是我的信条。谁爱女人，谁就是正统派。亨利四世诅咒时，把神圣放在筵席和酒醉之间。Ventre-saint-gris[①]！我不赞成这个咒语的信仰。里面没有提到女人。令我吃惊的是，这个咒语竟出自亨利四世之口。朋友们，女人万岁！照大家的说法，我老了；可令人惊讶的是，我感到自己正年轻。我想去树林里听风笛。这两个孩子既漂亮又高兴，他们的成功使我飘飘然。如果有人愿意嫁给我，我一定会结婚的。很难想象上帝创造我们是为了别的。生活的目的就是要狂热地爱女人，就是要卿卿我我，打扮得漂漂亮亮，像鸽子，像公鸡，从早到晚啄你的爱人，对着妻子顾盼自雄，趾高气扬，洋洋得意，喁喁私语。这就是生活的目的，请别见怪，这就是我们这些人在我们年轻时，在我们那个时代所想的。啊！我发誓！那时候有的是可爱的女人，可爱的脸蛋，可爱的姑娘！我把她们弄得神魂颠倒。因此，好好相爱吧。如果不相爱，我不知道还要春天干什么。至于我，我请求仁慈的上帝把向我们展示的一切美好东西拿回去收藏起来，将鲜花、鸟儿和漂亮姑娘重新放进他的匣子里。孩子们，请接受老人的祝福吧。"

晚宴的气氛轻松、快乐、祥和。外祖父极其愉快的心情，为整个喜庆定了调子，人人都以九旬老人为榜样，显得诚恳而真挚。大家跳跳舞，笑声四溢。这是一个充满童贞的婚礼。仿佛把"昔日这位好好先生"请来了。再说，吉诺曼大爷本人就是这位老人。

接着是欢闹，然后便安静了。新婚夫妇去洞房了。半夜一过，吉诺

---

① Ventre-saint-gris，亨利四世常用的咒语，直译为"肚子－圣人－微醉"。故作者前面说，亨利四世诅咒时，把神圣放在筵席和酒醉之间。

曼家便成了圣殿。

　　到此我们也该止步。有个天使将一根手指按着嘴巴，笑眯眯地站在洞房门口。面对这欢庆爱情的圣殿，人们赞叹不已。

　　在有新婚喜庆的屋子上空，想必会有微光在闪烁。屋里的快乐想必会化作亮光，从墙壁的石头缝里透出去，微微划破黑暗。这种神圣的命中注定的喜事，不可能不向无限发出光芒。爱情是男人和女人融合的绝妙的熔炉。单个的人，三位一体的人，最终的人，人的三位一体便从这里产生。两颗灵魂合二而一，一定会感动黑暗。情人是神甫，贞女狂喜不已，又惊恐万状。这种快乐多少会传到上帝那里。哪里有真正的婚姻，也就是有爱情，哪里就有理想的介入。一张新婚床笫，在黑暗中构成一角曙光。假如凡胎肉眼能看见上界可怕而迷人的景象，就可能看见一群黑夜的天使，长着翅膀的陌生人，无形世界的蓝色过客，围着发光的屋子，俯下脑袋，心满意足，为新婚夫妇祝福，将童贞的新娘指给同伴看，微微有点惊慌，神圣的脸上映出人间的幸福。在这至高无上的销魂时刻，以为房内无旁人的新婚夫妇假如侧耳细听，就会隐隐听见新房里有翅膀的振动声。完美无缺的幸福，必然引来天使。这个小小的黑暗的新房，是以整个天空为顶棚。当两个被爱圣化了的嘴相互靠近而创造新生时，在这难以描绘的亲吻上面，在这繁星闪烁的广袤而神秘的天空，不可能不发出震颤。

　　这至高无上的幸福是真正的幸福。除此之外，不可能有别的快乐。唯独爱情令人心醉神迷。其余一切都在哭泣。

　　只要有爱或曾经爱过，这就够了。其他什么都不必希求。在人生黑暗的皱褶里，没有别的珍珠可寻觅。爱便是完美。

三　形影不离[①]

让·瓦让干什么去了？

在珂赛特的恳切命令下，让·瓦让笑了。接着，他乘众人不备，立即起身，悄悄来到候见室。八个月前，就是在这里，他满身污泥、血迹和尘土，把外孙带回给了外祖父。旧护壁板上枝叶和鲜花琳琅满目，乐师坐在躺过马里尤斯的沙发椅上。穿着黑礼服、短裤子、白长袜，戴着白手套的巴斯克，正在给每盘要上席的菜肴周围放上玫瑰花环。让·瓦让指了指自己吊着绷带的胳膊，请巴斯克向大家解释他不参加婚宴的原因，便离开了。

饭厅的窗户朝向大街。让·瓦让来到灯火辉煌的窗下，在黑暗中一动不动地站了几分钟。他听着。喧闹声传到他的耳朵里。他听见外祖父高昂而威严的讲话声、小提琴声、杯盘的叮当声、人们的欢笑声。在这欢快的喧闹声中，他听出了珂赛特温柔而愉快的声音。

他离开髑髅地修女街，回到武夫街。

他回家时，走的是圣路易街、圣卡特琳田园街和白大衣街。这条路线远一些，可是三个月来，为了避开拥塞泥泞的圣殿老街，他每天和珂赛特从武夫街到髑髅地修女街，都习惯走这里。这是珂赛特走过的路，也就排除其他路线了。

让·瓦让回到家里。他点亮蜡烛，上了楼。人去屋空。连杜珊也不在了。让·瓦让走在房里，脚步声比平时更响。所有的衣橱全都敞着。他走进珂赛特的卧室。床上没有床单。既无套子亦无花边的斜纹布枕头摞在叠好的毯子上，一起放在床垫脚下。还可看见床垫的布套，却再也

[①] 原文为拉丁语。

没人睡在上面了。珂赛特珍爱的女人小用品全都带走了，只剩下笨重的家具和四面墙。杜珊的床上也搬空了。只有一张床是铺好的，仿佛在等候一个人。那是让·瓦让的床。

让·瓦让看了看四壁，把衣橱的门关上，在几个房间里来回走了走。然后，他回到自己的卧室，将蜡烛放在桌子上。

他手臂上的三角巾已解掉了，使用右手似乎毫无痛苦。

他走近床，目光停在——是偶然还是有意？——珂赛特曾吃过醋的那件形影不离的东西，即那只同他寸步不离的小箱子上。六月四日那天，他搬到武夫街，就把它放在床头的一张独脚小圆桌上了。他敏捷地走到小圆桌旁，从兜里掏出钥匙，打开箱子。

他把十年前珂赛特离开蒙费梅时穿的衣服，慢慢地从箱内取出来。先是一件小黑连衣裙，然后是一条黑头巾，然后是一双完好无损的粗笨童鞋（珂赛特的脚很小，现在几乎还能穿进去），然后是一件粗斜纹布内衣，然后是一条针织短裙，然后是一件带兜的背后扣扣的罩衫，然后是一双毛袜。这双仍显出小腿优美形状的毛袜，比让·瓦让的手掌长不了多少。这些衣物全都是黑的。是他带到蒙费梅给她穿的。他边取出衣服，边放在床上。他沉思着，回忆着。那是冬天，一个很冷很冷的十二月，她半裸的身体在破衣烂衫里冻得发抖，可怜的小脚在木鞋里冻得发紫。他，让·瓦让，让她脱下破衣裳，换上了这身孝服。母亲在坟墓里见女儿为自己服孝，尤其是见她有衣服穿，穿得暖暖和和，一定很高兴。他想起了蒙费梅的森林；他们一起穿过森林，珂赛特和他。他想起了当时的天气，想起了没有叶儿的树木、没有鸟儿的树林、没有太阳的天空，尽管如此，仍然赏心悦目。他把这些衣服摊在床上，头巾放在短裙旁，毛袜放在鞋子旁，内衣放在连衣裙旁，一件一件地凝视。她只有一点点高，怀里抱着个大布娃娃，她把那枚金路易放进罩衫兜里，笑得合不拢嘴。他们手牵着手往前走，她在世上只有他一个亲人。

于是，这位白发苍苍、可敬可崇的老人一头倒在床上。他那年老而坚毅的心破碎了，他的脸可以说埋在珂赛特的衣服里。此刻，倘若有人从楼梯上经过，就会听见凄恻的哭泣声。

四　不死的心①

以往那场惊心动魄的内心搏斗，现在又开始了，我们曾目睹过几个回合。

雅各同天使只搏斗了一宵。唉！我们却多少次看见让·瓦让在黑暗中被良心紧紧抓住，同它进行激烈的搏斗！

闻所未闻的搏斗！有时脚下打滑，有时则地面崩塌。热衷于行善的良心多少次把他抱紧压弯！铁面无私的真理多少次将膝盖顶在他的胸口！他多少次被光明打翻在地，大声求饶！主教在他身上和心中点燃的毫不容情的光明，多少次当他想闭目不看时，却照得他头晕目眩！在这场战斗中，他多少次重新站起来，抓住岩石，依仗诡辩，在尘土中艰难行走，时而把良心压在身下，时而又被良心打翻在地！在经过模棱两可的诡辩后，在经过背信弃义、似是而非的推论后，他多少次听见良心大发雷霆，对着他耳朵大叫大嚷："玩花招！卑鄙！"他那倔强的思想多少次在义不容辞的责任面前发泄不满！抗拒上帝。吓得他一身冷汗。多少暗伤，只有他一人感到在流血！在他悲惨的生活中，有多少伤痛！他多少次重新站起来，满身鲜血，遍体鳞伤，精疲力竭，却豁然开朗，心里感到绝望，灵魂却十分安宁！他虽被击败，却感到是胜者。他的良心

---
① 原文为拉丁语。

使他四肢脱臼、骨折筋断、历尽折磨后，矗立在他上面，无比威严，光芒四射，平静地对他说："现在你可以安宁了！"

可是，一旦走出这场阴惨的斗争，唉！又是多么凄凉的宁静啊！

然而，这一夜，让·瓦让却感到在进行最后的战斗。一个撕心裂肺的问题摆在他面前。

天命不是笔直的，不会为命定的人展开一条阳关大道，会有死胡同、盲肠、黑暗的拐弯、令人担忧的多岔道口。此刻，让·瓦让停在一个最险恶的十字路口。

他来到善与恶的最后一个交叉点。他眼前是一个黑暗的交叉口。就像前几次遇到痛苦波折时那样，这次仍有两条路展现在他眼前，一条很有诱惑力，另一条令人心惊肉跳。走哪一条呢？

可怕的那条路，是一个神秘的手指头指引的；每当我们注视黑暗时，都能看得见。

让·瓦让再次要在可怕的港口和微笑的陷阱中作抉择。有人说，灵魂能治愈，命运则不能，果真如此吗？多么可怕！一个不可治愈的命运！

他面临的问题是：

应该怎样对待珂赛特和马里尤斯的幸福？这个幸福，是他想要的，是他促成的，是他亲手把它插进自己心里的。此刻，当他望着这个幸福，就像一个铸剑匠从胸口拔出热气腾腾的刀剑，认出有自己铸造的标记时那样，可能有一种满足感。

珂赛特有了马里尤斯，马里尤斯占有了珂赛特。他们有了一切，甚至财富。而这是他的杰作。

可这个幸福，此刻木已成舟，就在那里，他让·瓦让该如何对待呢？介入这幸福中去吗？把它看成是自己的吗？诚然，珂赛特已属于另一个人了。但他让·瓦让还能保持自己同珂赛特所能保持的全部关系吗？还能像以前那样做她的父亲，偶尔见见面，但仍受到她的尊敬吗？他能心安理得地进入珂赛特家吗？他将只字不提自己的过去，把他的过去带给这未来吗？他能像这样理所当然地、遮着面纱地到这个光明的家里来坐一坐吗？他能笑眯眯地用自己悲惨的手，握住这两个天真无邪的孩子的手吗？他能把拖着受法律惩罚阴影的可耻双脚，搁在吉诺曼家客厅壁炉那安宁的柴架上吗？他能分享珂赛特和马里尤斯的好运吗？难道他要让自己额头的黑暗加深，让他们额头的乌云加厚吗？他要以第三者身份出现，将自己的灾难掺进他们的幸福中去吗？他能继续保持沉默吗？一句话，他能待在这两个幸福的人儿身边，心怀叵测地隐瞒自己的命运吗？

只有对厄运，对同厄运的遭遇习以为常的人，当某些问题赤裸裸地摆在面前时，才敢于正视这些问题。在这严厉的问号后面是善与恶。你打算怎么办？斯芬克司问道。

让·瓦让已习惯这种考验。他凝视斯芬克司。他从各个方面审视这个无情的问题。

珂赛特，这个可爱的生命，是海上遇难者的木筏。怎么办？紧紧抓住，还是松开手？如果抓住不放，他就能脱离灾难，回到太阳底下，让衣服和头发上的苦水淋干净，他就能得救，就能活下去。假如松手呢？那就会跌进深渊。

他就这样痛苦地同自己的思想商量。更确切地说，同思想作斗争。他内心的斗争异常激烈，时而向他的意愿发起攻击，时而朝他的信念猛扑过去。

让·瓦让大哭了一场，这对他是件好事。哭一哭，也许使他清醒了。可开始时来势凶猛。他内心掀起了风暴，比从前把他推向阿腊斯的那场风暴还要猛烈。往事又回来同现在作比较。他进行比较，他嚎啕大哭。泪水的闸门一经打开，这绝望的人便哭得死去活来。

他感到遇到了障碍。

唉，在这私心同责任的激烈搏斗中，当我们像这样在不可转让的理想面前步步后退时，我们会心神错乱，奋力拼搏，为后退而感到恼火，仍在寸土必争，希望能逃出去，在我们寻找出口的时候，唉！身后却突然撞到了一堵墙，这是多么可怕的障碍啊！感到神圣的黑暗挡住了退路！无情的神秘世界，无论如何也摆脱不了！

因此，同良心的战斗从未结束过。逆来顺受吧，普鲁图斯！逆来顺受吧，加图！良心是上帝，它是没有底的。我们把一生的工作投进这个井里，把家产投进去，财富投进去，成功投进去，自由或祖国投进去，安逸投进去，休息投进去，快乐投进去。还投进别的！别的！别的！把坛倒空！将瓮倾倒！最后不得不把心投进去。在古老地狱的迷雾中，某个地方就有这样一个无底大桶。

最后采取拒绝态度，难道就不可原谅吗？不能汲尽的水就有一种权利吗？无穷无尽的铁链就能凌驾于人的力量之上吗？假如西绪福斯和让·瓦让说"够了"，谁会责备他们呢？物质的服从受到摩擦的限制，那心灵的服从就没有限度吗？既然不可能有永恒的运动，难道能要求永恒的忠诚吗？

第一步算不了什么，最后一步才是最难最难的。与珂赛特的出嫁及其后果相比，尚马蒂厄案件算什么？同化为乌有相比，再进监牢算什么？

要走下的这第一个梯级啊，你是多么昏暗！要走下的这第二个梯级啊，你是多么黑暗！这次怎能不掉过头去？

折磨是一种升华，一种破坏性的升华。这是一种祝圣的酷刑。开始还能忍受，坐到烧得通红的铁宝座上，戴上烧得通红的铁王冠，接过烧得通红的铁地球，拿起烧得通红的铁权杖，还要穿上火焰王袍，可怜的肉体难道就不能有反抗的时候？这酷刑就不能有放弃的时候？

让·瓦让意气消沉，但最后平静下来了。他权衡着，思考着，将光明和黑暗这个神秘的天平反复掂量。是把自己的苦役强加给两个绚烂夺目的孩子，还是让自己无法挽回地被吞没？一边是牺牲珂赛特，另一边是牺牲自己。

　　他采取了什么办法？作了什么决定？他内心里对命运不可动摇的审问最后做了什么回答？他决定打开哪扇门？他决定关闭封死生命的哪一边？他在周围深不可测的悬崖峭壁中，决定选哪一个？他决定接受哪一头？他向哪个深渊点了头？

　　他一整夜都在苦苦思索，想得头晕目眩。

　　一直到天亮，他在床上都是同一个姿势，身子折成两段，被命运的重力压弯了腰，唉！也许已压得粉身碎骨，拳头紧握，双臂伸直，就像刚从十字架上解下来那样，被脸朝下扔到了地上。他整整待了十二个小时，寒冬腊月，漫漫长夜，冻得像结了冰，不抬头，也不说话。他像尸体那样一动不动，但却思潮翻腾，时而像七头蛇妖在地上打滚，时而像雄鹰升上天空。假如有人在场，见他一动不动的样子，会以为是死人；突然，他抽搐了一下，贴在珂赛特衣服上的嘴巴亲吻起来。这时，人们才发现他原来是个活人。

　　人们？是谁？明明只有让·瓦让一个人，没有任何人在场。

　　那是在黑暗中待着的"人们"。

第七卷　最后一口苦酒

一　第七层地狱和第八重天

婚礼后的第二天比较冷清。人们想让幸福的人静静心，也想让他们多睡一会儿。乱哄哄地登门道贺要晚些时候。二月十七日午时刚过，巴斯克夹着抹布和鸡毛掸帚，正忙着"整理候见厅"，忽听见轻轻的敲门声。来人没按门铃，在这样的日子不按门铃是得体的。巴斯克开了门，见是福施勒旺先生，把他领进客厅。客厅里一片狼藉，仍是昨日快乐战场的样子。

"天哪，先生，"巴斯克说，"我们起得晚了。"

"您的主人起床了吗？"让·瓦让问。

"先生的手臂怎样了？"巴斯克答道。

"好些了。您的主人起床了吗？"

"是哪个？老的还是新的？"

"蓬梅西先生。"

"男爵先生？"巴斯克挺直身子问。

男爵的称号尤其对仆人们有用。其中有些东西是属于他们的，他们可以像哲学家所说的那样沾爵位之光,这使他们感到自豪。顺便说一下,马里尤斯这个以实际行动证明了的共和派战士,现在身不由己地当起男爵来了。关于这个爵位,家里曾有过一场小小的风波,现在是吉诺曼先生坚持,马里尤斯反倒不在乎了。可是,蓬梅西上校遗嘱上写着"我儿继承我的爵位",马里尤斯只好服从。再说,珂赛特已开始露出女人的特点,很愿意当男爵夫人。

"男爵先生?"巴斯克重复了一遍。"我去看看。我去告诉他福施勒旺先生来了。"

"不。不要说是我。只对他说有人想同他单独谈一谈,不要告诉名字。"

"啊!"巴斯克说。

"我要给他个惊喜。"

巴斯克又"啊"了一声。他说这第二声"啊",像是为第一声"啊"作解释。

他离开客厅。让·瓦让一个人待着。

刚才说了,客厅里乱七八糟。如果侧耳谛听,似乎还能隐约听见婚礼的喧闹声。地板上有各种各样的花,是从花环和头发上掉下来的。燃尽的蜡烛给水晶吊灯增添了蜡质的钟乳石。没有一件家具待在原位。有几个角落里,三四张安乐椅紧挨着围成一圈,仿佛还在继续聊天。一切仍都在欢笑。已逝的节庆,仍会留下某种优雅。这是曾有过的欢乐。从这些狼藉的椅子上,枯萎的花朵中,已熄的灯光下,可以看到人们曾快乐过。太阳接替吊灯,将欢乐的光辉洒进客厅。

几分钟过去了。让·瓦让一动不动,仍待在巴斯克走时他所在的地方。他面色惨白,眼睛因一宵未眠而深陷,几乎看不见了。黑礼服皱皱巴巴,想必是穿着过夜的。臂肘上有床单和呢子摩擦而生的白绒毛。让·瓦让望着脚下地板上太阳照出来的窗影。

门口响起声音。他抬起头。马里尤斯进来了。他昂着头，嘴上挂着笑意，脸上闪着光辉，额上喜气洋洋，目光得意扬扬。他也一宵未睡。

"是您，父亲！"他见是让·瓦让，喊道，"巴斯克这个傻瓜，一副神秘的样子！可您来得太早了吧。才十二点半。珂赛特还睡着呢。"

马里尤斯对福施勒旺先生喊了声"父亲"，这意味着最大的幸福。大家知道，在他们之间就像是隔着峭壁，关系一直很冷淡，很拘束，存在着冰山需要打碎或融化。马里尤斯正在狂喜之中，峭壁开始降低，冰山开始融化，福施勒旺先生对他像对珂赛特那样成了父亲。

他继续往下说，话语滔滔不绝，极度快乐的人就会这样：

"见到您真高兴！要知道，昨天您不在，我们都感到很遗憾！您好，父亲！您的手怎么样了？好点了，是不是？"

他为很好地回答了自己的提问而沾沾自喜，接着他又说：

"我们俩一直在谈您。珂赛特非常爱您。别忘了这里给您留着房间。我们用不着武夫街了，根本用不着了。您怎么能搬到这样一条街上？就像个病人，阴沉沉的，非常丑陋，一头还有栅栏堵着，而且很冷，怎么走得进去？您住到这里来，今天就来。否则，珂赛特要找您算账的。我告诉您，她想牵着我们大家的鼻子走。您见过您的卧室了，就在我们的隔壁，窗户面对花园。门锁修好了，床铺好了，一切都准备好了，就等您来了。珂赛特在您的床边放了张包着乌德勒支天鹅绒的安乐椅，并对它说：'张开你的双臂迎接他吧。'您窗前有个刺槐树坛，每年春天飞来一只黄莺。再过两个月，它就要飞来了。您的左边是它的窝，右边是我们的窝。夜里它唱歌，白天珂赛特说话。您的卧室朝南。珂赛特会把您的书，一本是《库克船长游记》，另一本是《旺库韦游记》，以及您的衣物放好。我想还有您珍爱的小提箱，我为它安排了一个荣誉角。您征服了我的外祖父，您很合他的意。我们一起生活。您会打惠斯特牌吗？您会打的话，我外祖父一定很高兴。我去法院办公时，您带着珂赛特去散步,您让她挽着您的胳膊,您知道,就像从前在卢森堡公园里那样。我们下了决心,一定要生活得很幸福。您是我们幸福的组成部分,听见了吗,父亲?对了,您今天和我们一起吃午饭。"

"先生,"让·瓦让说,"我有件事要告诉您。我从前是苦役犯。"

可以听到的尖音对耳朵来说有一个限度,思想也一样。"我从前是苦役犯"这句话从福施勒旺先生嘴里出来,传进马里尤斯的耳朵里,就超过了这个限度。马里尤斯听不见。他觉得刚才有人对他说了一件事,但不知道是什么。他张口结舌。

这时,他发现同他说话的人脸色极其可怕。他因喜悦冲昏了头脑,一直没发现那人的脸色苍白得吓人。

让·瓦让解下吊着右臂的黑领带,解开缠在手上的绷带,露出大拇指给马里尤斯看。

"我的手什么事也没有。"

马里尤斯看了看他的大拇指。

"什么事也没有。"让·瓦让重复道。

的确,他手上什么伤也没有。让·瓦让继续说:

"我不参加你们的婚礼是对的。我能躲则躲。我装成受伤,是为了避免作假,为了不让结婚证书无效,为了避免签字。"

马里尤斯期期艾艾地说:

"这是什么意思?"

"这就是说我服过苦役。"让·瓦让回答。

"我都要疯了!"马里尤斯恐慌地说。

"蓬梅西先生,"让·瓦让说,"我服了十九年苦役,因为偷窃。后来改判无期徒刑。因为偷窃,因为累犯,现在我是在逃犯。"

马里尤斯在事实面前想后退,想拒绝,想反抗,但不得不屈服。他开始明白了,而且,就像在这种情况下常发生的那样,他明白得过了

头。他内心闪过一道可怕的光,一个念头掠过他的脑海,他打了个寒战。他隐隐看到自己的前程有了阴影。

"告诉一切！告诉一切！"他喊道,"您是珂赛特的父亲！"

他朝后退了两步,显出难以形容的恐惧。

让·瓦让威严地昂起头,仿佛变得高大了,一直顶到了天花板。

"您必须相信我,先生。尽管我们这些人的誓言,法律不予承认……"

说到这里,他沉吟片刻,然后用一种至高无上而又是阴沉凄惨的口吻,慢慢地一个一个音节地继续说:

"……您会相信我的。珂赛特的父亲,我！我对上帝发誓,我不是。蓬梅西男爵先生,我是法弗罗勒的农民。我靠修剪树枝谋生。我不叫福施勒旺,我叫让·瓦让。我和珂赛特什么关系也没有。您尽管放心。"

马里尤斯结结巴巴地说:

"谁能证明……"

"我。既然我这样说了。"

马里尤斯望着这个人。只见他忧郁而平静。从这样平静的人嘴里,不可能吐出谎言。冰冷的东西是真诚的。在这坟墓般的冷静中,可以感觉到真实。

"我相信您。"

让·瓦让点了点头,像为了表示记下来了。他继续往下说:

"我是珂赛特的什么人？一个过路人。十年前,我还不知道她的存在。不错,我爱她。看见一个小孩子,而自己已老了,就会爱她。一个人老了,会觉得自己对所有的孩子都是祖父。我觉得,您不妨设想我也是有心肠的人。她是孤儿,没有父母,她需要我。这就是我为什么爱她。孩子们很弱小,任何一个人,即使像我这样的人,也会保护他们。我对珂赛特尽了这个责任,我不认为这件区区小事可以称作善举。不过,假如这是个善举,那您就算我做了吧。请您记下这个可以减罪的情节。今天珂赛特已离开我的生活，我们也就分道扬镳了。从今以后我和她不再有任何关系。她是蓬梅西夫人，她已换了保护人。这一换对她是有利的。一切顺利。至于那六十万法郎，您没有提起，但我猜得到您的想法。这是一笔存款。这笔存款是怎么到我手里的？这无关紧要，是不是？我把它拿出来。人们再没有什么可要求我的了。我交出这笔钱，并说出我的真名实姓。这也是我个人的事。我一定要您知道我是什么人。"

让·瓦让直视马里尤斯。

马里尤斯感到心里波涛汹涌，茫无头绪。命运有时会骤起狂风，在我们心里掀起这种汹涌的波涛。

我们谁都有过这种心乱如麻的时刻。我们最先想到什么，就说什么，而这些恰恰不总是应该说的。有些事突然泄露出来，会让人受不了，就好比是坏酒，使人晕头转向。马里尤斯被这个新的情况弄得不知所措，竟至于在同这个人说话时，似乎埋怨他泄露了真情。

"可您为什么要把这一切告诉我？"他嚷道，"是什么迫使您这样做的？您本可以守住这个秘密的。没有人告发您，跟踪您，追捕您吧？您主动泄露这样一个秘密，总是有原因的。说完它吧。还有什么？为什么向我泄露这个秘密？是什么动机？"

"是什么动机？"让·瓦让回答道，声音低沉，像在自言自语，而不是对马里尤斯说话，"是啊，这个苦役犯来这里说'我是个苦役犯'，究竟是什么动机？是有动机！动机很怪。出于诚实。听着，使我感到痛苦的是，我心里有根线把我捆住了。尤其是人老了以后，这些线仍很结实。周围的生命都松开了，但它们却不松开。假如我能扯开、拉断、解开或斩断这根线，走得远远的，我就得救了。我一走，就一了百了。布洛瓦街上有的是驿车。你们幸福你们的，我走我的。我试过，想把这根线拉断，我拉过，但它很结实，没有拉断，我是在扯我的心。于是，我说：'我只能生活在这里。我得留下来。'是这样，您问得对，我是个傻瓜,为什么不就这样待下去呢?您的家里给了我一间房,蓬梅西夫人很爱我,她对这张安乐椅说:'张开你的双臂迎接他吧!'您的外祖父巴不得我来陪他,我很合他的意,我们大家住在一起,吃在一起,我让珂赛特……对不起,说惯了,让蓬梅西夫人挽着我的胳膊,我们同住在一个屋檐下,在同一张桌子上吃饭,用同一炉火取暖,冬天围着同一个壁炉,夏天一同散步,这便是快乐,这便是幸福,这便是一切。我们生活得像一家人。一家人!"

在说"一家人"时,让·瓦让变得粗野起来。他交叉起双臂,凝视脚下的地板,仿佛要挖出个无底深洞,声音也突然响亮起来:

"一家人!不。我不属于任何家庭。我不属于您的家庭。我不属于人的家庭。在一家人的家里,我是多余的。世上有多少家庭,但不是我的。我是不幸的人,我是没有家的人。我有过父亲和母亲吗?我真有些怀疑。我把这孩子嫁出去的那天,一切也就结束了。我见她很幸福,她和她爱的男人在一起,在这个家里,有一个慈祥的老人,有一对天使,有说不尽的快乐,这很好,我对自己说:'你别进去。'是的,我可以撒谎,可以欺骗你们,继续当福施勒旺先生。以前是为了她,我可以撒谎;但现在是为了我,就不应该了。不错,只要我不说就行了,一切照常。您问我是什么迫使我说的吗?一个奇怪的东西,是我的良心。闭口不说,很容易做到。我整整一夜都在说服自己不要说。您要我说出一切,我来对您说的事非同寻常,您有权利知道。是的,我整整一夜都在给自己找理由,我找到了很有说服力的理由,我尽力而为了,真的。可是,有两件事我没有成功:一是我没能把那根将我的心捆在、拴在、嵌在这里的线扯断,二是我没能让那个当我独处时常常同我低声说话的人不说话。因此,今天上午我就来向您招供一切了。一切,或者说几乎一切。有些事只关系到我个人,没必要说,就留给我自己了。主要的事您已知道了。就这样,我拿了我的秘密,给您送来了。我在您面前把我的秘密剖开了。这个决心不是容易下的。我思想斗争了一夜。啊！您以为我没想过，这和尚马蒂厄案件不一样，我隐姓埋名，对任何人都不构成伤害，福施勒旺这个名字，是福施勒旺本人为了报恩而给我的，我完全可以保留，我住在你们给我的房间里会很幸福，我不会妨碍任何人，我待在我的角落里，您拥有珂赛特，而我则感到和她生活在同一个屋子里。各人都会有相应的幸福。继续当我的福施勒旺先生，大家都会满意。是的，除了我的灵魂。从前，我的身上充满了快乐，但我的灵魂是黑暗的。光感到幸福还不够，还得感到满意。好吧，我就继续当福施勒旺先生，我把真面目隐藏起来，那样，你们快乐幸福，我却藏着秘密，你们生活在阳光中，我却生活在黑暗中。那样，没有打声招呼，我就把苦役牢引进你们的家，我坐在你们的餐桌上，心里却在想，假如你们知道我是谁，你们会把我赶走，我让用人侍候我吃饭，假如他们知道了，就会说：真可怕！我可能用我的臂肘碰你们，你们本来是有权拒绝的，我可以握你们的手，就像偷件东西那样！在你们家里，一个可敬的白发老人和一个耻辱的白发老头分享你们的尊敬。在你们最亲密的时刻，当每个人都以为敞开了心扉，当你们的外祖父、你们俩和我在一起的时候，就会有一个陌生人！我可以在你们的生活中同你们肩并肩，心里却时刻想着不要把深藏我秘密的井盖揭开。那样，我这个死人就要强加给你们这些活人。你们的生活就会被我判处无期徒刑。您、珂赛特和我，我们三个人都会戴上绿囚帽！难道您不怕得发抖吗？我现在不过是最绝望的人，那时我就会成为最可怕的人。这个罪行，我每天都要重犯！这个谎言，我每天都要重复！这张黑夜的面孔，我每天都要挂在脸上！我的耻辱，我让你们每天都要分担！每天！让你们，我心爱的人，我的孩子，我的清白无辜的人！隐瞒真相真的没关系吗？保持沉默真的那么容易吗？不，很不容易。有一种沉默是说谎。我的谎言，我的欺骗，我的可耻，我的卑鄙，我的背叛，我的罪孽，我就要一滴一滴地喝下去，再吐出来，再喝下去，一直喝到半夜，第二天中午重又开始，我道早安是在说谎，我道晚安也是在说谎，我就要睡在谎言上，将谎言和着面包一起吃下去，我就要面对珂赛特，我就要用入地狱者的微笑回答天使的微笑，我就要做一个十恶不赦的骗子！为什么这样做？为了幸福！为了幸福，我！我有权幸福吗？我已无权生活了，先生。"

让·瓦让停下来。马里尤斯还在听。像这样连贯的思绪和苦恼是不可能中断的。让·瓦让再次压低嗓门，继续往下讲，但不再是低沉的，而是阴郁的声音了。

"您问我为什么要说出来？您说，又没有人告发我，跟踪我，追捕我。不！有人告发我！不！有人跟踪我！不！有人追捕我！谁？我。是我挡住了自己的去路，我拖着我自己，推着我自己，抓住我自己，处决我自己。当一个人被自己抓住时，便再也逃不掉了。"

说着，他一把揪住自己的衣领，把它拉向马里尤斯：

"您瞧瞧这个拳头。"他继续说道，"您不觉得它揪住这衣领就不会松开吗？唉！良心也是只拳头。先生，一个人如果想幸福，就决不要懂得责任；因为一旦懂得了，它就会毫不容情。看起来，因为你明白了它在惩罚你，其实它是在奖赏你；因为它把你打入地狱，你却感到上帝在你身边。你刚觉得撕心裂肺，你的良心却安宁了。"

接着，他又用令人心碎的声调说：

"蓬梅西先生，我是个诚实的人，这不合常理。我在您面前贬低自己，可只有这样，我才会在自己眼里变得高大。这样的事我曾有过一次，可没像这样痛苦，那对我无关紧要。是的，一个诚实的人。假如因为我的错，您还继续尊敬我，我就不是诚实的人了。现在要您鄙视我，我却是诚实的人。因为我只能骗取别人的尊敬，这种尊敬对我是种侮辱，使我内心感到不安。为使我尊敬自己，别人就得鄙视我。那样我就能重新站起来。我是个服从良心的苦役犯。我知道这与众不同，可我有什么办法？事情就是这样。我给自己许了诺言，就得履行诺言。有时偶然相遇，会让我们受到约束，让我们承担起责任。您瞧，蓬梅西先生，我一生中可遇到了不少事。"

让·瓦让又停了停，用力咽下口水，仿佛他这番话留下了苦味。他接着又说：

"一个人有这样可怕的经历，就无权瞒着别人却又让别人分担，无权把他的瘟疫传给他们，无权让他们沿着他的峭壁滑下去却毫无觉察，无权让他们身上拖着他的红囚衣，无权偷偷用自己的不幸妨碍别人的幸福。自己身上带着看不见的痈疽，却在黑暗中接近和接触健康人，这是卑鄙无耻的。尽管福施勒旺借给了我名字，但我无权使用；他可以给我，但我不可以接受。一个名字，便是一个我。您瞧，先生，虽然我是个农民，但也想过一些事，读过一些书，我也知书达理。你看见了，我的表达还是不错的。我自己教育过自己。是的，骗取一个名字据为己有，是不光彩的。字母表上的字母，也像钱包和表一样可以骗取。一个有血有肉的假签名，一把有生命的假钥匙，撬开锁进入正派人家里时，就再也不能正视，而只能斜视了，内心会感到自己很卑鄙，这样可不行！不行！不行！不行！我宁愿痛苦、流血、哭泣，用指甲抠下自己的皮肉，夜里在忧虑中受煎熬，让肉体和灵魂受折磨。这就是我来告诉您这一切的原因。正如您说的，自觉自愿。"

他喘着气，吐出了最后一句话：

"从前，为了生活，我偷了一块面包；今天，为了生活，我不愿偷一个名字。"

"为了生活！"马里尤斯打断他说，"您不需要这个名字生活了？"

"嘿！必须这样认为。"让·瓦让回答道，并连续几次慢慢抬起头又低下头。

接着是一阵沉默。双方都默默无言，各自都陷入了沉思。马里尤斯已坐到一张桌子旁，屈着一根手指头顶着嘴角。让·瓦让来回踱步。他在一面镜子前停下来，待了一会儿。他看着镜子，却视而不见。接着，仿佛在回答内心的说理似的，他说：

"现在，我感到很轻松！"

他又踱起步来。他走到客厅的另一头。就在他转身的时候，他发现马里尤斯在看他走路。于是，他用一种难以形容的声调对他说：

"我走路有点拖腿。现在您知道为什么了。"

接着，他把尚未转完的身体转向马里尤斯。

"现在，先生，您想象一下：我什么也没说，我仍是福施勒旺先生，我在您家里住了下来，我成了您家的人，我在我的卧室里，早晨我穿着拖鞋来吃饭，晚上我们三个一起去看戏，我陪蓬梅西夫人去杜伊勒利宫和王家广场散步，我们在一起，您把我当成和您一样的人，可是，有一天，我在这里，您在这里，我们说说笑笑，突然，您听见一个人在喊让·瓦让的名字，警察这只可怕的手从黑暗中伸出来，把我的假面具突然扯掉！"

他又停了一会儿。马里尤斯打了个寒噤，站了起来。让·瓦让又说：

"对此您有什么想法？"

马里尤斯默不作答。让·瓦让继续说：

"您看，我说出来是对的。啊，祝你们幸福，就像生活在天堂里，做天使的天使，生活在阳光下，有这一切就够了，别去管一个被罚入地狱的苦命人如何袒露心扉，尽其责任。先生，您面前是一个可耻的人。"

马里尤斯慢慢穿过客厅。当他走近让·瓦让时，向他伸出手去。可让·瓦让却不伸出手来，马里尤斯只好走过去握他的手。让·瓦让任他这样做，马里尤斯感到他握住的手像大理石般冰冷。

"我外祖父有一些朋友，"马里尤斯说，"我设法让您被赦免。"

"不必了。"让·瓦让回答，"人们以为我死了，这就够了。死人是不受监视的。人们以为他们在静静地腐烂。死亡和赦免是一回事。"

他把手从马里尤斯手中抽回来,一面极端尊严地说:

"再说,尽我的责任,这是我求助的朋友。我只需要一种赦免,那就是我的良心的赦免。"

这时,在客厅的另一头,门轻轻打开一条缝,露出了珂赛特的脑袋。只看得见她温柔的面孔,头发动人地蓬乱着,眼皮仍带着睡意。她就像小鸟将脑袋探出鸟窝,先瞧瞧她丈夫,又瞧瞧让·瓦让。她笑吟吟地喊他们,仿佛一朵玫瑰花在微笑。

"我打赌,你们在谈政治!不跟我在一起,真是太傻了!"

让·瓦让哆嗦了一下。

"珂赛特!……"马里尤斯期期艾艾地说道。

他没往下说。他们就像是两个罪人。

珂赛特喜形于色,继续来回瞧他们两人。她的眼睛里似乎有天堂的闪光。

"我可把你们当场逮住了。"珂赛特说,"刚才,我在门外听见我父亲福施勒旺说'良心''尽责任'什么的。这就是政治嘛。我不想听。不能在新婚第二天就谈政治。这不公正。"

"你听错了,珂赛特。"马里尤斯说,"我们在谈生意,在谈你的六十万法郎如何投资最好……"

"不光是这些。"珂赛特打断他说,"我来了。你们这里要我吗?"

说完,她毫不犹豫地从门口进入客厅。她穿一件肥大的宽袖百褶白晨衣,从脖子一直垂到脚头。在哥特式古油画的金光灿烂的天空中,就能看到这种装进天使的迷人宽袍。

她对着一面大镜子,从头到脚欣赏了一遍。然后突然狂喜地大喊道:

"从前有一个国王和一个王后。呵!我多么高兴!"

说完,她向马里尤斯和让·瓦让行了个屈膝礼。

"好了。"她说,"我就坐在你们旁边的一张椅子上,半小时后开饭,你们想谈什么就谈什么,我知道男人们是要说话的,我会很乖的。"

马里尤斯握住她的胳膊,情意绵绵地对她说:

"我们在谈生意。"

"对了,"珂赛特回答,"我把房里的窗子打开了。刚才,花园里飞来了一群'皮埃罗'①。是小鸟,不是戴假面的小丑。今天是封斋的第一天,可鸟儿却不管这些。"

"我跟你说我们在谈生意。去吧,我的小珂赛特,让我们待一会儿。我们谈的尽是数字。你会厌烦的。"

"你今天上午戴的领带很漂亮,马里尤斯。你很会打扮,我的老爷。不,我不会厌烦的。"

"我敢肯定,你会厌烦的。"

"不会的,因为是你们。我听不懂你们谈什么,但我愿意听你们说话。听喜欢的人说话,用不着听懂他们说什么。我就想大家待在一起。我和你们在一起嘛!"

"你是我的宝贝珂赛特!这可不行。"

"不行?"

"对。"

"那好。"珂赛特说,"我是有事来告诉您的。我本来要对您说,我的外祖父还在睡觉,您的姨妈去教堂了,我父亲福施勒旺房里的壁炉生火了,妮珂莱特喊来了通烟囱的工人,杜珊和妮珂莱特吵了一架,妮珂莱特讥笑杜珊说话结巴。好吧,我什么也不告诉您了。啊!您说这不行?那您瞧吧,我也会说:'这不行!'看谁会上当。求求你了,我的小马里尤斯,让我留下来和你们两个在一起吧。"

---

① 法语中,"皮埃罗"可作"丑角"和"麻雀"解。这里是双关语,暗指麻雀。

"我向你发誓,我们得单独待着。"

"那我是外人吗?"

让·瓦让一声不吭。珂赛特转向他说:

"首先,父亲,您,我要您过来吻我。您怎么啦,不帮我说说话,一声不吭的?谁给了我这样一个父亲?您瞧,我在家里多么不幸。我丈夫打我。好了,马上过来吻我吧。"

让·瓦让走过去。珂赛特转向马里尤斯。

"您呢,我就冷待您。"

说完,她向让·瓦让递过额头。让·瓦让向她走了一步。珂赛特却往后退。

"父亲,您脸色苍白。是胳膊疼吗?"

"已经好了。"让·瓦让说。

"没睡好觉?"

"不是。"

"因为伤心?"

"不是。"

"那就吻我吧。如果您身体很好,睡觉很好,心情愉快,我就不责怪您了。"

她又一次向他递过额头。让·瓦让在她亮晶晶的妙不可言的额头上吻了一下。

"笑一笑呀。"

让·瓦让笑了笑。那是幽灵的微笑。

"现在,您帮我对付我丈夫。"

"珂赛特!……"马里尤斯说。

"生气呀,父亲。告诉他我得留下来。你们可以当着我的面谈。你们认为我很笨。你们谈的事就那样惊人!生意,把钱存入银行,这是什么了不起的事？男人们什么事都神秘兮兮的。我要留下来。今天我很美。马里尤斯，看看我嘛。"

她可爱地耸了耸肩，以一种美妙动人的赌气神态看着马里尤斯。他们之间仿佛通了一下电。有人在场也顾不得了。

"我爱你！"马里尤斯说。

"我崇拜你！"珂赛特说。

两人不可抗拒地拥抱在一起。

珂赛特扯了扯晨衣上的一道皱纹，得意洋洋地噘起嘴巴说："现在我可得留下来了。"

"这个，不行。"马里尤斯用哀求的口吻说，"我们有件事还没讲完。"

"还是不行？"

马里尤斯转而语气严肃地说：

"珂赛特，我向你保证，这不行。"

"啊！你拿出男人的腔调说话了，先生。好，我走。您，父亲，您没有支持我。我的丈夫先生，我的爸爸先生，你们是暴君。我要去告诉外祖父。你们要是以为我会回来，向你们屈服，那就错了。我是很骄傲的。现在我等你们求我。你们会看到，没有我，你们会厌烦的。我走，你们活该。"

说完她便走了。

两秒钟后，门又打开，那张鲜艳红润的面孔又一次从门缝里探进来。她喊道：

"我气死了。"

门又合上，屋里又变得黑暗了。这就像一道迷途的阳光，无意中突然穿过黑夜。马里尤斯看看门确实关上了。

"可怜的珂赛特！"他喃喃地说，"她要是知道了……"

听到这句话，让·瓦让打了个寒战。他目光迷惘地看看马里尤斯。

"珂赛特！啊，对，您会把这事告诉她的。这样做是对的。瞧，我都没想到。一个人有勇气做一件事，却没勇气做另一件事。先生，我恳求您，我哀求您，请给我许个最神圣的诺言，不要把这事告诉她。您知道了还不够吗，您？我能主动地不是被迫地说出来，我就可以告诉全世界，告诉大家，这我无所谓。可是她，她不知道是怎么回事，她会吓坏的。苦役犯是什么！还得给她作解释，对她说：苦役犯是蹲过苦役牢的人。她曾见过一队押往苦役牢的犯人。呵！天哪！"

他瘫在安乐椅上，双手捂住脸。虽听不见声音，但从他抽动的双肩，可以看到他在哭泣。无声的哭泣，是可怕的哭泣。

人在哭泣时，会喘不过气来。只见他浑身抽搐，像是为了喘口气似的，仰天靠在安乐椅上，双臂下垂，让马里尤斯看见了他满是泪水的面孔。马里尤斯听见他喃喃自语，声音很低很低，仿佛来自无底深渊：

"呵！我真想死！"

"请放心，"马里尤斯说，"我一定不把您的秘密说出去。"

他受感动的程度也许还没达到应有的程度，可是，一个小时来，他不得不忍受一个意外的可怕的打击，看见一个苦役犯在他眼前慢慢地同福施勒旺先生重叠，渐渐相信了这个凄惨的现实，顺着事情的自然坡道，看见了这个人和他之间刚刚出现的距离。马里尤斯接着说：

"关于您如此忠心如此诚实地转交的那笔款子，我不能不对您提一下。您这样做，说明您很正直。应该酬谢您。您自己定个数吧，我一定会如数给您的。别怕定高了。"

"谢谢您，先生。"让·瓦让温和地回答。

他沉思了会儿，下意识地将食指尖放到大拇指的指甲上，然后抬高嗓门说：

"差不多全说完了。就剩下一件事……"

"什么事？"

让·瓦让似乎最后犹豫了一下，然后，哑着嗓门而且几乎是没有气息地含含糊糊地说：

"现在您知道了一切，您，先生，您是主人，您认为我不该再见珂赛特了吗？"

"我认为这样更好。"马里尤斯冷冷地说。

"我再也见不到她了。"让·瓦让喃喃地说。

他朝门口走去。他将手放在门把上，锁舌动了，门微微打开，让·瓦让把门开到过得去身子的程度，停了一会儿，又把门关上，身子转向马里尤斯。

让·瓦让的脸色已不是苍白，而是青灰了。他眼中已没有泪水，而是一种悲惨的火光。他的声音又变得出奇地平静。

"听着，先生，"他说，"如果您愿意，我就来看她。我明确地告诉您，我非常想来看她。假如我不想看珂赛特，我就不会告诉您这一切了，我就会一走了之。可是我想待在珂赛特所在的地方，继续能看见她，我就不得不把这一切都告诉您。您能听懂我讲的道理，是不是？这是可以理解的事。您看，她在我身边生活了九年。我们先是住在林荫大道那幢破房子里，后来住到了修道院里，后来又搬到卢森堡公园附近。您就是在那里第一次见到她的。您一定还记得她的蓝绒帽。后来我们又搬到了残老军人院区，有一道铁栅栏门和一座花园。普吕梅街。我住在后院，那里听得见她弹钢琴。这就是我的生活。我们从没分开过。我们在一起待了九年零几个月。我就像是她的父亲，她是我的孩子。我不知道您能不能理解我，蓬梅西先生，但是，要我现在离开这里，不再见她，不再同她说话，变得一无所有，这是很困难的。您认为可以的话，我就有时来看看珂赛特。我不会常来。我不会待很久。您就安排在楼下那间屋子里接待我。在底层。我可以从仆人们出入的后门进来，不过，这样会让人说闲话的。我想，最好从大门进来。先生，真的。我还想来看看珂赛特。次数多少由您定。您设身处地为我想想,我只剩下这个了。再说,还得注意一件事。假如我再也不来,会有很坏的后果,大家会感到很奇怪。比如,我可以做的,是晚上天快黑的时候来。"

"您每天晚上来吧,"马里尤斯说,"珂赛特会等您的。"

"您真好,先生。"让·瓦让说。

马里尤斯向让·瓦让鞠了一躬,幸福的人把绝望的人送到门口,两人就分手了。

二 泄露的秘密中会有疑点

马里尤斯心烦意乱。

对珂赛特身边的这个男人,他从来都有一种疏远感,现在总算找到答案了。他的本能告诉他,这个人的身上有一个难以猜透的谜。这个谜便是最难启齿的耻辱——蹲过苦役牢。这位福施勒旺先生,是苦役犯让·瓦让。

在幸福之时,突然发现这样一个秘密,无异于在鸟窝里发现一只蝎子。马里尤斯和珂赛特的幸福,从此就得和这件事连在一起了吗?这已是既成事实了吗?接受这个人是这完美婚姻的组成部分吗?无可挽回了吗?马里尤斯难道同时娶了这个苦役犯?

尽管戴着光明和快乐的桂冠,品味着人生的光辉时刻和幸福的爱情,可是,遇到这样大的震撼,就连心醉神迷的大天使,无上荣光的半神半人也会不寒而栗。

正如遇到这种突变时常发生的那样,马里尤斯扪心自问,他是不是也有该自责的地方?是不是缺乏预见,不够谨慎?是不是无意中做了件傻事？可能吧。他是不是不够小心，没弄清情况，就一头扎进这场导致他和珂赛特结婚的爱情冒险中？他看到——事情就是这样，经过一系列的自我观察，发现生活在慢慢地矫正着我们——他看到了他性格上爱幻想、爱梦想的一面，这是许多人机体的内在云雾，当狂热或痛苦到了极点时，这些云雾就会膨胀扩展，弥漫到全身，内心的温度就会改变，把人变成一种漂浮在云雾中的意识。我们不止一次指出过马里尤斯个性的这个特点。他回想起，当他沉湎于爱情的时候，在普吕梅街神魂颠倒的六七个星期中，他甚至没向珂赛特提起他在戈博旧宅目睹的神秘一幕，那天，受害者的表现非常古怪，在搏斗中一直沉默不语，而且最后逃跑了。他怎么就没对珂赛特讲这件事呢？而且又刚刚发生，十分可怕！他怎么连泰纳迪埃的名字都没提起，尤其是遇见埃波妮的那一天？他现在几乎难以解释当时的沉默。然而他意识到了。他回想起他当时已晕头转向，忘乎所以，爱情占据了一切，两人在理想的境地中互相陶醉，也许，在这狂热而醉人的心境中，尚有一点儿难以觉察的理智，朦胧而本能地感到要隐瞒和忘记这一可怕的奇遇，害怕提起这件事，不想在这件事中担当任何角色，他想逃避，假如他叙述或证明了这件事，势必就成了揭发者。再说，这几个星期一晃而过，他们只顾相爱，没时间做别的事。在权衡了一切，检查、考虑了一切之后，他感到，即使把戈博旧宅发生的事告诉珂赛特，并对她提起泰纳迪埃一家，又会有什么后果？即使他发现让·瓦让是苦役犯，他马里尤斯会有改变吗？珂赛特会有改变吗？他会退缩吗？他对珂赛特的爱会减少吗？他会不娶她吗？不会。这对已发生的事有丝毫改变吗？不会。因此，用不着后悔，用不着自责。一切都很好。这些被称作恋人的醉汉，有一个上帝。马里尤斯闭着眼，却走了一条他睁着眼时也会选择的道路。爱情蒙住了他的双眼，把他带到了哪里？天堂。

可是，这个天堂从此要与地狱相伴了。

马里尤斯对这个人,对这位已变成让·瓦让的福施勒旺,从来都有一种疏远感,现在又掺进了厌恶感。在这厌恶中,可以说,夹杂着些许同情,甚至是惊讶。

这个小偷,这个惯犯,却把一笔存款交了出来。六十万法郎。只有他一人知道这笔存款。他本可以全部留下,却全部交出了。

此外,他主动泄露了自己的身份。没有人强迫他。假如有人知道他是谁,那也是他告诉的。他泄露自己的身份,不仅意味着要接受凌辱,还要接受风险。对犯人来说,一副面具不是面具,而是避难所;他却放弃了这个避难所。一个假名意味着安全;他却放弃了这个假名。他,一个苦役犯,从此可以隐藏在一个正派的家庭里,他却抵制了这个诱惑。出于什么动机?为了良心的安宁。刚才他已做了解释,语气真切,让人不能不相信。总之,不管让·瓦让是什么样的人,不可否认的是,他的良心正在觉醒。这里面有一种神秘的东西,他已想重新获得尊重。根据种种迹象,长久以来,良心的不安主宰着这个人。如此正义和善良的举动,非是一般人所能为的。良心觉醒,意味着心灵的高尚。

让·瓦让是真诚的。这真诚看得见,摸得着,不容置疑,甚至可以从这真诚给他带来的痛苦中感受到,因此没有必要再作调查,他说的一切都是可信的。想到这里,马里尤斯感到位置奇怪地颠倒了。福施勒旺给人的印象是什么?不可信任。让·瓦让给人的印象是什么?可以信任。

马里尤斯思索着,给这个神秘的让·瓦让进行总结,他看到了他的功和过,他力图使之平衡。可是,这一切仿佛处在一场暴风雨中。马里尤斯力图对这人有个清楚的概念,可以说,他在头脑里追踪让·瓦让,时而失去了线索,时而又在阴惨的迷雾中找到了他。

诚实地交出存款,正直地供认身份,这很好。这好比云雾中露出一片晴空,继而又变成漆黑。不管马里尤斯的记忆多么混乱,仍能模糊地回想起一些事。

在戎德雷特的破屋里发生的事怎么那么奇怪？为什么警察一来，那人非但没申诉，反而逃跑了？现在，马里尤斯找到了答案。原来那人是在逃的惯犯。

还有个问题：为什么那人到街垒里来？因为此刻这件事又清楚地浮现在马里尤斯眼前，就像隐显墨水靠近火那样，他一激动，往事就又重现了。那人在街垒里。不参加战斗。他来干什么？一个幽灵出现了，对这个问题作了回答。雅韦尔。马里尤斯清楚地回忆起让·瓦让将五花大绑的雅韦尔拖到街垒外面的凄惨情景，他仿佛又听见蒙代图尔巷角响起的可怕枪声。在这密探和这苦役犯之间似乎有深仇大恨。一个妨碍着另一个。让·瓦让是为了复仇而到街垒里来的。他来得很晚。可能知道雅韦尔被抓住了。科西嘉式的复仇已深入到某些社会底层，并具有法律效力。这种复仇极其普通，连那些近乎改邪从善的人，也不会感到吃惊。这些人就是这样，一个走上悔改之路的罪犯，在偷盗上可能有所顾忌，对于复仇却不会犹豫。让·瓦让杀死了雅韦尔。至少，看上去是显然的。

最后还有个问题，但找不到答案。马里尤斯感到这个问题像把钳子钳住了他。让·瓦让怎么会和珂赛特生活了那么久？上天开了场什么样的可悲玩笑，让这个孩子遇到了这个人？难道天上也铸造了双人链，上帝想把天使和魔鬼拴在一起？罪恶和纯洁难道能在悲惨而神秘的苦役牢里同室为伴？在所谓人类命运的犯人行列中，两张面孔可以并肩而行，一个天真，另一个可怕，一个披着晨曦神圣的清辉，另一个永远被无尽的闪光照得惨白？这不可理解的配搭是谁决定的？这个圣洁的孩子和这个罪恶的老头是以怎样的方式，通过怎样的奇迹，共同生活在一起的？谁能把羔羊和狼连在一起，更令人不可思议的是，把狼拴在羊身上？因为这只狼爱这羊羔，因为这个粗野的人深爱这个弱者，因为整整九年，天使以魔鬼作为依靠。珂赛特的童年和少年，她的出世，她的向着生活和光明的健康成长，都受到了这畸形忠诚的庇护。这里，问题有如无数个谜，一层层地剥开，无数个深渊下面又出现了深渊，马里尤斯每次俯视让·瓦让，都会头晕目眩。这个悬崖般的人究竟是怎么回事？

《创世记》中的古老信条是恒久不变的。在现实的人类社会中，除非有更大的光明将它改变，否则永远存在着两种人，一个在天上，一个在地下，一个是从善的亚伯，一个是从恶的该隐。那么，这个温情的该隐是怎么回事？这个虔诚地崇敬一个圣女，照顾、抚养、呵护着她，尽管自身肮脏，却使她变得高尚圣洁的强盗是怎么回事？这个自己是垃圾，却崇拜一个纯洁的少女，并使之一尘不染的人是怎么回事？这个负责教育珂赛特的让·瓦让是怎么回事？这个以不让黑暗和乌云遮住一颗星星升起为唯一宗旨的黑暗面孔是怎么回事？

这是让·瓦让的秘密，也是上帝的秘密。

在这双重秘密前，马里尤斯退却了。可以说，其中一个使他对另一个放了心。在这场奇遇中，上帝和让·瓦让一样看得见。上帝有自己的工具。他随心所欲地加以使用。他在人类面前不负有责任。我们知道上帝是怎样干的吗？让·瓦让为珂赛特付出了心血。他多少塑造了她的灵魂。这是无可置疑的。结果呢？工匠很可怕，但作品却令人赞叹。上帝随心所欲地创造奇迹。他创造了楚楚可怜的珂赛特，却是利用了让·瓦让。他乐意选择这个奇特的合作者。这有什么可责问的呢？粪土又不是第一次帮助春天开出玫瑰花。

马里尤斯就这样自问自答，并自认为答案是正确的。在刚才指出的所有问题上，他没敢深究让·瓦让，但又不承认自己不敢。他深爱着珂赛特，他拥有了珂赛特，珂赛特既纯洁又出众。他已心满意足。他还需要澄清什么呢？珂赛特是光明。光明还需要澄清吗？他拥有了一切，还能要什么呢？一切，难道还不够吗？让·瓦让个人的事同他无关。每当他俯视这个人的不祥阴影时，他就紧紧抓住这个不幸人的庄严声明：

"我同珂赛特毫无关系。十年前,我还不知道她的存在。"

让·瓦让是个过路客。这是他自己说的。那么,就让他过吧。不管他是什么样的人,他的作用已结束。从今以后,将是马里尤斯待在珂赛特身边充当保护人。珂赛特已来到蓝天,同她的同类、她的情人、她的丈夫、她在天上的男人相逢了。珂赛特长出翅膀变作蝴蝶飞向天空时,将她丑陋的空蛹壳——让·瓦让留在了她身后的尘世间。

不管马里尤斯想什么,他对让·瓦让总有些反感。也许是神圣的反感,因为刚才指出了,他感到在这个人身上有**某种神圣的东西**[①]。可是,不管怎么做,不管怎么想减轻情节,最后总要回到一个问题上:这是个苦役犯。就是说,他在社会等级中没有一席之地,处在最后一个等级下面。末等人之后才是苦役犯。可以说,苦役犯已不是人的同类。在苦役犯身上,法律已把人的资格全部剥夺了。马里尤斯崇尚民主,但在刑事问题上,仍拥护无情的司法制度,对于法律打击的对象,他与法律的观点完全一致。可以说,他尚未完成彻底的进步。他还不能分清什么是人写的,什么是上帝写的,什么是法律,什么是权利。对于人有权掌握不可改变和不可弥补的事,他根本没有思考和斟酌过。他对"社会制裁"这个词并不反感。他认为违背成文法的行为,应该受到永久的惩罚,他把社会的惩罚看作文明的做法。他还停留在这一步,当然以后必定会进步,因为他的本质是好的,天生具有进步的潜力。

在这些思想中,让·瓦让在他看来是丑恶的,令人讨厌的。他是受社会排斥的人。他是苦役犯。这个字眼对他来说,好比是宣布判决的号角。反复审视让·瓦让后,他最后一个动作便是别过头去。**走开**[②]。

应该承认,甚至应该强调,马里尤斯尽管向让·瓦让提过问题,以至于后者回答"您在逼我说出秘密",但他并没提出两三个关键问题。

[①] 原文为拉丁语。
[②] 原文为拉丁语。耶稣斥责彼得说:"撒旦,走开!"见《马可福音》。

不是没有想到，而是不敢提。戎德雷特家的破屋？街垒？雅韦尔？谁知道会有什么意想不到的回答。让·瓦让不像是个畏缩不前的人，在逼得让·瓦让说了后，谁知道马里尤斯想不想不让他说下去？我们不是都有过这样的经历，在提了一个问题后，有时到了最后关头，反而会捂上耳朵，不想听到答复吗？尤其当爱上一个人时，会有这种懦弱的表现。对不祥的境况过分追究是不明智的，尤其是牵连到我们生活中不可割舍的部分时。在让·瓦让绝望的解释中，可能会冒出可怖的光，谁知道这亮光会不会波及珂赛特？谁知道这天使的额头上会不会留下地狱的光？闪电散发的光仍是闪电。命运就是有这种连带关系，由于染色反光的规律，无辜本身也会被打上罪恶的烙印。身旁有个可怕的人，最纯洁的面孔也会永远留下他的反光。不管是对是错，马里尤斯心里害怕。他已知道得太多。他宁愿糊里糊涂，也不想问个水落石出。在狂乱中，他闭眼不看让·瓦让，而将珂赛特抱走。

这个人属于黑夜，属于有生命的可怕的黑夜。怎么敢对他追根问底？向黑暗提问是可怖的。谁知道它会回答什么？晨曦可能从此染上黑色。

在这种思想状态下，一想到这个人今后还要同珂赛特接触，马里尤斯便茫然不知所措。那些可怕的问题本来可使他作出最终的无情的决定，他却退缩了，现在他简直要责怪自己没有提出来。他觉得自己太善良，太温和，也可以说太软弱。由于自己的软弱，才做了不谨慎的让步。他禁不住受了感动。他错了。他本该断然抛弃让·瓦让。让·瓦让是火灾中应该牺牲的部分，他本该丢车保帅，把他从自己家里赶走。他埋怨自己，埋怨这股冲动的旋风来得太猛烈，骤然间他变成了聋子、瞎子，被卷走了。他对自己很不满意。

现在怎么办？他对让·瓦让来家里极端厌恶。这个人到他家来有什么用？他来干什么？想到这里，他晕头转向，他不愿深入思考，他不愿深究自己。他已经答应了,他是被迫答应的;让·瓦让有了他的承诺;哪怕是对苦役犯,而且尤其是对苦役犯,作了承诺不应该食言。可是,他首先要对珂赛特负责。总之,他心里产生了压倒一切的厌恶情绪。

这些想法在马里尤斯的头脑里翻江倒海,乱作一团。他时而想想这个,时而想想那个,心里烦躁不安。要向珂赛特掩饰这纷乱的心绪,是不容易做到的,但爱情是天才,马里尤斯做到了。

此外,他装作无心的样子,问了珂赛特几个问题。珂赛特就像洁白的鸽子,非常单纯,竟毫无察觉。他同她谈起她的童年和青少年,他越来越相信,这个苦役犯把一个男人可能有的善良、慈爱和尊严,都倾注到了珂赛特身上。马里尤斯隐隐看到和猜到的是真实的。这棵可悲的荨麻,确实疼爱和呵护过这朵百合花。

第八卷　暮色渐浓

一　楼下的屋子

　　翌日，夜幕降临时，让·瓦让来敲吉诺曼家的大门。迎候他的是巴斯克。巴斯克恰好在院子里，好像奉命等候似的。有时，主人会对仆人说："某某先生要来，您去迎候一下。"

　　巴斯克没等让·瓦让走过来，便对他说：

　　"男爵先生吩咐我问问先生，是想上楼还是待在楼下？"

　　"待在楼下。"让·瓦让回答。

　　巴斯克倒是毕恭毕敬，他打开楼下那间屋子，说道："我去禀报夫人。"

　　让·瓦让进去的，是底层一间潮湿的拱形屋子，有时用作贮藏食物，朝向大街，地面铺有红方砖，光线幽暗，只有一扇安了铁条的窗户。

　　这间屋不是拂尘、长柄掸帚和扫帚经常骚扰的地方。灰尘安静地待在里面。蜘蛛也没受到过迫害。一张点缀着死苍蝇的、很黑很黑的、漂亮的蜘蛛网，孔雀开屏般地展现在一块窗玻璃上。屋子又小又矮，在一个墙角里，堆着许多空酒瓶。刷成赭黄色的墙壁，灰皮大片大片地剥落。内里有一个台面窄小、漆成黑色的木架壁炉，里面生了火。这些说明家人已料到让·瓦让会回答"待在楼下"。

壁炉的两个角上各放了一把安乐椅。椅子中间铺了一块床前踏脚垫作为地毯。垫子又破又旧,羊毛几乎已磨光,露着细绳。房间的照明全靠炉火和从窗口透进来的暮色。

让·瓦让面有倦容。他几天不吃不睡了。他倒在一张安乐椅上。巴斯克又来了,他把一支点燃的蜡烛放在壁炉上后就退下去了。让·瓦让低着头,下巴垂到胸口,没有看见巴斯克,也没看见蜡烛。

他倏地站起来。珂赛特已来到他身后。他没看见她进来,但感觉到了。他转过身。他凝视她。她美极了。但是,他用深邃的目光注视的,不是她的美貌,而是她的心灵。

"啊!太好了,"珂赛特惊叫道,"这主意不错!父亲,我知道您很怪,但从没想到会这样怪。马里尤斯对我说,是您要我在这里见您的。"

"是的,是我。"

"我料到会这样回答。您可得当心。我事先告诉您,我是准备来同您吵架的。从头开始吧。父亲,吻我。"

她递过脸颊。让·瓦让没有动弹。

"您动也不动。我都看到了。这种态度是有罪的。不过没关系,我原谅您。耶稣基督说过:'送上另一边脸'①。给您。"

她递过另一边脸颊。让·瓦让仍不动弹,仿佛他的脚钉在砖地上了。

"这可严重了。"珂赛特说,"我什么地方对不住您了?我宣布我生气了。您得同我和解。您在我们这里吃晚饭。"

"我吃过了。"

"这不是真的。我让吉诺曼先生来训您。外祖父是可以训父亲的。行了。跟我一起到楼上的客厅去吧。这就上去。"

---

① 耶稣说,如果有人打了你右边的脸,你就送上左边的脸。

"不行。"

珂赛特只得后退一步。她不再用命令的口吻说话，而是转为提问。

"为什么？您选最寒酸的屋子同我见面。这里太可怕了。"

"你知道……"

让·瓦让改口说：

"您知道，夫人，我很特别，我常有古怪的想法。"

珂赛特拍拍小手。

"夫人！……您知道！……又一个新花样！这是什么意思？"

让·瓦让冲她苦笑了一下。他常求助于这种苦笑。

"您想当夫人。现在当上了。"

"对您不是，父亲。"

"不要再叫我父亲了。"

"叫什么？"

"叫我让先生。如您愿意，叫让也行。"

"您不再是父亲了？我不再是珂赛特了？让先生？这是什么意思？在闹革命哪？出什么事了？看着我的脸。您不愿和我们住在一起！您不要我给您准备的房间！我什么地方对不住您了？我什么地方对不住您了？出什么事了？"

"没有。"

"那怎么这样？"

"一切如旧。"

"那您为什么要改名？"

"您也改了嘛，您。"

他又苦笑了一下，接着说：

"既然您是蓬梅西夫人，我就可以是让先生。"

"我一点也不明白。这一切太蠢了。我会请示我的丈夫，同意我叫您让先生。我希望他不同意。您使我太难过了。您可以有怪念头,但不应该让您的小珂赛特难受。这不好。您没有权利这么坏,您一向都很好的。"

他不作回答。她猛地抓住他的两只手,使劲拉向自己的脸,把它们紧紧按在颔下的脖子上,这是一种极其深情的动作。

"呵!"她对他说,"好一点嘛!"

她又接着说:

"我说的好一点,是指乖一点,住到这里来,恢复我们惬意的散步,这里和普吕梅街一样也有鸟,和我们一起生活,离开武夫街的破屋,不要让我们猜字谜,和大家一样,同我们一起吃晚饭,一起吃午饭,做我的父亲。"

他抽出手。

"您有了丈夫,不需要父亲了。"

珂赛特生气了。

"我不需要父亲了!对于这种不近情理的话,真不知道该说什么好!"

"要是杜珊在这里,"让·瓦让就像要找个权威,遇到什么便抓住不放,继续说道,"她会第一个承认我向来举止怪异。并没有什么新花样。我从来喜欢我的黑暗角落。"

"可这里太冷,又看不清楚。竟然想当让先生,这太可恶了!我不要您用'您'称呼我。"

"刚才来的路上,"让·瓦让回答,"我在圣路易街看到一件家具。在一家木器店。假如我是个漂亮女人,我就买下这件家具。一张很好的梳妆台,款式时新。我想是你们所谓的巴西香木,镶嵌着饰物。有一面相当大的镜子,有抽屉,很漂亮。"

"呸!真是个怪人!"珂赛特回敬道。

说完，她咬着牙，咧着嘴，极其俏皮地向让·瓦让吹了口气。这是美惠女神在模仿猫吹气。

"我气疯了。"她又说，"从昨天起，你们一个个让我气得发疯。我火冒三丈，真不明白。您不帮我对付马里尤斯，马里尤斯又不支持我对付您。我孤军奋战。我好心布置了一个房间。假如我能请来仁慈的上帝，我也会把他安置进去的。可人家把我的房间甩给我。我的房客不给我面子。我让妮珂莱特做了顿丰盛的晚餐。'人家不用您的晚餐，夫人。'我父亲福施勒旺要我称他让先生，他要我在一间可怕的发霉的破地窖里接待他，那里，墙上长了胡子，那里，空酒瓶代替水晶灯，蜘蛛网代替窗帘！您是古怪，这我承认，您喜欢这样，可是，人家结婚了，您总该暂停一下吧。您不应该马上就又古怪起来。您在那可憎可恨的武夫街过得很满意，可我在那里都绝望死了！您有什么同我过不去？您让我感到很难过。呸！"

接着，她突然变得严肃起来，双眸凝视让·瓦让，又说：

"是因为我幸福，您怨恨我了吗？"

天真的人无意中会说出极为深刻的话。这个问题，对珂赛特非常简单，对让·瓦让却击中了要害。珂赛特只想刺他一下，不料却让他撕心裂肺。

让·瓦让脸刷地白了。他一时哑口无言，然后，他用难以形容的声调，像是自言自语道：

"她的幸福，是我生活的目的。现在，上帝可以签字让我离开了。珂赛特，你现在幸福了，我也到期了。"

"啊！您刚才用'你'了！"珂赛特惊叫道。

她扑过去搂住他的脖子。让·瓦让一时冲动，把她紧紧搂在怀里。他感到又把她夺回来了。

"谢谢，父亲！"珂赛特对他说。

这情不自禁的冲动,对让·瓦让来说,会变得难以忍受。他轻轻推开珂赛特的胳膊,拿起帽子。

"怎么?"珂赛特说。

让·瓦让回答:

"我要走了,夫人,他们在等您。"

走到门口,他又说:

"我刚才用'你'了。跟您的丈夫说,以后再也不会了。原谅我。"

让·瓦让走了,留下珂赛特为这莫名其妙的告别目瞪口呆。

二 又退了几步

第二天同一时刻,让·瓦让又来了。

珂赛特没向他提问,不再表示惊讶,不再喊冷,不再提楼上的客厅。她避免喊父亲或让先生。她任他用"您"相称,任他称自己"夫人"。不过,她不再那样快乐了。假如她可能忧愁的话,她还会显出忧愁的。

她可能同马里尤斯谈过一次,心爱的男人说了他想说的话,但没作任何解释,心爱的女人得到了满意的回答。情人们除了爱,对别的事不会太感兴趣。

楼下这间屋子稍稍整理过了。巴斯克拿走了空酒瓶,妮珂莱特清除了蜘蛛网。

此后,让·瓦让每天这个时候来。他每天都来,没有勇气不按字面理解马里尤斯的话。马里尤斯则设法在让·瓦让来的时候不在家。家里人已习惯了福施勒旺先生的新做法。杜珊帮着作解释。"先生从来都这样。"她反复说。外祖父下结论说:"这是个怪人。"这就成了定局。再

说,一个九旬老人不可能再有什么交往,一切都是并列而不相关的,来一个新人会有所不便。一切习惯均已养成,不再有空位置了。福施勒旺先生也罢,特朗施勒旺先生也罢,吉诺曼先生巴不得"这个先生"不来。他还说:"这种怪人司空见惯。他们做出种种怪事。动机呢?没有。卡纳普尔侯爵更怪。他买了座豪华住宅,自己却住在谷仓里。这都是那些人的古怪表现。"

谁都没有觉察个中隐情。再说,这样的事谁又能猜到呢?印度有些沼泽地,那里的水很奇怪,难以解释,无风会泛起涟漪,该平静的地方却波浪翻滚。人们看着水面无故起的波浪,却不见七头蛇在水底爬行。

许多人都像这样有一头秘密的妖怪,有一种坏毛病要维持,有一条恶龙在咬他们,有一件绝望的事使他们夜不成寐。这些人和别人一样来来去去。人们不知道长着无数牙齿的痛苦寄生在这些不幸人身上,会把他们折磨而死。人们不知道这些人是一个深潭。他们静止不动,却深不可测。水面不时会出现莫名的骚动。一个神秘的涟漪忽而出现,忽而消失,忽而复现。一个气泡升上来后又破裂。这微不足道,却十分可怕。这是不为人知的野兽在呼吸。

有一些古怪的习惯,比如说,别人走时他来,别人炫耀时他躲开,任何场合都穿着所谓墙色的外套,寻找偏僻的小道,喜爱偏静的街道,不参与任何交谈,避开人群和热闹,看上去有钱,却过着清贫的生活,尽管很富有,却把钥匙揣在衣兜里,蜡烛放在门房里,从小门进来,暗梯上楼,所有这些微不足道的古怪举动,水面上的涟漪、气泡、转瞬即逝的波纹,往往来自一个可怕的深处。

几个星期过去了。一种新的生活渐渐征服了珂赛特:结了婚,便有许多交往,要访客,要操持家务,要娱乐,这些都是大事。珂赛特的娱乐不用花钱,只有一项,就是同马里尤斯厮守在一起。同他一起出门,一起待在家里,这是她生活中最重要的事。两人手挽着手出门,迎着太阳，走在大街上，不遮遮掩掩，当着众人的面，却以为就他们俩，这对他们永远是常新不厌的快乐。珂赛特只有一件事不愉快。杜珊与妮珂莱特合不来而走了：两个老处女在一起是不可能处好的。外祖父身体很好。马里尤斯不时有案子要辩护。吉诺曼姨妈在新婚夫妇身边，过着自己平静而满足的生活。让·瓦让每天都来。

不再用"你"，而是用"您""夫人""让先生"相称，使得让·瓦让在珂赛特眼里变成了另一个人。他设法使她疏远自己的做法成功了。她越来越快乐，对他越来越不亲热。然而她仍很爱他，他感觉得到。一天，她突然对他说："您曾是我的父亲，现在已不再是我的父亲，您曾是我的叔父，现在已不再是我的叔父，您曾是福施勒旺先生，现在是让。您究竟是谁？要不是我知道您非常善良，我会怕您的。"

他仍住在武夫街，下不了决心离开珂赛特住过的地方。

起初，他在珂赛特身边只待几分钟。后来，他养成习惯，待的时间长了一些，仿佛白天变长，就允许他多待一会儿似的。他到得早一些，走得晚一些。

一天，珂赛特脱口叫了他一声"父亲"。让·瓦让阴郁苍老的脸上闪过一道喜悦的光。但他纠正她说："叫'让'。"

"啊！真的，"她大笑着答道，"让先生。"

"很好。"他说。

他转过身，不让她看见自己擦眼睛。

三　他们回忆起普吕梅街的花园

这是最后一次。这道微光闪过后，光就完全熄灭了。从此，再也没有亲近的表示，再也不用亲吻作问候，再也听不到"父亲"这一无比温柔的称呼！在他自己的请求和策划下，他一步一步丧失了自己所有的幸福。使他痛苦的是，他在一天之内从整体上失去珂赛特之后，又不得不在具体细节上一点一点地失去她。

眼睛最终习惯了地窖的光线。总之，每天能见上珂赛特一面，这对他足够了。他的全部生命都集中在这一时刻。他坐在她身边，默默地看着她，或者同她谈谈过去的岁月，她的童年、修道院、她当年的小朋友。

一天下午——那是四月初的一天，天气已经转暖，但仍有凉意，阳光灿烂，马里尤斯和珂赛特窗外的花园里呈现出复苏的激动，山楂树即将开花，紫罗兰在老墙上展示宝石般的花朵，粉红的金鱼草在石头缝里微微张开嘴巴，小白菊和金毛茛开始在绿草中搔首弄姿，白蝴蝶也已开始露面，风，这个亘古不歇的婚礼的乐师，在树丛里开始演奏古代诗人称作大地回春的晨曦大交响曲——马里尤斯对珂赛特说：

"我们说过要去看我们在普吕梅街的花园的。我们去吧，不应该忘恩负义。"

于是，他们就像两只燕子向春天飞去。对他们而言，普吕梅街的花园就像是黎明。在他们的生活中，在他们的身后，已留下了一种东西，可叫作爱情的春天。普吕梅街那座房子是租的，现在仍属于珂赛特。他们去了那座花园和那幢房子。他们故地重游，悠然忘返。晚上，在惯常的时间，让·瓦让来到髑髅地修女街。

"夫人同先生出门了，还没有回来。"巴斯克对他说。

他默默地坐下，等了一个小时。珂赛特还是没回来。他低着头走了。

珂赛特因重游"他们的花园"而心醉神迷，因"整整一天重温过去"而兴奋不已，第二天，她一个劲儿地谈这件事，根本没发觉昨天没看见让·瓦让。

　　"你们是怎么去的？"让·瓦让问道。

　　"走去的。"

　　"怎么回来的？"

　　"雇了马车。"

　　让·瓦让早已发现这对年轻夫妇过着拮据的生活。他为此心头不悦。马里尤斯非常节约，而这个字眼对让·瓦让来说具有特殊的意义。他试着提了个问题：

　　"为什么你们自己没有车？包一辆漂亮的轿车，一个月才五百法郎。又不是没钱。"

　　"我不知道。"珂赛特回答。

　　"就像杜珊。"让·瓦让说，"她走了。您也不再找个人。为什么？"

　　"有妮珂莱特就够了。"

　　"可您需要一个贴身女仆呀。"

　　"我不是有马里尤斯吗？"

　　"你们应该有你们自己的房子，自己的仆人，有一辆车，戏院里有你们的包厢。对你们来说，有再漂亮的东西也不过分。你们很有钱，为什么不享用呢？财富能让人过得更幸福。"珂赛特没吭声。

　　让·瓦让探望的时间丝毫没有缩短。恰恰相反。如果想沿着斜坡下滑，是停不下来的。

　　当让·瓦让想延长探望时间，让珂赛特忘记时间时，就称赞马里尤斯。他觉得他相貌英俊，气质高贵，勇敢，风趣，口才好，心地好。珂赛特便添枝加叶。让·瓦让又从头开始。总有谈不完的话。马里尤斯这个名字，是永不枯竭的话题。这六个字母包含着许多卷书。这样，让·瓦让就能待得长一些。看见珂赛特，在她身边忘记一切，是多么愉快啊！这是在给他的伤口敷药。有好几回，巴斯克不得不第二次来说："吉诺曼先生叫我提醒男爵夫人晚饭准备好了。"

在那些日子，让·瓦让回家时总是满腹心事。

马里尤斯在头脑里，曾把让·瓦让比作蝶蛹，这个比喻是不是有其真实的一面？让·瓦让难道真是个蝶蛹，将坚持不懈地来看望他的蝴蝶？

一天，他待的时间比平时更长。第二天，他发现壁炉里没生火。"怎么！"他想道，"没生火。"可他给自己找了个解释："这很简单。现在是四月了。天不冷了。"

"上帝！这里真冷！"珂赛特一进来就嚷道。

"不冷呀。"让·瓦让说。

"是您叫巴斯克不生火的吗？"

"对。快到五月了。"

"可是到六月还生火呢。在这个地窖里，一年到头都需要。"

"我想生火是多余的。"

"这又是您的一个怪想法。"珂赛特又说。

第二天，屋里生火了。但两张扶手椅却放到了屋子的另一头，靠着门。

"这是什么意思？"让·瓦让思忖。

他把两张椅子搬回壁炉旁原来的地方。因为又生了火，他有了勇气。他和珂赛特聊的时间比平时更长。他起身告辞时，珂赛特对他说：

"昨天我丈夫同我谈了一件奇怪的事。"

"什么事？"

"他对我说：'珂赛特，我们有三万利弗的年金。你有二万七，我外祖父给我三千。'我回答：'一共三万。'他又说：'你有勇气只靠这三千利弗生活吗？'我回答：'当然，没钱也行。只要和你在一起。'我又问他：'你为什么同我讲这个。'他回答说：'随便问问。'"

让·瓦让不知道该说什么。珂赛特可能想听听他的解释，可他只是听着，忧郁地一言不发。他回到武夫街，可他只顾想心事，竟走错了门，他没有回自己的家，进了隔壁的房子，爬到三楼才发现，只好再下去。

他陷入各种猜测。显然，马里尤斯对这六十万法郎的来历有所怀疑，他担心它们来路不正，谁知道呢？他甚至可能发现这笔钱是他让·瓦让的，他拿不定主意，是否要这笔可疑的钱；他不愿意把它占为己有，他和珂赛特宁可清贫度日，也不愿要这笔不义之财。

此外，让·瓦让已隐隐感到自己不受欢迎了。

第二天，他进入楼下那间屋子时，全身一震。两张扶手椅不见了。连张椅子也没有。

"怎么回事！"珂赛特进屋时说，"扶手椅怎么没了！放到哪里了？"

"不在了。"让·瓦让回答。

"太过分了！"

让·瓦让吞吞吐吐地说：

"是我叫巴斯克拿走的。"

"理由呢？"

"今天我只待几分钟。"

"待的时间短，也没有理由站着呀。"

"我想巴斯克需要把椅子拿到客厅去。"

"为什么？"

"晚上你们家可能有客人。"

"一个也没有。"

让·瓦让答不上来了。珂赛特耸了耸肩。

"这次又叫人把椅子拿走！上次您让人家不生火。您太怪了！"

"再见。"让·瓦让喃喃地说。

他没说："再见，珂赛特。"但也没勇气说："再见，夫人。"

他垂头丧气地走了。这次他全明白了。第二天,他没有来。珂赛特到晚上才发现。

"咦!"她说,"让先生今天没来。"

她心里有点难过,但她刚有感觉,就被马里尤斯的一个吻排解了。

第三天,他还是没有来。珂赛特没注意,仍像平时那样过她的夜晚,睡她的觉,只是翌日醒来时才想起来。她太幸福了!她马上让妮珂莱特到让先生家去看看他是否病了。妮珂莱特替让先生捎了话回来。他没有生病,他很忙,他很快就会去看她的。会尽快去的。另外,他要作一次短途旅行。夫人应该记得,他隔段时间就要出趟门,这是他的习惯。他让她不要担心。不要惦记他。

妮珂莱特进让先生家时,向他转告她的女主人的话。说她的主人派她来问问让先生为什么昨天没去她家。

"我有两天没去了。"让·瓦让温和地说。

但这句话,妮珂莱特忽略了,没向珂赛特汇报。

四　引力与熄灭

在一八三三年春夏之交,沼泽区稀少的行人、店铺的老板、站在门口的闲人,注意到有个穿着整洁黑衣服的老头,每天傍晚同一时刻,从靠布雷托内里圣十字架街那边的武夫街出来,经白大衣街,到圣卡特琳田园街,然后到披巾街,在那里向左拐,进入圣路易街。

到了圣路易街,他头冲着前方,慢慢地走着,什么也看不见,什么也听不见,眼睛死死地盯住同一个地方,仿佛那里闪烁着星光,那不过是髑髅地修女街的拐角处。他越走近那拐角,眼睛就越发亮,一种喜悦之情有如内心的一道曙光，使他的双眸发出光芒，他仿佛深受诱惑，深受感动，双唇神秘地翕动，像在对一个看不见的人说话，脸上隐隐出现微笑，脚步尽量放慢。仿佛他既盼望早点走到，又害怕走到的那一刻。再过几幢房子，就到似乎吸引他的那条街了，这时，他走得更慢了，有时好像不走了。他脑袋摇晃，目光凝滞，好似磁针在寻找地极。他再怎么拖延时间，最终也还是会走到的。到了髑髅地修女街，他就停下来，浑身发抖，忧郁而胆怯地从最后一幢房子的拐角探出脑袋，向那条街张望，在他悲惨的目光中，仿佛有不可得的东西引起的惊叹，有关闭的天堂反射的光辉。接着，一滴眼泪，慢慢地蓄在眼角，聚成一大滴泪珠落下来，沿着脸颊往下淌，有时淌到嘴角便停下来。老人感到了眼泪的咸味。他就这样像石雕似的待上几分钟，然后，他又以同样的步伐从原路返回。他离那条街越来越远，他的目光也越来越黯淡。

渐渐地，这个老人不再走到髑髅地修女街的拐角处了。他在圣路易街的中途停下来，有时多走一些，有时少走一些。一天，他到了圣卡特琳田园街就驻足不前，远远眺望髑髅地修女街，然后默默摇摇头，仿佛在拒绝自己做一件事，然后就往回走了。

不久，他连圣路易街也不去了。他只走到铺石街，在那里摇摇头，便往回走。接着，他不超过三亭街，再接着，不超过白大衣街；就像不再上发条的钟摆，摆动的幅度越来越小，只等最后停下来。

每天同一时刻他从家里出来，走着同一条路线，但不再走到底，可能连他自己也没意识到在不断缩短行程。他脸上整个表情都表达了这唯一的念头：何苦呢。他眼神黯淡，不再有光。眼泪已枯竭，不再积蓄在眼角上；这沉思的眼睛已干涸。老人的脑袋始终向前伸，下巴不时地动一动，瘦脖子上的皱纹让人看了心里难受。有时天气不好，他夹着把雨伞，却不打开。同一街坊的老太太说："这人真傻。"孩子们跟在后面嬉笑。

第九卷 最后的黑暗,最后的曙光

一 同情不幸人,宽宥幸福者

幸福是件可怕的事!幸福的人感到非常满足!感到不需要别的!掌握了幸福这个人生的虚假目的,就会把义务这个真正的目标抛至脑后!

不过,平心而论,这样指责马里尤斯是不公正的。

前面说过,马里尤斯结婚前,没向福施勒旺先生提过问题,结婚后,却又怕向让·瓦让提问题。他对一时心软做出的承诺后悔莫及。他经常想,他不该向绝望的人作此让步。他只好慢慢地将让·瓦让从他家里赶走,尽量使珂赛特将他淡忘。可以说,他一直让自己插在珂赛特和让·瓦让中间,深信这样做,珂赛特不会发现,也根本不会多想。这比使她淡忘进了一步,这是在使她遗忘。

马里尤斯做他认为必须做的正确的事。他用不硬也不软的方式将让·瓦让赶走,他认为自己有正当的理由,有的前面已说过,还有的下面要说。一次偶然的机会,他在为一件诉讼案作辩护时,遇到了拉斐特银行从前的一个职员,不找便得到了一些秘密材料。说实话,他没能深究,一是要遵守保密的诺言,二是不想使让·瓦让处境危险。就在那个时候，他认为要履行一个重要责任，正在极其审慎地寻找一个人，想把六十万法郎还给他。眼下，他绝不动用这笔钱。

至于珂赛特，她对这些秘密一无所知，不过，责备她，也一样是苛刻的。马里尤斯对她有一种强大的磁力，这使她本能地，几乎是下意识地做马里尤斯希望她做的事。她感到马里尤斯对"让先生"有一种意愿，她便努力适应。她丈夫什么也没对她说，但他心照不宣的意图，给她隐隐地但又是明显地造成了压力，她便盲目地服从。这里所说的服从，是不去回忆马里尤斯想忘却的东西。她这样做无须作任何努力。她自己也不知道为什么，而且也没有必要谴责她，她的灵魂已完全变成她丈夫的灵魂，马里尤斯的思想出现阴影，她的思想也会变得黯淡。

不过，我们也不要言过其实。珂赛特对让·瓦让的遗忘和淡忘仅仅是表面的。与其说是遗忘，毋宁说是晕头转向。其实她很爱这位她久称父亲的人。但她更爱丈夫。这样，她内心的天平便失去平衡，向一边倾斜了。

有时，珂赛特会提起让·瓦让，对他不来看她表示惊讶。这时，马里尤斯便安慰她：

"我想他不在家。他不是说要去旅行吗？"

"这倒是的。"珂赛特想道，"他从前常常这样走掉。可从没这么久。"

也有过两三次，她叫妮珂莱特到武夫街去打听让先生旅行回来没有。让·瓦让关照说没有。

珂赛特也没多问，她在世上只有一个需要，那就是马里尤斯。顺便提一句，马里尤斯和珂赛特也离开过巴黎。他们去了趟韦农。马里尤斯带珂赛特去给他父亲上坟了。

马里尤斯渐渐使珂赛特摆脱了让·瓦让。珂赛特则听其摆布。

此外，人们有时过于严厉地指责孩子们忘恩负义，其实，他们的做法并非总像人们认为的那样应受指责。这种忘恩负义是大自然特有的。我们在别处说过，大自然"眼睛看着前方"。大自然把生物分成到来者和离开者。离开者面朝黑暗，到来者面向光明。这样就产生了差距，这对老人来说，是致命的；而对年轻人来说，是不由自主。这种差距，始而感觉不到，渐渐地越来越大，有如树枝分权。小树枝不脱离树干，但离得越来越远。这不是它们的错。年轻人哪里有快乐，就去哪里。他们奔向欢乐，奔向光明，奔向爱情。老人走向终点。仍然相见，却不再拥抱。年轻人感觉到生活的寒冷，老年人感觉到坟墓的寒冷。不要责怪这些可怜的孩子。

二　无油之灯的最后闪烁

一天，让·瓦让下了楼，在街上走了几步，就坐到一块护墙石上，六月五日那天夜里，加弗洛什就是见他坐在这块护墙石上沉思默想的。他坐了几分钟就上楼了。这是钟摆最后一次摆动。第二天，他没出门。第三天，他没起床。

女门房每天给他准备简单的饭菜，一点儿白菜或一点儿土豆，外加几片肥肉。这天，她看了看褐色的陶盘，惊叫道：

"您昨天没吃饭，亲爱的可怜人！"

"吃了。"让·瓦让回答。

"盘里还是满的。"

"您看水罐，空了。"

"这证明您喝水了，但不证明您吃饭了。"

"那要是我饿得只想喝水呢？"让·瓦让说。

"这叫渴。如果只想喝水不想吃饭,这叫发烧。"

"我明天吃。"

"干脆说三圣节吃算了。为什么今天不吃?怎么能说我明天吃呢!我做的饭动也不动!我烧的土豆可好吃呢!"

让·瓦让握住门房老太太的手:

"我答应您吃掉。"他和蔼地说。

"我对您可不满意。"女门房说。

除了这个老太太,让·瓦让几乎见不到任何人。在巴黎,有些街道无人涉足,有些房子无人看望。他就在这样的一条街上和这样的一幢房子里。

他在还能出门的日子里,花几苏钱,从一个锅匠那里买了个小铜十字架,挂在床对面的钉子上。这个钉耶稣的十字架值得一看。

一个星期过去了,让·瓦让没有在房间里走一步。他一直卧床不起。女门房对她丈夫说:

"楼上的老头不起床,也不吃饭,他活不久了。他心里愁闷。我总想,他女儿的婚没结好。"

门房老头以丈夫的权威口吻回敬说:

"他要是有钱,就请个医生。要是没钱,就不请医生。要是没医生来,他就会死。"

"要是请来医生呢?"

"他也会死。"门房老头说。

女门房拿了把旧刀,给她所谓的"她的铺石路"刮草,一面刮,一面嘀咕:

"真可惜。多干净的老头!像童子鸡一样清白。"

她看见本区的一个医生从街口走过,就自作主张把他请上楼。

"在三楼。"她对他说,"您只管进去。老头起不了床,钥匙就插在门上。"

医生看了看让·瓦让，问了问情况。他下楼时，女门房喊住他：

"怎么样，大夫？"

"您的病人病得很重。"

"什么病？"

"什么病都有，什么病也没有。看来这个人失去了最心爱的人。他会因此而送命。"

"他对您说了什么？"

"他对我说他身体很好。"

"您还来吗，大夫？"

"要来的。"医生回答，"不过，不是我，而是另一个。"

三 昔日抬得起福施勒旺的车子，如今连笔都拿不动

一天傍晚，让·瓦让吃力地用臂肘撑起身子，拿起手给自己号脉，却找不到脉搏。他呼吸短促，不时喘息。他承认比前些日子更弱了。可能受最后一桩心事的驱使，他强打精神坐起来，穿上衣服。他穿的是那套旧工装。既然出不了门了，就又穿起它来，再说，这是他最喜欢的衣服。他穿的时候，中间停了好几回。仅仅把手伸进衣袖，就累得他满头是汗。

他一个人生活后，就把床搬到了前厅，以便尽量少占这套空荡荡的房间。他打开那只手提箱，把珂赛特的衣服拿出来，摊到床上。

主教的那对银烛台仍放在壁炉上。他从一个抽屉里拿了两支蜡烛，插在烛台上。然后，他将蜡烛点燃，尽管这是夏天，天还亮着。在停放

死人的房间里，有时会看到大白天也点着蜡烛。

他从这个家具走到另一个家具，每走一步，都使他筋疲力尽，不得不坐一坐。这绝非是消耗了体力还能恢复的一般疲劳，而是可能做的最后几个动作，是耗尽的生命在不能复始的不堪承受的努力中一点一滴地消失。

他瘫倒在一张椅子上，这椅子就在镜子前。这镜子对他来说是不祥之物，对马里尤斯却是天赐之物，就是在这镜子里，他看见了珂赛特吸墨纸上反向的字迹。他在镜子里看见了自己，却认不出来了。他像有八十岁，可马里尤斯结婚前，他看上去勉强五十岁，这一年抵得上三十年。他额头上显示的，已不是年岁留下的皱纹，而是死亡刻下的神秘印迹，可以感到无情的指甲在上面抠挖过。他脸颊下垂，脸色如土，仿佛已盖上了一层土，两边的嘴角下拉，就像古人刻在陵墓上的脸谱。他用责备的神态凝望空中，就像悲剧中的主角，正在抱怨某个人。

他正处于郁闷的最后阶段，痛苦已不再流动，可以说已经凝固，绝望在心灵上已凝结成块。

夜幕降临。他拼足力气，把桌子和那张破安乐椅拖到壁炉旁，又将笔、墨水和纸放到桌上。

做完这些，他就昏过去了。醒来时，他感到口渴。他已没有力气将水罐提起来，只好费力地把它斜过来，凑近嘴边，喝了一口。

然后，他把身子转向床，因为站不动，就一直坐着凝视那条小黑裙和所有心爱之物。他这样凝视了好几个小时，却恍若只有几分钟。突然，他打了个寒噤，感到身上发冷。他用臂肘撑着桌子，拿起笔。主教的烛台照着桌子。

笔和墨水长久未用，笔尖弯了，墨水也干了，他只得站起来，放几滴水到墨水里，这样，他又不得不停下和坐下两三次，并且只好用笔尖的背面来写字。他不时地擦擦额头。

他的手发抖。他慢慢地写了下面几行字：

珂赛特，祝福你。我要向你做些解释。你丈夫让我明白我该离去是有道理的。但他所想的有些是错的，不过他这样想也有道理。他非常优秀。我死后，你要永远爱他。蓬梅西先生，望您永远爱我亲爱的孩子。珂赛特，你会发现这张纸的。下面是我要对你说的话，如果我有力气回忆起来的话，你将看到一些数字。好好听着，那笔钱确实是属于你的。我把事情经过说一说。白玉产自挪威，黑玉产自英国，黑玻璃产自德国。玉更轻，更珍贵，但价钱更高。法国也可像德国那样搞一些仿制品。只需一个两寸见方的铁砧和一盏酒精灯，便可将蜡熔化。从前，蜡是用树脂和炭黑做的，四法郎一斤。我发明了用虫胶和松节油做蜡。一斤只要三十苏，而且质量更好。扣环是用这种蜡将一块紫玻璃粘在一个黑铁小圈上做成的。黑铁首饰要用紫玻璃，金首饰要用黑玻璃。这类首饰，西班牙购买量很大。那是玉之乡……

　　写到这里，他停下了，笔从他手里掉下来。他再次从心底里发出绝望的哭泣。可怜的人双手捧住脑袋，陷入沉思。

　　"呵！"他心里嚎叫着（这悲哀的叫声，唯有上帝听得见），"完了。我再也见不到她了。她是在我身上掠过的一道微笑。我就要进入黑夜，却不能再见她一面。呵！哪怕是一分钟，一会儿，让我听见她的声音，摸摸她的衣裙，看看她，这个天使！然后就死去！死倒无所谓，可怕的是，死前见不到她。她会向我微笑，她会对我说句话。难道这妨碍谁吗？不。完了，永远完了。我孤苦伶仃。上帝啊！我的上帝啊！我再也见不到她了。"

　　就在这时，有人敲门了。

四　水落石出

就在这一天,更确切地说,就在这一晚,马里尤斯吃完饭,就回办公室,有一份案卷要研究。不一会儿,巴斯克送来一封信,并说:"写信的人就在候见室。"

珂赛特挽着外祖父的胳膊,在花园里散步。

一封信,如同一个人,也可能有难看的外表。有的信纸粗糙,折得马虎,让人一见就不舒服。巴斯克送来的信就属于这一类。

马里尤斯接过信。信上有股烟叶味。什么也比不上一种气味更能唤醒人的记忆。马里尤斯感到这气味很熟悉。他看了看写的字:"呈先生,蓬梅西男爵先生。他的公馆。"因为辨出了烟味,也就认出了字迹。惊讶似乎会发出闪光。马里尤斯仿佛被这样一道闪光照亮。

嗅觉这个神秘的备忘录,使他回想起了许多事。对!就是这种纸,这种折信的方式,这种淡淡的墨水,这熟悉的笔迹,尤其是这烟草味。戎德雷特家的陋室浮现在他眼前。

这真是踏破铁鞋无觅处,得来全不费功夫!他一直在苦苦寻找两条线索,这是其中之一,最近,他还费了很大劲去寻找,以为永无踪迹了,现在却自己送上门来。

他迫不及待地打开信读道:

男爵先生:

如果上帝赐我才能,我本可以成为泰纳男爵、(可学院)院士,但我不是。我只是和他同名,如果提及这件事能使我得到阁下的关照,我将非常高兴。如蒙您恩赐,必定有回报。我掌握着一个关余某人的秘密。这个人余您有关。我想把这个秘密告诉您,能对您有用不生荣幸。我要给您一个最简单的办法,把这个无权留在贵府的人干出去,因为男爵夫人出生高贵。道德的圣地如果再和罪恶同居下去,就要让位了。

我在候客室里等待男爵先生的命令。

此致敬礼。

信上署名"泰纳"。

这次署名不是假的,只是缩短了些。

此外,内容不知所云,拼写错误连篇,这就将写信人暴露无遗。这是一张完备的身份证。不可能有任何怀疑了。

马里尤斯激动不已。惊讶过后,便是喜不自胜。假如现在能找到他想找的另一个人,也就是救他马里尤斯的那个人,那他就别无他求了。

他打开写字台的一只抽屉,取出几张钞票,揣进口袋里,关上抽屉,然后按了铃。巴斯克微微推开门。

"让他进来。"马里尤斯说。

巴斯克通报:

"泰纳先生。"

一个男人走进来。马里尤斯又是一惊。来人他根本不认识。

这是个老头,大鼻子,下巴埋在领带里,戴着一副绿眼镜,上面有双层绿绸遮光罩,光溜溜的头发贴在额头,直达眉梢,就像英国**上流社会**①车夫戴的假发。头发已花白。从头到脚一身黑衣服,衣服很旧,却干干净净。背心的兜里露出带小饰物的表链,里面可能装着怀表。手里拿着一顶旧帽子。走起路来驼着背。他深深鞠了一躬,背就驼得更厉害了。

---

① 原文为英语。

第一眼的深刻印象是，这个人衣服过于肥大，尽管扣子扣得整整齐齐，仍不像是量体裁的衣。

这里有必要扯一扯题外话。那时候，在巴黎兵工厂附近，在博特雷利街上，有一幢臭名昭著的老房子，住着一位精明的犹太人，他的职业是把一个坏蛋化装成好人。时间不能太长，否则那坏蛋会不自在。化装当场进行，就是穿上一套尽量像正派人的服装，为期一两天，一天付三十苏。这出租服装的人叫"变换师"。这是巴黎的扒手们给他起的名字，除此之外，不知道他叫别的名字。他的化妆间里服装齐全。那些用来给人乔装改扮的旧衣服基本上还可以用。他有各种专业、各种类别的衣服。在他店铺的每个钉子上，都挂着一件某一社会地位的服装，又旧又皱。这里是法官的，那里是神甫的，另一处是银行老板的，在一个角落里是退伍军人的，在另一个角落里是文人的，再过去是政界人士的。这家伙是骗子在巴黎演出的大型悲剧的服装师。他的破屋是盗贼和骗子们进进出出的后台。一个衣衫褴褛的坏蛋走进这个更衣室，放上三十苏，根据当天他要扮演的角色，选择适合的衣服，下楼时，那坏蛋便是个人物了。第二天，旧衣服又原物送回，这个"变换师"把一切都交给小偷们，却从来没有挨过偷。这些衣服有一个缺点，穿着"不合身"。因为不是为穿衣者定做的，穿着不是包在身上，便是晃里晃荡，谁穿都不合适。凡是高矮超过中等个儿的骗子，穿着这"变换师"的服装，都会感到不舒服。必须长得不胖也不瘦。"变换师"只考虑到一般身材。每一类的衣服，都是按先上门来的不胖不瘦、不高不矮的无赖量体裁衣的。这样，有时就很难穿着合身，"变换师"的顾客只好尽量将就了。身材特殊的人便活该倒霉！比如政界人士的服装，上下一身黑，那倒是恰当的，可是皮特[①]穿了可能嫌肥，加特尔西卡拉穿了就嫌

[①] 皮特（1708—1778），英国政治家。下文的加特尔西卡拉（1763—1832）为那不勒斯王国驻巴黎大使。

小。政界人士的服装在"变换师"的目录里是这样写的,我们抄录如下:"一件黑呢上衣、一条黑呢皮裤、一件丝绸背心、一双皮靴、一件衬衣。"白边上还注明:从前的大使。还有一条备注,我们也抄录下来:"在另一个盒子里,有一副干净的假鬈发、一副绿眼镜、一条带小饰物的表链、两根大拇指长的裹着棉花的羽毛管。"这些是前大使这样的政界人物穿的服装。这套行头,如果可以这样说的话,已经精疲力竭:线缝已发白,在一个臂肘上依稀可见一个小洞,此外,胸前缺了个扣子,但这问题不大,政界人物的手总是插在胸口的衣服里,就是为了不让人看见少了个扣子。

马里尤斯假如熟悉巴黎这些隐秘的习俗,便会一眼看出,巴斯克带来的客人穿的政界人物的衣服,是从"变换师"的估衣店里租来的。

马里尤斯见来者不是他所等的人,大失所望,态度便变得不友好了。当那人向他深深鞠躬时,马里尤斯从头到脚打量他,以生硬的口气问道:

"有事吗?"

那人咧着嘴假笑着回答,那鳄鱼般温和的假笑使人感到笑里藏刀:

"我觉得在社交界不可能没有幸会过男爵先生。我相信几年前,在巴格拉西翁亲王夫人府上,在法兰西封臣当布雷子爵大人的沙龙里与您见过面。"

装出认识一个根本不认识的人,这是无赖的策略。马里尤斯专心地听那人说话,琢磨他的口音和手势,他更觉失望了。那人说话带着鼻音,与他等待的尖利干涩的声音有天壤之别。他困惑不解。

"我既不认识巴格拉西翁夫人,"他说,"也不认识当布雷先生。我从没去过这两个人的府上。"

回答非常粗暴。那大人物依然和蔼可掬,并坚持道:

"那就可能在夏多布里昂府上见过先生。我和夏多布里昂很熟。他很和气。他有时对我说:'泰纳,我的朋友……您不和我喝一杯?'"

马里尤斯的神色越来越严肃:

"我从没这个荣幸被夏多布里昂接见。直说了吧。您有什么事?"

面对更生硬的语气,那人腰弯得更低。

"男爵先生,请听我说。在美洲巴拿马那边有个地区,那里有个村庄叫若耶。这村庄只有一座房子。一座四层的方形大楼房,用太阳烤干的砖砌成。每边长五百英尺,每上一层就缩进十二英尺,这样,每层都有一圈平台。中间有个内院,堆放粮食和武器。没有窗户,而有枪眼,没有门,而有梯子,从地面上二楼,二楼上三楼,三楼上四楼,都是通过梯子,从楼上下到内院,也是通过梯子。进房间不是通过门,而是翻板,不是通过楼梯,而是梯子。晚上关上翻板活门,抽走梯子,枪眼里架上火枪和卡宾枪,瞄准外面,根本无法进入。白天是一座房子,夜里是一座堡垒,全村八百个居民。这就是那个村庄的情况。为什么如此小心?因为那是个危险的地方,到处有吃人的人。那么,为什么有人要去那里呢?因为那是个奇妙的地方,那里有黄金。"

"您到底想说什么?"马里尤斯打断他说。他已由失望转为不耐烦了。

"是这样,男爵先生。我是一个疲惫不堪的前外交官。古老的文明使我精神高度紧张。我想试着过过野蛮人的生活。"

"还有吗?"

"男爵先生,自私是人世间的法则。无田的农妇按日为别人干活,看见驿车驶过,便回头去看,有田的农妇在自己的田里干活,就不会回头。穷人的狗跟在富人后面叫,富人的狗跟在穷人后面叫。人人为自己。利益是人追求的目的。金子是磁石。"

"还有吗?作结论吧。"

"我想到若耶去定居。我们一家三口。我的太太和小姐。一个漂亮姑娘。旅途很长,要很多钱。我需要些钱。"

"这和我有什么关系？"马里尤斯问。

陌生人从领带里伸出脖子，活像秃鹫的动作，满脸堆笑地回答：

"男爵先生没读我的信吗？"

这话可以说是对的。事实上，马里尤斯没有注意信的内容。他只顾看字迹，忽略了内容。他几乎想不起是什么了。刚才，一个新的细节引起了他的警惕。他注意到他说"我的太太和小姐"。他用锐利的目光盯着陌生人。一个预审法官也不会这样看人。他差不多是在窥视他。他只是回答：

"说明确些。"

陌生人将两只手插进背心兜里，抬起头，但没直起腰，却用眼镜后面的绿色目光观察马里尤斯。

"好吧，男爵先生。我说明确些。我有个秘密要卖给您。"

"一个秘密？！"

"一个秘密。"

"与我有关？"

"有点关系。"

"什么秘密？"

马里尤斯一边听着，一边越来越仔细地打量他。

"我先免费提供点情况。"陌生人说，"您会看到是很有意思的。"

"说吧。"

"男爵先生，您家里有个盗贼和杀人犯。"

马里尤斯打了个战。

"我家里？不可能。"他说。

陌生人非常冷静，他用臂肘擦擦帽子，继续说：

"杀人犯和盗贼。请注意，男爵先生，我讲的不是未了的、失效的旧事，不是在法律面前已过了刑事时效，在上帝面前忏一下悔，就可一笔勾销的事。我讲的是最近发生的事,现在的事,目前司法部门还不知道的事。我往下说。这个人用假名骗取了您的信任,几乎混进了您的家里。我把他的真名告诉您。不要报酬。"

"我听着。"

"他叫让·瓦让。"

"我知道。"

"我要告诉您他是谁,仍然不要报酬。"

"说吧。"

"他从前是个苦役犯。"

"我知道。"

"那是因为我有幸同您说了您才知道的。"

"不。我早就知道了。"

马里尤斯语气冷淡,两次回答"我知道",话语简短,不愿交谈,这些都使陌生人心中暗生怒气。他用愤怒的目光偷偷盯了马里尤斯一眼,但怒色随即消失了。虽然瞬间即逝,但这目光只要见过一次,下次再见,一眼便能认出。马里尤斯认出来了。某些火光只能出自某些灵魂,眼睛是心灵的窗口,会因此而燃烧起来,戴着眼镜也遮掩不住。不信你给地狱装块玻璃试试。

陌生人又微笑着说:

"我不敢揭穿男爵先生的谎言。不管怎样,您应该看到我是知情的。现在,我要告诉您的只有我一人知道。这涉及男爵夫人的财产。这是一个非同寻常的秘密,是要花钱买的。我首先要把它卖给您,不贵,两万法郎。"

"和其他一样,我也知道这个秘密。"

那大人物感到有必要压低些价码:

"男爵先生,给一万法郎吧,我这就讲。"

"我再说一遍,您没什么可告诉我的。您想说的我全知道。"

那人的眼睛又闪过一道光。他大声说:

"可我今天得吃饭哪。听我说,这是一个非同寻常的秘密。男爵先生,我马上就讲,我现在就讲。给我二十法郎。"

马里尤斯眼睛盯着他:

"我知道您非同寻常的秘密是什么。就像我知道让·瓦让的名字,也像我知道您的名字。"

"我的名字?"

"对。"

"这不难,男爵先生。我有幸给您写了,也给您说了。泰纳。"

"迪埃。"

"嗯?"

"泰纳迪埃。"

"谁?"

在遇到危险时,箭猪会竖起箭刺,金龟子会装死,老卫队会摆出阵势,而这人却哈哈大笑。接着,他用手指弹掉衣袖上的一粒灰尘。马里尤斯继续说:

"您也是工人戎德雷特、喜剧演员法邦图、诗人让弗洛、西班牙人堂·阿勒瓦雷,还是女人巴利扎尔。"

"什么女人?"

"您在蒙费梅开过小客栈。"

"小客栈!绝对没有。"

"我知道您是泰纳迪埃。"

"我否认。"

"我还知道您是个无赖。拿着吧。"

马里尤斯从口袋里拿出一张钞票,扔到他脸上。

"谢谢！对不起！五百法郎！男爵先生！"

那人大惊失色，连连鞠躬，抓住钞票，左看右看。

"五百法郎！"他惊愕地说。接着，他又低声嘀咕："五百法郎钞票哪！"

然后突然又说：

"算了，"他大声说，"还是自在些吧。"

说完，他猴子般敏捷地把假发往后一推，摘掉眼镜，从鼻孔里取出刚才提到过的、在本书另一页上见到过的两根羽毛管，变戏法似的将它们藏了起来。他取掉面具，就像人摘帽一样方便。

他的眼睛闪光了，一个凹凸不平、布满沟壑、有的地方疙瘩丛生、额头上有丑陋皱纹的面孔露了出来，鼻子又尖得像鹰钩，他骤然又恢复了猛禽般凶恶机敏的面目。

"男爵先生明察秋毫，"他用清晰的不带鼻音的声音说，"我是泰纳迪埃。"

他驼着的背也直了起来。

泰纳迪埃——因为的确是他——大吃一惊；假如他会慌乱的话，那他现在该慌乱了。他是来让人大吃一惊的，不料自己吃了一惊。他受了凌辱，但得到五百法郎的回报，不管怎样，他还是认了。但他仍然惊讶不已。

他是第一次见到这男爵先生，尽管他已乔装改扮，但这位蓬梅西男爵仍认出了他，而且认了个彻彻底底。这男爵不仅了解泰纳迪埃，好像也了解让·瓦让。这个乳臭未干、既冷酷又慷慨的年轻人究竟是谁？他知道人家的名字，知道人家所有的名字，对人家慷慨解囊，像法官一样粗暴地对待骗子，却又像受骗的傻瓜那样赏给钱。

大家一定记得，泰纳迪埃尽管是马里尤斯的邻居，却从没见过他，这在巴黎屡见不鲜。以前，他隐约听到过两个女儿说起，有个叫马里尤斯的穷后生住在同一幢房子里。他不认识他,却给他写过信,这我们是知道的。在他的头脑里,那个马里尤斯和这个蓬梅西男爵不可能扯到一起。

至于蓬梅西这个名字,大家记得,在滑铁卢战场上,他只听到最后两个音节,对于这两个音节,他就像光听到一声谢谢①那样,一直理所当然地不屑一顾。

此外,二月十六日那天,他让他女儿阿赛玛跟踪那对新婚夫妇,他自己也做了搜索,最后了解到许多情况;他从黑暗深处,抓住了不止一条秘密线索。他用尽歪门邪道,发现了,至少通过归纳推理,猜到了那天他在大下水道里遇到的那个人是谁。知道了是谁,他便轻而易举地弄清了其人的名字。他知道蓬梅西男爵夫人就是珂赛特。但在这方面,他打算谨慎行事。珂赛特是谁?他自己也不清楚。他依稀感到她是个私生女。他一直觉得芳蒂娜来历可疑。可是说这些有什么用?是要人家付他一笔钱,让他保守这个秘密吗?他有,或者说他认为有更值钱的东西可卖。而且,从种种迹象看,无凭无据地来向蓬梅西男爵泄露"您的妻子是私生女",只会使告密者招来丈夫的拳打脚踢。

在泰纳迪埃的思想上,同马里尤斯的谈话尚未开始。刚才,他不得不后退一步,改变策略,放弃阵地,更换战线。不过,主要的东西没有损失,他口袋里已装进五百法郎了。此外,他还有决定性的东西没有说,蓬梅西男爵再知情,再全身披甲,他感到自己也有办法对付。对泰纳迪埃这种本性的人来说,任何谈话都是战斗。在将要进行的战斗中,他的处境如何呢?他不知道在同谁说话,但他知道要讲什么。他在心里很快衡量了自己的力量,在说了"我是泰纳迪埃"后,就等着对方开口了。

马里尤斯在沉思。他终于抓住泰纳迪埃了。他一直多么想找到这个

---

① 蓬梅西(Pontmercy)的最后两个音节是 mercy,与法语中的 merci(谢谢)同音。

人,此刻就在面前。他终于能履行蓬梅西上校的遗嘱了。这位英雄还欠着这强盗一笔人情,他父亲从坟墓里开的让他兑付的汇票,至今尚未兑付,他感到很丢人。此刻,面对泰纳迪埃,他的思想非常复杂,他也感到,上校不幸被这样一个恶棍所救,自己应为他洗雪耻辱。不管怎样,他很高兴。他终于要把上校的亡灵从这个可耻的债权人手中解救出来了,他感到他父亲身后的名声终于将摆脱债务的牢狱了。

除此之外,他还有另一个责任:如有可能,他要澄清珂赛特那笔钱的来源。似乎有机会了。泰纳迪埃也许知道些什么,也许有必要探探这个人的底细。他就从这里着手。

泰纳迪埃将那"五百法郎钞票"揣进腰包后,用一种几乎是温柔的目光望着马里尤斯。马里尤斯打破沉默。

"泰纳迪埃,我说了您的名字。现在,您来告诉我的那个秘密,要不要我说给您听听?我也有情报,我。您会看到我知道得比您多。让·瓦让,正如您说的,是个杀人犯和盗贼。说他是盗贼,因为他偷了一个有钱的厂主马德兰先生,并使他破了产。说他是杀人犯,因为他杀了便衣警察雅韦尔。"

"我不明白,男爵先生。"泰纳迪埃说。

"那我就说得明白些。听着。大约在一八二二年,在加来海峡的一个区,有个人同司法部门有过纠纷,后来,以马德兰先生的名字,改过自新,恢复了声誉。此人成了一个名副其实的大善人。他创建了制造黑玻璃的工业,使全城的人富了起来。他本人也发了财,但那是附带的,可以说是偶然的。他要养活穷人。他创建医院,创办学校,探望病人,赠送嫁妆,资助寡妇,收养孤儿。他成了那地方的保护人。他拒领十字勋章,大家选他当了市长。一个被释放的苦役犯知道这个人从前服过刑的秘密,将他告发了,使他遭到了逮捕,并利用此人被捕的机会来到巴黎,用假签名,从拉斐特银行——我是从出纳员本人那里获悉的——

提取了属于马德兰先生的五十多万法郎存款。这个偷窃马德兰先生存款的苦役犯，便是让·瓦让。至于另一件事，您也没什么可告诉我的。让·瓦让杀死了雅韦尔密探。他是用一把手枪把他杀死的。我告诉您，当时我就在场。"

泰纳迪埃至高无上地瞪了马里尤斯一眼，那神情就像一个吃了败仗的人再次胜利在握，转眼间就收复了所有的失地。但他旋即恢复笑容，下级胜利了，在上级面前应显得温存。泰纳迪埃只对马里尤斯说：

"男爵先生，我们说的不是一回事。"

他还故意把那串表链转了一圈，以示对这句话的强调。

"什么？"马里尤斯又说，"您对此有异议？这是事实。"

"这都是空想出来的。男爵先生对我如此信任，我觉得有责任指出来。最重要的是真实和公正。我不爱看到别人受到不公正的指控。男爵先生，让·瓦让根本没有盗窃马德兰先生，让·瓦让根本没有杀死雅韦尔。"

"这太过分了！怎么可能？"

"有两条理由。"

"哪两条？说吧。"

"第一，他没有盗窃马德兰先生，因为让·瓦让本人就是马德兰先生。"

"您在跟我胡说什么？"

"第二，他没有杀死雅韦尔，因为杀死雅韦尔的人是雅韦尔。"

"您说什么？"

"雅韦尔是自杀的。"

"证据呢！拿出证据来！"马里尤斯气得大叫大嚷了。

泰纳迪埃就像在朗诵十二音节的古诗那样，一字一顿地说：

"雅韦尔——便衣——警察——被——发现——溺死——在——兑

换桥——的——一条——船下。"

"拿出证据来呀!"

泰纳迪埃从一侧的口袋里拿出一个大灰纸袋,里面好像装着一叠折成大小不一的纸张。

"我有材料。"他平静地说。

接着他又说:

"男爵先生,为了您,我曾对让·瓦让做过深入调查。我说让·瓦让和马德兰是同一个人,我说杀死雅韦尔的凶手是雅韦尔,我这样说,是因为我有证据。不是手写的证据,手写的字不可信,手写的字曲意迎合,而是印刷的证据。"

泰纳迪埃边说边从纸袋里取出两期发黄的、褪了色的、发出浓郁烟草味的报纸。其中一份似乎比另一份更旧,折叠的地方已破裂,变成了一块一块了。

"两件事,两个证据。"泰纳迪埃说。一面将两份报纸打开,递给马里尤斯。

这两期报纸,读者是知道的。最旧的那份是一八二三年七月二十五日的《白旗报》,在本书第三卷第一百四十八页[①]可以读到那篇文章,证实马德兰和让·瓦让是同一个人。另一份是一八三二年六月十五日的《箴言报》,证明雅韦尔是自杀的,还说,从雅韦尔给巴黎警察局局长的一份口头报告中得知,雅韦尔被囚禁在尚弗里街的街垒里,一位暴乱分子宽宏大量,救了他一命,那人用手枪押着他,没有朝他的脑袋,而是朝天开了一枪。

马里尤斯读那两篇文章。事实明摆着,日期确实无疑,证据不容置疑,这两份报纸不是专门为证明泰纳迪埃说的话而印刷的。《箴言报》

[①] 这里指本书初版的页数。详见本译本第二部第二卷第一章。

上公布的消息,是巴黎警察局的官方通报。马里尤斯不可能怀疑。那位银行出纳员提供的情况不属实,马里尤斯自己弄错了。让·瓦让突然变得高大,从云雾中冲了出来。马里尤斯高兴得禁不住叫了一声:

"这么说,这个不幸的人值得敬佩!这笔财产的确是他的!他是马德兰,一个地区的保护人!他是让·瓦让,雅韦尔的救命恩人!他是英雄!他是圣人!"

"他不是圣人,他也不是英雄。"泰纳迪埃说,"他是杀人犯和盗贼。"

他像是感到自己有了点权威,以威严的口气说:

"冷静一点。"

马里尤斯以为不会再听到"盗贼""杀人犯"等字眼了,不料它们又出现,不啻一盆凉水浇在身上。

"还是!"他说。

"没有变。"泰纳迪埃说,"让·瓦让没有偷马德兰,但他是盗贼。他没杀雅韦尔,但他是杀人犯。"

"您是指四十年前那件可悲的偷窃案?"马里尤斯说,"这也是您的报纸上说的,他已通过终身的忏悔、忘我和行善而赎罪了。"

"我是说杀人和盗窃,男爵先生。我再说一遍,我指的是现行罪。我要向您泄露的事,您肯定不知道。从没有人说过。也许,您能从中发现,让·瓦让巧妙地送给男爵夫人的那笔财产是从哪里来的。我是说巧妙地,因为,通过这样的赠送,他就可以钻进一个体面的家庭,分享他们富裕的生活,同时掩盖自己的罪行,享受自己偷来的钱,隐姓埋名,为自己建立一个家庭,这不能说是笨拙的做法。"

"我本可以在这里打断您的,"马里尤斯说,"不过,继续说吧。"

"男爵先生,我把一切都告诉您,不过要多给些报酬。这个秘密价值连城。您会对我说:'为什么你没有找让·瓦让?'理由很简单:我知道他放弃这笔钱了,把它给了您,我觉得他的手段很高明。他现在已一文不名,他会让我看到他两手空空,可我需要去若耶的盘缠,所以我宁愿来找您,您有一切,而他一无所有。我有些累了,让我坐下吧。"

马里尤斯坐了下来,同时示意他也坐下。泰纳迪埃坐到一张软垫椅上,拿起那两张报纸,塞进纸袋里,边用指甲敲敲《白旗报》,边咕哝道:"这个我可是花了吃奶的力气才找到的。"说完,他跷起二郎腿,靠在椅背上,一副对自己说的话有充分把握的样子,然后进入正题,严肃而强调地说:

"男爵先生,一八三二年六月六日,也就是一年前,巴黎暴乱的那一天,有个人躲在大下水道里,就在下水道流入塞纳河的出口处,残老军人院和耶拿桥之间。"

马里尤斯突然把椅子向泰纳迪埃挪了挪。泰纳迪埃注意到这个动作,于是,他就像演说家觉得已抓住听众,并感觉到对方的心脏突突跳动那样,继续慢条斯理地说:

"这个人出于政治以外的原因,被迫躲起来,以下水道为家,并且有一把下水道的钥匙。我再说一遍,那天是六月六日,大概是晚上八点。那人听见下水道里有响声。他大吃一惊,便蹲下来,窥视着。是脚步声,有人在黑暗中走路,向他这边走来。真是怪事,下水道里除他之外,还有另外一个人。不远处便是下水道的出口。从铁栅门里射进一点光线,他辨清了来人,那人还背着什么东西。他弯着腰往前走。那弯腰走路的人曾是个苦役犯,他背着的是一具尸体。这是一起十足的现行杀人罪。至于盗窃,这是不言而喻的,杀一个人总要有利可图。这苦役犯要把尸体扔进河里。有一点值得注意,这苦役犯是从很远的下水道过来的,在走到铁栅栏门出口之前,必须经过一个可怕的大水坑,他完全可以把尸体扔在里面,可是,第二天,下水道工到那里作业,就会发现被害人,凶手不想这样。他宁愿背着沉重的包袱涉过水坑,他做的努力是难以想象的,没有比这更危险的了。我弄不清楚他是怎样活着走出来的。"

马里尤斯又把椅子挪近了些。泰纳迪埃乘机深呼吸了一下。他继续往下说：

"男爵先生，下水道不是练兵场。那里什么也没有，甚至没有空间。两个人在里面，总会狭路相逢。这事就发生了。以下水道为家的人和过路的人虽不情愿，却不得不互打招呼。过路人对那住户说：'你看见我背着什么了，我得出去，你有钥匙，给我。'这个苦役犯力大无比，是不能拒绝他的。不过，有钥匙的人同他讲价钱，是为了赢得时间。他仔细看了看那个死人，但什么也看不清，只看出是个年轻人，衣着讲究，看上去很有钱，脸上血肉模糊。他一面同他说话，一面偷偷从被害人背后撕下一片衣服。要明白，这是物证，这样就可重新抓住线索，向罪犯证实罪行。他把物证揣进衣兜里。然后，他打开门，让那人和他背上的包袱出去，关上门就逃开了，他不想被牵连进去，尤其不想在凶手将被害人扔进河里的时候在场。您现在明白了吧。背尸体的那个人是让·瓦让，有钥匙的人就是现在同您说话的人，而那片衣服……"

泰纳迪埃边结束句子，边从口袋里掏出那块布满暗斑的黑呢布片，用两只手的大拇指和食指捏着，举到眼睛的高度。马里尤斯站起来，脸色苍白，呼吸急促，一句话也不说，眼睛盯着那块黑呢布片，一步步退到墙边，右手伸到身后，在墙上摸索着找一把钥匙。钥匙就插在壁炉旁的壁橱的锁孔里。他找到钥匙，打开壁橱，将手伸进壁橱，惊慌的目光仍盯着泰纳迪埃手中的布片。

这时，泰纳迪埃继续说：

"男爵先生，我有充分的理由认为，被害的年轻人是个非常富有的外国人，身上带着巨款，被让·瓦让拖进了圈套。"

"那年轻人是我，这就是衣服！"马里尤斯大声说道。说完，他把一件血衣扔到地上。

然后，他从泰纳迪埃手中夺过那块布，蹲到衣服前，将布片放到下摆的缺口上。撕口完全吻合，布片补全了衣服。

泰纳迪埃惊得目瞪口呆。他想道："真让我惊讶！"

马里尤斯站起来，浑身哆嗦，又失望又高兴。他掏了掏口袋，愤怒地走到泰纳迪埃跟前，将抓满五百和一千法郎的拳头伸给他，差点按到他的脸上。

"您是个卑鄙的家伙！您是个撒谎专家，诽谤者，恶棍！您来诬告一个人，反而还了他清白。您想毁他的声誉，结果却在对他歌功颂德。您自己是盗贼！您自己是杀人凶手！我在医院林荫大道的破屋里看见过您，泰纳迪埃·戎德雷特。我知道您很多事，足以把您送进苦役牢，甚至判更重的刑，如果我愿意的话。拿着，这是一千法郎，您这个恶棍！"

他把一张一千法郎的钞票扔到泰纳迪埃脸上。

"啊！戎德雷特·泰纳迪埃，无赖！但愿您能吸取教训，您这个贩卖秘密的旧货商，兜售秘密的小贩子，搜索秘密的家伙，无赖！拿着这几张五百法郎，从这里滚出去。滑铁卢保护了您。"

"滑铁卢！"泰纳迪埃嘀咕着，将那几张五百法郎和一千法郎的钞票装进兜里。

"是的，凶手！您在那里救了一位上校的性命……"

"一位将军。"泰纳迪埃抬起头来说。

"一位上校！"马里尤斯愤怒地说，"我不会为一个将军给您一个子儿。您竟然来这里败坏别人的声誉！听着，您恶贯满盈。滚开！永远消失！不过，但愿您能幸福，这是我所希望的。啊！魔鬼！再给您三千法郎。拿着。明天就和您女儿去美洲。您妻子死了，可恨的骗子！我要监视您动身，强盗，到时我再给您两万法郎。滚到别处去吊死吧！"

"男爵先生，"泰纳迪埃回答说，一面把脑袋鞠到了地上，"不胜感激。"

泰纳迪埃出去了，他感到莫名其妙，成袋的金子甜蜜地压在他身上，霹雳化作钞票在他头上轰隆隆响，他简直又惊又喜。

他遭了雷击，却又非常高兴。假如有根避雷针使他不挨雷击，他反倒会感到遗憾。

让我们立即把这个人的事作一了结。上述事件过后两天，在马里尤斯的关心下，他改名换姓，带着一张到纽约兑付的两万法郎的汇票，和女儿阿赛玛启程去了美洲。泰纳迪埃这个失败的资产者，他的道德的贫乏是不可救药的。到了美洲，他依旧如故。同一个恶人打交道，有时可能毁掉一件善事，最后善事会变成坏事。泰纳迪埃用马里尤斯给的钱，干起贩卖黑奴的勾当。

泰纳迪埃一走，马里尤斯赶紧跑到花园。珂赛特还在那里散步。

"珂赛特！珂赛特！"他大声喊道，"快来！快！我们出去。巴斯克，叫马车！珂赛特，快来。啊！我的上帝！是他救了我的命！一分钟也别耽误了！围上披巾。"

珂赛特以为他疯了，但还是服从了。

他喘不过气来，将手按到胸口，想压住心跳。他大步来回走着，他拥抱珂赛特：

"啊！珂赛特！我真可耻！"他说。

马里尤斯欣喜若狂。在他眼里，让·瓦让开始变成一个高大而可悲的形象。一种闻所未闻的美德出现在他面前，崇高，温和，伟大而卑微。苦役犯正在变成基督。马里尤斯被这奇迹弄得眼花缭乱。他并不确切知道看到了什么，只知道很伟大。

不一会儿，一辆出租马车到了门口。

马里尤斯把珂赛特扶上车，随后自己一跃而上。

"车夫，"他说，"武夫街7号。"

马车出发了。

"啊！多么幸福！"珂赛特说，"武夫街，我一直不敢在你面前提起。我们去看让先生。"

"你的父亲,珂赛特!比任何时候更是你的父亲。珂赛特,我猜到了。你对我说过,你从没收到我让加弗洛什给你送的信,信可能落到他手里了。珂赛特,他去街垒是为了救我。因为他需要当天使,他还顺便救了别人。他救了雅韦尔。他把我从这深渊中拉出来,是为了将我送给你。他把我背到了可怕的下水道里。啊,我真是个忘恩负义的人。珂赛特,他当了你的保护人之后,又当了我的保护人。你想想,有一个极其可怕的水坑,能让人淹死一百次,让人陷入泥淖,珂赛特!他背着我走过了那里。我那时不省人事。我什么也看不见,什么也听不见,我对自己的遭遇什么也不可能知道。我们去接他回来,让他和我们一起生活,不管他愿不愿意,不再让他离开我们。但愿他在家!但愿我们能找到他!我会永远敬重他。是的,必须这样,明白吗,珂赛特?加弗洛什肯定把信交给他了。全都清楚了。你明白吗?"

珂赛特如堕云雾。

"你说得对。"她对他说。

这时,马车向前行驶。

五　黑夜后面是白天

让·瓦让听见有人敲门,便转过头去。

"进来。"他无力地说。

门开了,珂赛特和马里尤斯出现了。珂赛特冲进屋里。马里尤斯站在门口,倚着门框。

"珂赛特!"让·瓦让说。他从椅子上直起身子,颤巍巍地张开双

臂，神色惊慌，面色惨白，双眸显出无限的喜悦。

珂赛特激动得说不出话来，扑到让·瓦让的胸口。

"父亲！"她说。

让·瓦让激动不已，结结巴巴地说：

"珂赛特！是她！是您，夫人！是你！啊，我的上帝！"

珂赛特紧紧拥抱他。他大声喊道：

"是你！你来了！你宽恕我了。"

马里尤斯低下头，不让眼泪流出来，他向前跨了一步，使劲抿住嘴，以免哭出声来，喃喃地说：

"我的父亲！"

"您也宽恕我了！"让·瓦让说。

马里尤斯一句话也说不出来。让·瓦让又说：

"谢谢！"

珂赛特扯下披肩，同帽子一起扔到床上。

"戴着不舒服。"她说。

她坐到老人的膝上，以娇柔的动作，将他的白发撩开，吻了吻他的额头。让·瓦让不知所措，任她摆布。

珂赛特模模糊糊地明白了一点，于是，对让·瓦让加倍亲热，仿佛想替马里尤斯还债似的。让·瓦让结结巴巴地说：

"我真傻！我以为再也见不到她了。您想想，蓬梅西先生，当您进来时，我还在想：'完了。这是她的小裙子，我真悲惨，再也见不到珂赛特了。'就在你们上楼时，我还这样说呢。我有多傻！人真是太傻了！总想不到仁慈的上帝。仁慈的上帝说：'傻瓜！你想象你要被抛弃了。不，不会的，不会这样的。瞧，那里有个可怜的老头需要一位天使。'于是天使来了！于是，我又看见我的珂赛特了！于是我又看见我的小珂赛特了！啊！前些时候，我太痛苦了！"

他说不出话来，停了一会儿才又说：

"我确实需要经常见到珂赛特。一颗心是要有点事做的。可是，我确实又感到我是多余的人。我给自己摆道理：他们不需要你，你就待在你的角落里吧。你无权久留不走。啊！感谢上帝，我又见到她了！你知道吗，珂赛特？你的丈夫很英俊。啊！你的绣花领子漂亮极了。我喜欢这个图案。是你丈夫选的，是不是？还有，你应该有几条开司米披肩。蓬梅西先生，让我用'你'称她吧。不会很久了。"

这时，珂赛特又说：

"您真坏，把我们这样丢下！您上哪里去了？为什么去这么久？从前，您外出从不超过三四天。我让妮珂莱特来打听，她总是回答：'他不在。'您回来多久了？为什么不让我们知道。您知道您变化很大吗？啊！坏父亲！他病了，可我们不知道！喂，马里尤斯，你摸摸他的手，冰凉冰凉的！"

"你们总算来了！蓬梅西先生，请您原谅我！"让·瓦让又说。

让·瓦让刚说完这句话，马里尤斯满腹的话儿找到了出口，便爆发出来：

"你听见没，珂赛特？他还这样说！他还请求我原谅他。珂赛特，你知道他为我做了什么吗？他救了我的命！还不止这个。他把你给了我。他救了我以后，他把你给了我以后，珂赛特，他又怎么对待自己的呢？他牺牲了自己。他就是这样的人。可他还对我这个忘恩负义的人，这个健忘的人，这个无情的人，这个有罪的人道谢！珂赛特，即使我这辈子为他做牛做马，也报答不了他的恩情。那街垒，那下水道，那激烈的战场，那污水坑，他都经历了，为了我，为了你，珂赛特！他冒着一次次生命危险把我背走，使我免遭死亡，却把死亡留给自己。一切勇敢，一切美德，一切英雄气概，一切尊严，他都具备！珂赛特，这个人是天使！"

"嘘！嘘！"让·瓦让低声说，"为什么说这些？"

"那您呢！"马里尤斯既生气又崇敬地大声说，"您为什么没说？您也有错。您救了别人的命，却还瞒着他们！更有甚者，您借口揭露自己，却在诽谤自己。这太可怕了。"

"我讲的是真话。"让·瓦让回答。

"不是，"马里尤斯说，"要讲真话，就得全讲出来，而您没有全讲。您是马德兰先生，为什么不说？您救了雅韦尔的命，为什么不说？您救了我的命，为什么不说？"

"因为当时我和您的想法一样。我觉得您是对的。我应该走开。假如我讲了下水道的事，您就要我留在你们身边，因此我只得不提这事。假如我说了，谁都会不方便。"

"什么不方便！谁不方便！"马里尤斯又说，"您难道还想待在这里吗？我们要把您接走。啊！我的上帝！一想到我偶然才知道这一切，心里就不安！我们要把您接走。您和我们是一家人。您是她的父亲和我的父亲。您一天也不能待在这可怕的屋子里了。您别想明天还在这里。"

"明天我不会在这里了，"让·瓦让说，"但也不会在你们那里。"

"您想说什么？"马里尤斯反驳道，"啊，我们不再让您出去旅行了。不再让您离开我们。我们不放您走。"

"这次可是真的。"珂赛特也跟着说，"下面有辆马车。我要把您劫走。必要的话，我会使用武力。"

说完，她笑着做出用胳膊抱老人的动作。

"家里还给您留着房间呢。"她接着又说，"要知道，这时候的花园漂亮极了！杜鹃花正在盛开。小径铺上了河沙，沙里还有小紫贝壳。我要给您吃我的草莓。是我给它们浇的水。不要再称'夫人''让先生'了，现在是共和国，大家都以'你'相称，马里尤斯，你说是不是？纲领变了。要知道，父亲，我有过一件伤心事。有只红喉雀在墙上做了个窝，一只残忍的猫把它吃了。我那可怜的美丽的小红喉雀，它把脑袋放在它的窗子上，瞪着眼睛看着我！我哭了。我真想杀死那只猫！不过，现在没有人再哭了。大家都在笑，大家都很幸福。您和我们一起回去。外祖父会很高兴！在花园里您会有一块地，您种上些东西，我们倒要看看，您的草莓会不会有我的漂亮。还有，我会什么都依您，还有，您要好好听我的话。"

让·瓦让在听她说话，却没听见说什么。他听见的是美妙的音乐，而不是她说的话。一颗巨大的泪珠，来自心灵的忧郁的泪珠，在他眼睛里慢慢形成。他喃喃地说：

"她来了，这证明上帝是仁慈的。"

"父亲！"珂赛特说。

让·瓦让继续说：

"能生活在一起的确令人神往。他们那里树上停满了鸟。我能和珂赛特一起散步。像人们一样活着，互相问安，在花园里互相呼唤，这多么愉快。一清早大家就见面。每个人都种一块地。她给我吃她的草莓，我让她采我的玫瑰。这的确令人神往。只是……"

他顿了一下，又轻声说道：

"可惜。"

那颗泪珠没有落下来，而是缩了回去，让·瓦让代之以微笑。珂赛特握住老人的两只手。

"上帝！"她说，"您的手更冷了。您病了吗？您不舒服吗？"

"我？没有，"让·瓦让回答，"我很好。只是……"

他戛然而止。

"只是什么？"

"我马上要死了。"

珂赛特和马里尤斯浑身一震。

"要死了！"马里尤斯惊叫道。

"是的，不过没什么。"让·瓦让说。

他喘了口气，微笑着说道：

"珂赛特，刚才你在同我说话，继续说，往下说，你那只小红喉雀死了，往下说呀，让我听见你的声音！"

马里尤斯愣在那里，看着老人。珂赛特惨叫一声。

"父亲！我的父亲！您会活下去的。您要活下去。我要您活下去，听见没有！"

让·瓦让充满爱意地向她抬起头。

"呵！是的，命令我不要死吧。谁知道呢？我可能会服从的。你们来时，我正在死去。你们一来，我就停下了。我感到我复活了。"

"您充满了力量和生命，"马里尤斯大声说，"您认为这样的人会死吗？您曾有过忧虑，以后不会再有了。我求您原谅我，我还要跪下来求您！您要活下去，和我们一起活下去，活很久很久。我们接您回去。我们俩从此只有一个念头：让您幸福！"

"您看，马里尤斯说您不会死的。"珂赛特眼泪汪汪地说。

让·瓦让继续在微笑。

"蓬梅西先生，你们把我接回去，我就不是现在的我了吗？不，先前，上帝想的同您我一样，他不会改变想法，我应该离去。死是一种妥当的安排。我们该做什么，上帝比我们更清楚。他要你们幸福，要蓬梅西先生拥有珂赛特，年轻人拥有早晨，你们身边有孩子、丁香花和黄莺，你们的生活是沐浴阳光的美丽草坪，你们的心中充满上天的魅力，而我现在已毫无用处，他要我死去，他相信这样安排是对的。你们看，我们得通情达理，现在一切都无可挽回了，我真的感到我要死了。一小时前，我昏厥过一次。还有，昨天夜里我把那罐水喝完了。珂赛特，你丈夫真好！你同他在一起比同我在一起好。"

门响了。医生进来了。

"你好,大夫,永别了。"让·瓦让说,"这是我两个可怜的孩子。"

马里尤斯走近医生。他对他只说了一个词:"先生?……"但语气足以构成一个完整的问句。

作为回答,医生意味深长地看了他一眼。

"不能因为这是不愉快的事,就对上帝不公正。"让·瓦让说。

一阵沉默。大家都心情沉重。让·瓦让把脸转向珂赛特。他开始凝视她,仿佛想把她印在心里带到永生。他已沉入深深的黑暗中,但还能望着珂赛特出神。他那温和的面容发出闪光,照亮了苍白的脸孔。坟墓也能使人目眩。

医生把了把他的脉搏。

"啊!他需要的是你们!"他看着珂赛特和马里尤斯,咕哝道。

接着,他凑到马里尤斯的耳边,悄悄对他说:

"太晚了。"

让·瓦让几乎不停地望着珂赛特,神态安详地看了马里尤斯和医生一眼。只听见他嘴里发出一句模糊不清的话:

"死算不了什么,可怕的是不能活着。"

蓦地,他站了起来。这种体力的恢复有时是回光返照。他步伐有力地向墙走去,推开马里尤斯和医生,不让他们扶他,摘下挂在墙上的耶稣受难铜十字架,用自如得就像健康人的动作,回来坐到椅子上,将十字架放在桌上,大声说:

"这就是伟大的殉道者。"

接着,他的背弯了下来,脑袋晃了一下,仿佛陶醉于坟墓的快乐中,放在膝上的两只手开始抠起裤子来。

珂赛特扶着他的双肩哭泣,想同他说话,却说不出来。从她伴着泪水、含着悲伤口水说的话中,可以听出:

"父亲！不要离开我们。怎么可能刚找回您，就又失去您呢？"

可以说，临终的路是蜿蜒曲折的。它来来去去，时而向坟墓前进，时而又走回头路。死亡的过程包含着摸索。

让·瓦让半昏迷了一阵，继而稳定了一些。他晃了晃脑袋，仿佛要抖掉头上的黑暗。他几乎又清醒了。他拉起珂赛特的袖口，吻了一下。

"他醒过来了！大夫，他醒过来了！"马里尤斯喊道。

"你们都是善良的孩子。"让·瓦让说，"我要告诉你们，我痛苦的是什么。使我感到痛苦的，蓬梅西先生，是您不愿碰那笔钱。那笔钱的确是您妻子的。孩子们，我给你们解释一下，甚至就为了这件事，我很高兴能见到你们。黑玉来自英国，白玉来自挪威。这些我全都写在那张纸上了，你们自己看吧。至于手镯，我发明了搭接的金属扣环，取代焊接的金属扣环。这样更美观，物美价廉。你们应该明白这能挣多少钱。珂赛特的钱确实是她的。我给你们讲这些细节，是想让你们心安理得。"

女门房上楼来了，从虚掩的门缝往里瞧。医生叫她离开，但未能阻止这个热心的老太太离开前对临终者大声问：

"您要不要请神甫？"

"我有一个了。"让·瓦让说。

他边说，边用手指往头上方指了指，仿佛看见什么地方有个人似的。在他弥留之际，那位主教也许真的来看他了。

珂赛特在他背后轻轻塞了个枕头。让·瓦让继续说：

"蓬梅西先生，不必害怕，我恳求您。那六十万法郎的确是珂赛特的。如果您不享用这笔钱，那我就白活了。我们非常成功地制造了那些玻璃饰物。我们同所谓的柏林首饰进行竞争。现在，我们可是竞争不过德国的黑玻璃了。一罗共计一千二百颗磨得圆滚滚的玻璃珠，只要三法郎。"

当我们的亲人即将去世时，我们会用目光牢牢盯着他，仿佛想把他留住。珂赛特让马里尤斯握住她的手,双双站在让·瓦让面前,焦急得说不出话来,不知道该对死亡说什么,悲痛欲绝,浑身颤抖。

让·瓦让越来越衰弱。他像夕阳西斜,渐渐接近黑暗的天边。他的呼吸断断续续,嘶哑的喘息不时造成呼吸中断。他的胳膊已抬不起来,他的脚已不能动弹。随着肢体渐渐衰竭,灵魂的全部威严,全都上升并展现在额头上。从他的眸子里已能看到未知世界的光辉。

他的脸渐渐灰白,却同时带着微笑。生命不再存在,却有其他东西。他呼吸逐渐停止,眼睛逐渐睁大。可以感到,这是一具长了翅膀的尸体。

他示意珂赛特,然后又示意马里尤斯靠近他。这显然是临终时刻的最后一分钟,他用极其微弱的声音同他们说话。那声音仿佛来自远方,从此有一堵墙把他和他们隔开。

"过来,两个人都过来。我很爱你们。呵!这样死太好了!你也是,我的珂赛特,你也爱我。我知道你对我这个老头一直很好。你真会体贴人,在我腰后塞了这个坐垫!我死后你会哭的,是不是?别哭得太厉害。我不想让你真的伤心。孩子们,你们应该多多娱乐。我忘记告诉你们了,不用扣针的扣环,赚的钱比其他的更多。一罗,即十二打扣环的成本只有十法郎,卖出去是六十法郎。这确实是好买卖。因此,蓬梅西先生,不要为这六十万法郎感到奇怪。这钱是清白的。你们可以心安理得地当富翁。应该有一辆车,时不时地订个包厢,去剧院看戏,我的珂赛特,要有几套参加舞会的盛装,还有,经常宴请你们的朋友,开开心心地过日子。刚才我给珂赛特写了封信。她会看到那封信的。壁炉上有两个烛台,我把它们留给珂赛特。它们是银的,但在我看来,是金的,钻石的。它们把插上的蜡烛变成圣烛。我不知道送我烛台的人的在天之灵对我是不是满意。我已尽力而为了。孩子们,不要忘记,我是个穷人,把我葬在随便哪块地里,上面放块石头作记号。这便是我的愿望。石头上不要刻我的名字。假如珂赛特偶尔来看我一次,我会很高兴的。您也是，蓬梅西先生。我得向您承认，我并不是一直都喜欢您，请您原谅。现在，她和您，对我来说已成为一个人。我感谢您。我感到您会使珂赛特幸福的。您可知道，蓬梅西先生，她的漂亮而红润的脸蛋，是我的快乐，每次我看见她脸色苍白，我都很难过。在五斗橱里，有一张五百法郎的钞票。我没动用过。这是给穷人的。珂赛特，你看见那边床上你的小裙子了吗？你认出来了吗？离现在才十年！时间过得真快！我们一直很幸福。现在完了。孩子们，不要哭，我不会走得很远。我从那里看着你们。天黑了，你们只要朝那里瞧一瞧，就会看到我在微笑。珂赛特，你还记得蒙费梅吗？你在树林里，你很害怕。你还记得我帮你提水桶的时候吗？那是我第一次接触你可怜的小手。它冰凉冰凉！啊！小姐，那时候你的手冻得通红，现在你的手雪白雪白的。那个大布娃娃！你还记得吗？你叫她卡特琳。你没把她带进修道院很后悔！我可爱的天使，你常常使我开怀大笑！下雨时，你把麦秆放到水沟里，看着它们漂走。一天，我给了你一把柳条球拍，还有一个黄蓝绿三色羽毛球。瞧，这事你都忘了。你小时候可淘气呢！你爱玩，你把樱桃放进耳朵里。这都是过去的事了。同孩子一起走过的树林、散过步的树荫、藏过身的修道院、玩过的游戏、童年的欢乐笑声，都是虚幻的。我曾想，这一切是属于我的。我蠢就蠢在这里。泰纳迪埃们曾经很坏。应该原谅他们。珂赛特，现在该告诉你母亲的名字了。她叫芳蒂娜。记住芳蒂娜这个名字。每次你说这个名字，都得跪下。她吃了很多苦。她很爱你。你有多少幸福，她就有多少不幸。这是上帝分配的。他在天上，他看着我们大家，他清楚在星星中间该干什么。我就要走了，我的孩子。你们要永远相爱。世上除了相爱，几乎没有别的了。你们偶尔也可怀念一下在这里去世的老头。呵！我的珂赛特！前段时间我没去看你，不是我的错，我那时心如刀割，每天都走到你那条街的拐角处，见我经过的行人，一定觉得我很怪，我就像个疯子，有一次，我没戴帽子就出门了。孩子们，我看不大清楚了,我还有许多话要说,算了。有时思念思念我。你们是上帝降福的人。我不知道怎么啦,我看见光了。再过来些。我在幸福地死去。把你们亲爱的脑袋给我,让我把手放在上面。"

珂赛特和马里尤斯悲伤不已,泣不成声,赶紧跪下,将头分别埋在让·瓦让的一只手上。这两只庄严的手不再动弹了。他向后仰着,两束烛光照着他,灰白的面孔仰望穹苍。珂赛特和马里尤斯亲吻他的手。他死了。

夜空没有星光,一片漆黑。在黑暗中,也许站着一个大天使,展开双翼,在等候这个灵魂。

六 荒草掩埋,雨水刷尽

在拉雪兹神甫公墓,公共墓穴附近,离这墓城的豪华区很远的地方,离那些面对永恒还要展示死亡各种陋习的陵墓很远的地方,在一个偏僻的角落里,沿着一道老墙,在一棵爬满牵牛花的大紫杉树下,绊脚草和青苔中间,有一块墓石。这块墓石和其他墓石一样,日子一久,免不了受腐蚀,布满了霉斑,长满了苔藓,堆满了鸟粪。雨水使它变绿,空气使它变黑。附近没有一条小路,人们不爱到这边来,因为野草很高,容易湿鞋。稍微照到一点太阳,壁虎便会爬出来。周围的野燕麦沙沙响。春天,鸟儿在树上歌唱。

这块墓石上一无所有。当年凿这块墓石时,只考虑墓穴的需要,将长度和宽度凿成刚好能盖住一个人。

上面没有刻名字。

只是过了许多年,有人用铅笔在上面写了四行诗,在雨水的冲刷和

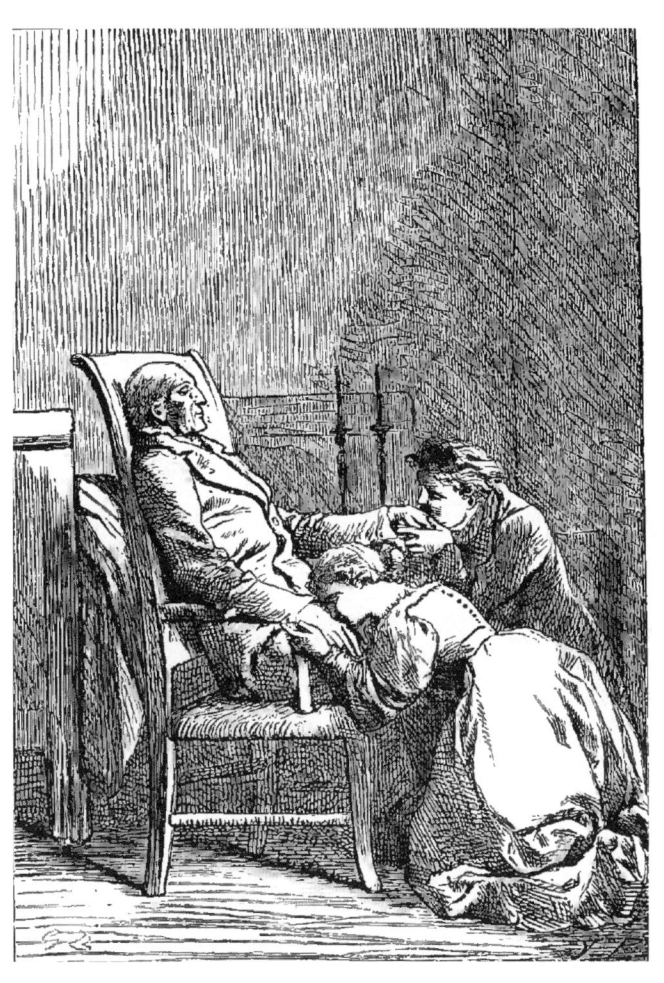

尘土的掩埋下,渐渐变得模糊不清,如今可能字迹难辨了:

> 他睡了。尽管命乖运蹇,
> 却依然活着,失去天使便离开。
> 他的死犹如昼去夜来,
> 普普通通,自然而然。

作者简介

[法] 维克多·雨果（Victor Hugo，1802—1885）

法国19世纪前期积极浪漫主义文学的代表作家。代表作有长篇小说《巴黎圣母院》《九三年》和《悲惨世界》等。

绘者简介

[法] 古斯塔夫·布里翁（Gustave Brion，1824—1877）

法国插画家，1847年在巴黎的沙龙首次亮相，作品受到广泛关注，被米卢斯美术馆、法国南特美术馆、斯特拉斯堡美术馆等地收藏。

译者简介

潘丽珍

1943年生，现居上海。解放军外语学院法语教授，法语翻译家。代表作有：《追忆似水年华》（第三卷）《蒙田随笔全集》（合译）《巴黎圣母院》《悲惨世界》《屋顶轻骑兵》《海底两万里》等。

后浪微信	hinabook
总 策 划	银杏树下
出版统筹	吴兴元　编辑统筹　尚　飞
责任编辑	曹　波　特约编辑　郝晨宇　沈凌波
装帧制造	墨白空间·Yichen　mobai@hinabook.com
后浪微博	@后浪图书
读者服务	reader@hinabook.com 188-1142-1266
投稿服务	onebook@hinabook.com 133-6631-2326
直销服务	buy@hinabook.com 133-6657-3072

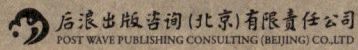